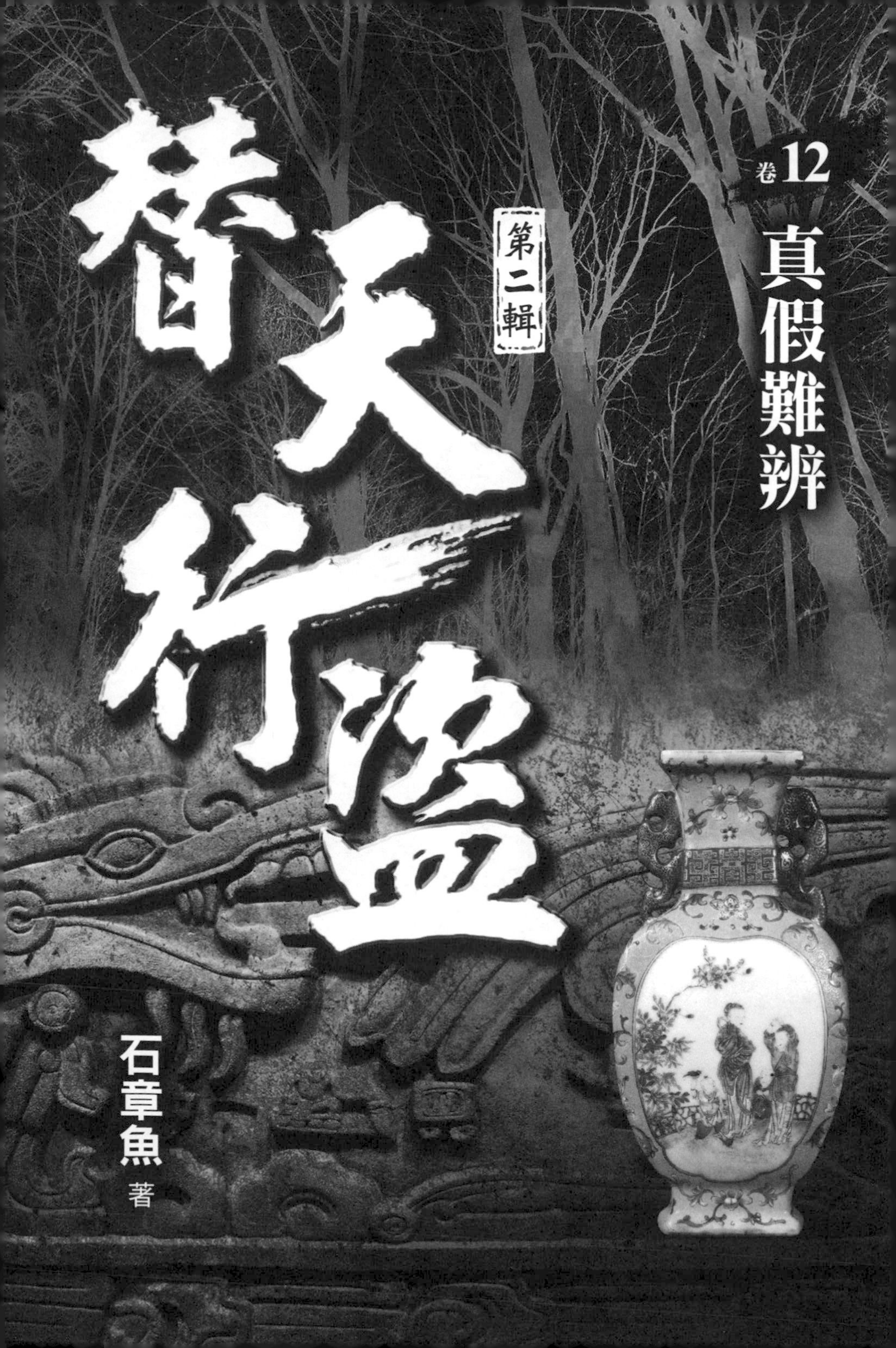
蒼天行盜
第二輯
卷12
真假難辨
石章魚 著

時間，可以解決掉世上很多為難之事

但同時另有一些事情是時間解決不了的

更有一些事情，拖得越久便會更加棘手

目錄

CONTENTS

第一章

黑幫組織

馬菲亞是橫行於義大利西西里地區的一個黑幫組織，
因成員作案後總習慣在現場留下黑色的手掌印而被稱作黑手黨。
近五十年來，歐洲掀起了向美利堅的移民浪潮，
大批的馬菲亞湧向了美國，紮根紐約，
他們幾乎完全操縱了東海岸的賭博業、色情行業，
同時還是毒品販賣、軍火走私的主力軍。

進了大樓，爬了三層的樓梯，董彪在前羅獵隨後，二人走進了俱樂部。

「切，我就說嘛，這有啥好稀罕的？」羅獵視線所至確實稀鬆平常，除了一些鍛煉力量的器材有些唬眼外，幾座對擂拳台和鋪了木地板的練習場地普通至極且陳舊失色。最主要的，那拳台和練習場地中的成員拉開的架勢，一看便知是菜鳥。

董彪沒搭理羅獵，對著一個黑人大個招呼道：「嗨，蘭德爾，去把賓尼叫來。」

那黑人大個翻了翻眼皮，懶洋洋應道：「是傑克啊！好久不見，我的朋友，賓尼他還沒到，你可以換個時間來找他，或者是等他吃過了午餐。」

董彪在休息區隨便撿了個沙發坐了下來，摸出了香煙，點上了一支，道：「敢跟我打個賭嗎？一美元，我賭賓尼他十分鐘之內肯定到。」

黑人大個滿臉不悅地走過來甩下了一個鐵皮盒子做董彪的煙灰缸，同時嘟囔道：「也就是你傑克，換個別人敢在這兒抽煙，我一把就給他扔樓下去。」

董彪一支煙剛抽完，門口處現出了一個身影來，「傑克，我的好兄弟，沒想到你比我來得還要早。」董彪張開雙臂迎了上去，道：「賓尼，見到你真的很高興。」

賓尼的個頭不算太高，和董彪相差不多，要比自己矮了三四個釐米，但賓尼的肩膀很是厚實，遠遠看去，感覺上要比董彪壯實一些。待那二人擁抱寒暄完畢並肩向羅獵這邊走來時，羅獵這才看清楚，那賓尼居然已經是個半大老頭了。

「這就是湯姆跟我說的那個小夥子？他叫什麼來著？」賓尼看著羅獵，口中問話卻是對著董彪。

羅獵大大方方站起身來，伸出了右手，道：「你好，賓尼，我叫諾力。」

賓尼點了點頭，卻沒跟羅獵握手，轉過身來對董彪道：「在絕對力量面前，所有的技巧都是狗屎，傑克，做為兄弟，我必須直言不諱，他太弱了，現在就交給我簡直是浪費時間……」

羅獵聽了賓尼的這番話，好不容易對他建立起來的好感登時煙消雲散，搶在董彪之前，並打斷了賓尼，道：「賓尼，你沒試試，怎麼就知道我太弱了呢？」

賓尼活動了一下脖子肩膀，指了下不遠處的一個吊式加長沙袋，道：「有不服輸的精神確實不錯，但也要有不服輸的能力，去，用一個組合拳把它打得飛起來，要是能打出一個十五度的傾斜角度，我就收回我剛才的話。」

羅獵壓住了心中怒火，走了過去。

待走近了，羅獵禁不住倒吸了口冷氣，那個沙袋，長度至少有兩米，一個人根本環抱不過來。心裡雖然敲著鼓，但羅獵面色自若，先調整好腰帶的鬆緊度，然後紮了馬步，氣運丹田，一掌揮出……

那沙袋卻僅僅是微微抖動。

羅獵咬緊了牙關，全然不顧章法，使出十二分力氣，左右重拳連續擊出。

那沙袋僅僅是抖動的幅度大了一些。

「傑克，湯姆是俱樂部的股東，在這兒你有說話的權力，所以，你可以讓諾力每天來參加上午的訓練，等他達到了要求之後，我會破例親自下場訓練他。」賓尼做出了很是無奈的樣子來。

董彪淡淡回道：「湯姆說，如果諾力第一階段的訓練就能得到賓尼的指導，他會考慮對俱樂部追加投資。」

趁著這二人說話的空檔，羅獵圍著那個沙袋轉了一圈，在上方發現了一個銘牌，上面除了注明了沙袋的生產商以及材質外，還標注了沙袋的各項資料，高二一〇釐米，直徑五五釐米，重量五百八十公斤。

怪不得自己打不動，就這種重量，又有幾個人能像賓尼說的那樣一個組合拳便能將它打得揚起了十五度角來？

心有不服的羅獵不顧禮節嚷道：「賓尼，這種沙袋應該是重量級選手的訓練工具，而我的體型，最多也就是中量級。」

賓尼搖了搖頭，拍了下董彪的肩，道：「湯姆的建議很不錯，但我得先把那個小夥子給收拾了。」說罷，賓尼走到了條形沙袋前，也沒做什麼準備，上來便是連續的三個右手刺拳，同時腳下一個側步移動，又揮出了一計擺拳，那沙袋在賓尼的四記重拳之下，搖晃出了至少有三十度的角度來。「老了，真的老了，三十年前，我像你這麼大的時候，可以將這種沙袋打得飛起四十五度角來。」

賓尼撂下了這麼句話給了羅獵，然後便若無其事地走開跟幾步之外的董彪去商談曹濱追加投資的建議了。羅獵呆呆地立在沙袋旁，若有所思。

只是一瞬間，羅獵便笑開了。

在智慧面前，什麼絕對力量，都是狗屁！

「賓尼，我能做得到讓這沙袋飛起四十五度角！」羅獵再一次觸犯了禮節。

賓尼並沒有因為羅獵的失禮而發怒，只是笑著回應道：「諾力，你想到了共振技巧，這很好，但是，你的對手卻不會像沙袋那樣配合你。」

羅獵心頭陡然一凜。

賓尼說得對，借助共振原理只要掌握了出拳或是出掌的節奏便一定能讓那沙袋飛起來，但練習搏擊的目的並不是證明自己有多聰明，而是要戰勝對手。

「賓尼，我錯了，我答應你，從今天開始，我練習力量，等達到了你的要求，我再請你親自指導我！」羅獵走到了賓尼面前，深深地鞠了一躬。

賓尼尚未反應，董彪卻先用中文問道：「羅獵，此話當真？」

羅獵極其嚴肅地點了點頭。

董彪隨即對著賓尼笑道：「哦，我的兄弟，看來，你的矜持使得你錯過了一大筆投資。」

賓尼委屈地攤開雙手道：「這不公平！傑克，我已經答應了你，我們已經達成了口頭約定。」

董彪笑道：「哦，上帝，看看這個賓尼，為了錢，他竟然連原則都不要了！我問你賓尼，諾力現階段只能參加上午的訓練，你能起得了床麼？」

賓尼聳了下肩，道：「你說得對，傑克，為了湯姆的投資，我確實可以放棄我的原則，我可以帶著諾力直接參加下午的訓練。」

董彪攬住了賓尼的肩，笑道：「你贏了，我的好兄弟，其實，即便你不打破你的原則，湯姆的投資還是會打到你的帳戶上的。」

賓尼搖頭歎息，道：「傑克，你真狡猾，上帝安排我認識你，還把你當成了兄弟，簡直就是對我的懲罰。」

董彪哈哈大笑起來。

賓尼轉頭對羅獵道：「每天下午兩點半到五點半，三個小時的訓練，不遲到，不早退，不得請假，除非是被上帝召喚去了，告訴我，我的孩子，你能做得到嗎？」

羅獵堅定點頭，應道：「賓尼，我一定能做得到。」

賓尼眯著眼再次打量了羅獵兩眼，點頭道：「你是個聰明的孩子，聰明的人雖然學習能力要強於普通人，但他往往會因為聰明而偷懶。諾力，我希望你是一個能吃苦的聰明人，這樣才能成為一名真正的搏擊高手，明白嗎？」

羅獵再次點頭，應道：「我明白，賓尼，我想我不會輸給二十年前的傑克的。」

玩飛刀的，除了在舞台上表演，可以將刀套明目張膽地綁在身上任何一個部位。但以飛刀為搏殺兵刃的人，都會將刀套藏在身上的某個部位，根據手法和習慣的不同，有的會藏在腰間，有的會藏在懷中，而羅獵的飛刀絕技傳承於大師兄，藏刀的地方則是兩條前臂的內側。這使得羅獵養成了個習慣，即便是大熱的天，也要穿著長袖衫，而且，還要相對寬鬆。

羅獵是那種穿衣顯瘦脫衣有肉的體型，因而，在穿著寬鬆長袖衫的時候，賓尼根本看不出羅獵的基本條件，只是依照他洋人的習慣觀點，看到羅獵略顯瘦弱，便做出了很弱的判斷。脫去了衣衫後，羅獵摘下了雙前臂上綁著的刀鞘，然後光著臂膀，上了力量鍛煉的器械。

環球大馬戲團的練功房中也有著各式各樣的力量鍛煉器械，雖然不盡相同，但原理幾乎一樣，因而，羅獵對這些器械並不陌生。

先拿了一對二十磅的啞鈴做了一組啞鈴操，活動開身體後，羅獵上了胸肌訓練器台，前一個使用者用的是單側三十磅的標準，但羅獵卻自覺的增加了十磅的重量。

這個細節，被不遠處剛結束了跟董彪插科打諢的賓尼看到了。老頭急沖沖趕過來，指點道：「不，諾力，你不能著急，要懂得循序漸進的道理。」

羅獵笑了下，回道：「我懂，賓尼，在紐約的時候，我用的標準是五十磅，一路坐火車過來，有六七天沒怎麼鍛煉了，所以，我減去了十磅。」

賓尼一怔，再次打量了羅獵幾眼，禁不住走上前捏了下羅獵的臂膀以及三角肌，歎道：「天哪，我居然看走眼了，這孩子的基礎原來相當不錯。」

做老師的，永遠只會喜歡那些優秀的學生，賓尼也是一樣。當他發現羅獵的基本素質遠遠超過了他的預期時，他對羅獵的態度也悄然發生了轉變。之前是礙著曹濱的面子不得不接下，隨後又因為那筆投資而違心答應親自指導，但現在，卻是十分積極主動地做了羅獵的老師。

董彪在一旁抽著煙，饒有興趣地看著這老少兩個，心思卻時不時地飄向了二十年前。那時候，他也就是二十歲不到，比眼前的羅獵大不了一歲兩歲的，除了一身的力氣之外別無它物。在美利堅，敢跟洋人幹仗的華人勞工少之又少，而董彪則是少數中的少數，不單跟洋人監工幹起仗來，還將洋人打成了重傷。曹濱看中的便是董彪這種寧願不要命也得要氣節的臭脾氣，花重金將董彪從洋人警察局中撈出來，並交給了賓尼來訓練他的搏擊技能。

那時候，賓尼剛剛退役，一身的血氣方剛卻仍在鼎盛時期，董彪可是沒少挨賓尼的教訓，若是不放聰明點，只怕會廢在了賓尼的手上。

二十年過去了，賓尼老了，性格脾氣也溫和了許多，看他在指導羅獵時的模樣，甚至都有些慈祥的感覺。

等到了中午，賓尼指導羅獵的一堂訓練課總算結束，董彪邀請賓尼出去共進午餐，卻遭到了賓尼的堅決拒絕。「不必了，傑克，中午這段時間我必須要補個午覺，天知道我今天怎麼能起得那麼早，或許，是因為我感覺到了湯姆追加投資的決定。」

董彪也不強求，和賓尼再說了幾句客套話，便帶著羅獵離開了俱樂部。

「感覺怎麼樣？是不是已經看到了地獄的模樣？」出了門，董彪便跟羅獵開起了玩笑。

羅獵聳了下肩，道：「賓尼的訓練比較系統，相比之前我自己練要合理許多，但訓練量麼，也就是那麼回事。」

董彪戲謔道：「金山附近大小養牛場幾百個，咱們有足夠的牛可以吹，不在乎這一天兩天哈。」

羅獵笑道：「你當我是在吹牛麼？」

董彪來到了車前，拉開了車門卻沒著急上車，倚在車頭上又點了支煙，道：「這麼說來，那練槍和騎馬可以同時進行咯？」

羅獵上了車，撇嘴道：「閑著也是閑著，我隨便，你決定。」

董彪笑道：「這話可是你說的呀！行吧，有你這句話，我這段日子就有事可做了。」

午飯要是有賓尼的參與倒也簡單了，隨便找家看上去還不錯的餐廳便可打發，可賓尼不參與，只有董彪、羅獵二人，這午餐反倒是犯了難為。市區內都是西餐廳，兄弟倆都覺得吃西餐既不好吃還又貴。

「不愛吃西餐，那就只能回堂口嘍！」董彪扔了煙頭，上了車，準備調頭駛回唐人街。

羅獵想了想，道：「要不，咱們去西蒙神父那裡吧，說不定能蹭他一頓呢！」

董彪道：「他昨天才搬了家，哪有那麼快就安頓好了？」

羅獵笑道：「你忘了昨天咱們臨走的時候我怎麼交代他的了？艾莉絲隨時都有可能來吃他做的菜！彪哥，你可不能低估了西蒙對艾莉絲的那份父愛哦！」

董彪調好了頭，踩下了油門，道：「聽你的，大不了就是多費點油嘛！」

董彪給西蒙神父找的住址距離趙大新他們的住址相距不遠，也就隔了一個街口，房子不大，但廚房卻不小，西蒙神父自然是滿心歡喜。羅獵臨走前交代的那句話確實讓西蒙神父興奮不已，他顧不上旅途勞頓和搬家的辛苦，連夜將廚房打掃了個乾淨，並在第二天一大早買下了不少的食材佐料，做足了艾莉絲隨時登門的準備。

只是，沒等來艾莉絲，卻等來了羅獵和董彪。

「西蒙，能弄點吃的來麼？我們從市區過來，到現在還沒吃呢！」一進門，羅獵也不客氣，直接向西蒙神父提了要求。

西蒙神父豈能怠慢了對自己有恩的兩位，連忙去了廚房，不多會，便端出了兩盤菜一盤麵包。即便是中西合璧的一餐也要比純西餐吃得舒服。

「諾力，你說艾莉絲她肯來吃我燒的菜麼？」西蒙神父看著羅獵和董彪狼吞虎嚥吃著自己做的菜，不由得想起了女兒來。

羅獵咽下了食物，喝了口清水，道：「西蒙，相信我，艾莉絲一定會來的。」

西蒙神父歎了口氣，道：「來金山已經兩天了，我想，艾莉絲已經見到了席琳娜，不知道席琳娜聽到了我的名字會有怎樣的反應。」

羅獵道：「艾莉絲跟我說過，她說，席琳娜這十五年間是有機會再婚的，可是她並沒有那麼做，而是一個人將艾莉絲拉扯大。艾莉絲說，席琳娜是依舊愛著你才不會再婚的。」

西蒙神父苦笑搖頭，感慨道：「席琳娜是不可能還愛著我的，我只求她不要恨我，或者，只求她不去干涉艾莉絲的選擇。」

羅獵不以為然道：「西蒙，你要有信心，對自己要有信心，對艾莉絲更要有信心。」

羅獵話說得很輕鬆，但內心中卻不由地有所擔心。假若席琳娜真的如西蒙所擔心那樣仍舊恨著西蒙的話，那麼，席琳娜的情緒必然會影響到艾莉絲。

羅獵的擔心並非多餘，蹭完了西蒙神父的午飯，羅獵、董彪二人開車回到了堂口，離好遠，便看到艾莉絲靜靜地等在了堂口鐵門外。

「艾莉絲，你怎麼等在了外面呢？為什麼不進去等我呢？」車子尚未停穩，羅獵便跳下車去。

艾莉絲迎了上來，一頭撲進了羅獵的懷中，兩行眼淚像是突然決堤了一般洶湧而出：「諾力，我該怎麼辦？席琳娜不接受西蒙，還要我跟他保持距離，諾力，我不想讓席琳娜難過，可我也不想讓西蒙難過……」

羅獵一隻手攬著艾莉絲，伸出另一隻手來，刮了下艾莉絲高高挺的鼻樑，並捏了下艾莉絲聳翹的鼻尖，笑道：「有諾力在，就不會讓美麗的艾莉絲難過，好了，不哭了，跟我來，讓我知道詳細的過程。」

「我是昨天晚上跟席琳娜提起西蒙的事情的，她聽到後很是驚愕，然後拒絕了我的建議，還要求我不要再去見西蒙。」跟著羅獵進了房間，艾莉絲趴在羅獵懷中又哭了一會，才哽咽開口。

羅獵輕拍著艾莉絲的後背，柔聲道：「席琳娜的原話是怎麼說的呢？」

艾莉絲從羅獵懷中起身，接過羅獵遞過來的手帕，擦乾了淚水，道：「席琳娜說，教會是不會容許西蒙擅自離開的，西蒙遲早會惹上麻煩，還說，若是不能跟西蒙保持足夠的距離，就一定會被牽連到。諾力，你說，這會不會是席琳娜故意找來的藉口呢？」

羅獵道：「以我對席琳娜的瞭解，她並不是那種人。艾莉絲，即便是你，也不知道西蒙離開聖約翰大教堂的方式，那麼，席琳娜又怎麼能斷定西蒙是擅自離開呢？另外，西蒙曾經向我否認了十五年前他是因為想當上神父才離開你們的，我想，西蒙他不是一個愛撒謊的男人，雖然始終不肯告訴我真實原因，但我想，這件事應該跟席琳娜有關。」

艾莉絲淒切道：「我也問過席琳娜，她什麼都不肯說，只是流著淚要求我遠離西蒙。」

羅獵道：「那你願意離開西蒙嗎？」

艾莉絲再一次流下了兩行熱淚：「不，諾力，我從小就非常羡慕那些能得到爸爸疼愛的孩子，我幻想著終有一天我可以牽著爸爸的手步入婚禮的殿堂，雖然我現在還不能完全接受西蒙，但我絕不想失去他。」

羅獵道：「我明白了，艾莉絲，西蒙也不想失去你，我看得出來，為了你，他什麼都能豁得出去，甚至包括他的生命。」

艾莉絲哽咽道：「我知道，我能夠感受得到，上帝啊，我是多麼希望席琳娜能原諒他啊！」

羅獵道：「艾莉絲，你要堅強起來，傷心和難過是解決不了問題的，只有勇敢的去面對，才能獲得你想要的結果。」

艾莉絲抽噎道：「諾力，你會幫助我的，對嗎？」

羅獵點頭道：「那當然，艾莉絲，我會傾盡全力幫助你。不過，現在你需要好好休息一下，等我練完了槍，我就帶你去找西蒙，我想，他應該明白，是到了該說出真相的時候了。」

安頓好了艾莉絲，也到了跟董彪約定好了的練槍時間，安良堂並沒有專門的練槍場地，因而，董彪開著車將羅獵帶到了城外的荒山野嶺中。

「不管是長槍還是短槍，手臂的穩定性永遠是第一要素，把這兩塊青磚掛在胳臂上，平舉十分鐘！」董彪指了指車子的後箱，然後摸出了他的萬寶路。

羅獵蔑笑道：「簡單，以前跟大師兄學飛刀的時候，也這樣練過。」羅獵打開了車子後箱，拿出了董彪為他準備的兩塊青磚。

青磚不算多重，也就是兩磅左右的樣子，重量雖輕，但掛在前臂上平舉，短時間的難度極小，絕大多數人都能做得到，但能夠平舉超過三分鐘的，比例就大大降低了。而能夠平舉到十分鐘的，更是鳳毛麟角。饒是羅獵練習過，到了一半的時間時，雙臂也開始顫抖起來。

「撐不住就別硬撐！」董彪靠在車頭上，慢悠悠吐著煙圈，神情中不乏嘲諷的意思。

羅獵沒搭理董彪，而是閉上了雙眼，分散自己的注意力。

「硬撐的話，會傷到胳臂的，那可就得不償失嘍！」董彪換了個姿勢，仍舊慢悠悠吐著煙圈，臉上的嘲諷意味則更加濃烈。

羅獵閉著雙眼回應道：「彪哥，你知道我最久的記錄是多少嗎？掛的青磚跟你的差不多重。」

董彪接了支香煙，笑道：「你愛吹多少吹多少，反正不到一小時。」

羅獵道：「那我換個問法，彪哥，你最多能舉多長時間？」

董彪笑道：「跟你一樣，也是不到一個小時。」

羅獵只是淡淡一笑，閉上了嘴，徹底不再搭理董彪。

董彪一連抽了三支煙，就算抽一支煙只需用三分鐘，連抽三支，那也是接近十分鐘了，羅獵的雙臂雖然顫抖得厲害，卻仍然不肯放棄。

董彪歎了口氣，扔掉了手中煙頭，走過去拍了拍羅獵的後背，道：「可以了，彪哥認輸了，我總算明白了濱哥的良苦用心，原來，跟趙大新學飛鏢並不是荒廢時間。」

羅獵依舊不肯放下雙臂，只是問道：「到十分鐘了嗎？」

董彪哼了聲，回道：「到了，早就到了，你平舉了至少有十二分鐘。」

羅獵這才垂下了雙臂。

董彪晃悠回了車旁，從後箱中稍有些吃力地拎出了一只箱子來，丟在了羅獵的腳下，並道：「其實，讓你掛磚練平舉純粹是彪哥逗你玩，手臂的穩定性是很重要，但練習手臂穩定並不需要掛磚。還有，想練成一名神槍手，練不練手臂穩定性並不是前提條件。」

羅獵環抱雙臂，雙手交錯揉捏前臂肌肉，問道：「那練槍的前提條件是什麼呢？」

董彪指了指羅獵腳下的那口箱子，道：「天賦，以及足夠多的子彈！」

羅獵疑道：「那之前你教我的握槍姿勢就不重要嗎？」

董彪反問道：「那你說，飛刀的出刀方式重要嗎？」

羅獵道：「重要，但最關鍵要適合自己，只有適合自己的出刀方式才是正確的方式。」

董彪笑道：「那麼，我也可以告訴你，只要你感覺到舒適，那麼任何一種握槍姿勢也都是正確的方式。」

羅獵再問道：「那瞄準呢？不同的握槍姿勢應該有不同的瞄準方式吧？」

董彪搖了搖頭，道：「你發射飛刀的時候要瞄準嗎？好，你不用回答我，我只告訴你，你腳下的這口箱子中有兩把左輪和一千發子彈，隨便打，等打光了這些子彈，你的很多問題也就自然有了答案。」董彪說著，用腳尖踢了下那口箱子，做出了個請的姿勢。

羅獵打開了那口手提箱，箱蓋上嵌了兩把嶄新的左輪手槍，而箱體中，裝滿了整整二十盒手槍子彈。

「開始吧，你愛怎麼打怎麼打，我就不陪著了，難得這空氣如此清新，微風陣陣，正是上車瞇上一覺的大好時機……」董彪再叼了支香煙，晃晃悠悠回到了車上。

「砰——砰——」

不等董彪瞇上雙眼，荒野中已經響起了左輪的槍聲。

站著右手一槍，蹲下左手一槍，翻個前滾翻，再來一個左右同時一槍……那羅獵在心中歡呼，這哪裡是什麼吃苦受罪練槍法啊，這簡直就是過年放爆竹尋開心啊！

打了十槍是暴爽，打了五十槍叫痛快，可打了一百發子彈的時候，羅獵便感覺到了艱難。兩條臂膀起初做掛磚平舉的時候就有些酸脹了，又經受了各自五十槍的後坐力衝擊，兩條胳臂已近麻木，莫說瞄準，就算舉起槍來，都是無比艱難。

「怎麼？這麼長時間才打了兩盒子彈？」董彪不知道什麼時候出現在了羅獵的身後，臉上重新顯現出了嘲諷的表情。

羅獵沒好氣回道：「就你行？你來練練左右連放一百槍？」

董彪冷哼一聲，示意羅獵將槍扔過來。

接下了槍，董彪從箱子中拿出了兩盒子彈，然後選了棵四拃左右粗細的樹木，撤出了二十來步，衝著羅獵淡淡一笑，然後翻身以跪姿左右開弓，射光了槍中子彈，迅速換彈，中間毫無間隙，直到打光了那兩盒子彈。

而那棵樹木，則攔腰折斷。

董彪瀟灑起身，將兩把空槍扔還給了羅獵，揚了揚眉，晃了下腦袋，然後再呲哼一聲，轉身回車上去了。

羅獵目瞪口呆。

手槍快速射擊，準度已是難以保證，不間斷連開一百槍，換做了羅獵，恐怕連大方向都難掌握住，更不用說能射中那棵樹木了。而董彪射出的那一百發子彈，則保持了極高的準度，幾乎全射在了同一水平線上，而且，必須是左右同時從樹木外側逐漸向中間靠攏，才能令樹木攔腰折斷。

這槍法，羅獵只能是在心中感慨說歎為觀止。

「這小灶果然是不好吃啊！」羅獵哀歎一聲，甩了甩胳臂，重新為兩把左輪裝滿了子彈。

終於打完了箱子中的子彈，羅獵累得也癱在了荒地上。

董彪笑瞇瞇踱了過來，蔑笑道：「感覺怎麼樣？我剛才好像聽到有人在哀嚎說小灶不好吃？」

羅獵唉聲歎氣，道：「這荒山野嶺的就咱們兩個，除了我，還有誰的哀嚎會被你聽到啊？」

董彪搖頭哼笑道：「那咱明天還能照舊麼？」

羅獵翻身坐起，雙手交互揉著胳臂，堅定道：「當然照舊，多大事？不就一天一千發子彈麼？信不信我能打到你破產為止？」

董彪哈哈大笑，道：「你想多了，小子，沒有安良堂不做的生意，包括軍火，你知道麼？這種快過期的子彈其實是很便宜的，跟廢銅爛鐵差不多的價格。」

羅獵艱難地從地上爬起身來，甩著雙臂，道：「早說呀，你不知道，我剛才打槍的時候還心疼著要花好多錢呢！」

回去的路上，羅獵央求道：「彪哥，這兩把左輪就送給我了唄！我覺得用起來挺順手的。」

董彪看著車，扭過頭來看了羅獵一眼，不屑道：「你要這兩把破槍幹嘛？」

羅獵道：「怎麼能說是破槍呢？明明是新槍啊！」

董彪道：「打了一千發子彈，還能稱得上是新槍？膛線都快要磨平了。」忽地又想到了什麼，董彪哈哈大笑起來。

羅獵一頭霧水，問道：「我又不懂槍，值得你這樣笑話我嗎？」

董彪再看了羅獵一眼，道：「我可不是在笑你，我是在笑李喜兒那幫土鱉，從偉大的美利堅軍火零售商們手中花高價買來的槍支便是你手中的這種槍，看上去還嶄新嶄新的，其實跟廢鐵已經差不了多少了。」

羅獵恍然道：「怪不得那天他們只有挨打的份卻沒有還手的機會，原來買來的都是這種廢槍啊！」

回到了堂口，羅獵的體力也恢復了個差不多，重新變得生龍活虎，董彪不禁鎖緊了眉頭歎道：「你小子是什麼材料拼出來的？怎麼就累不死你呢？」

回到了房間，羅獵卻沒看到艾莉絲的身影，原本亂糟糟的房間卻被艾莉絲收拾地整整齊齊，在書桌上，羅獵看到了艾莉絲留下來的字條：諾力，我先回去了，我想，在我沒有說服席琳娜之前，還是不要見西蒙為好。

捏著艾莉絲留下的字條，羅獵不由歎息了一聲。

時間，可以解決掉這世上的很多為難之事，但同時另有一些事情卻是時間所解決不了的，更有一些事情，拖得越久便會更加棘手。就像艾莉絲和西蒙父女兩個的問題。於是，羅獵顧不上先洗個澡換身衣服，便跟值班的兄弟打了聲招呼，出了堂口，去了西蒙神父的住處。

西蒙神父正在準備晚餐，見到羅獵，不自覺地向羅獵的身後張望了一眼，卻沒見到心中所想，臉上不經意流露出一絲失望的情緒。「諾力，我想你還沒吃吧，留下來陪我一塊吃好了。」

羅獵道：「不必了，西蒙，我來只是想告訴你，你很幸運，你猜中了席琳娜的反應，現在，艾莉絲很痛苦，她不想放棄你，又不願意看到席琳娜難過。西蒙，我很樂意幫助你，可是，我如今也是倍感無助，我想，你到了必須說出真相的時候了，不然的話，艾莉絲很可能會因為席琳娜而離開你。」

西蒙神父的神色登時從失望變成了痛楚，道：「諾力，求求你，諾力，我真的不想再次傷害到艾莉絲，請你理解我！」

羅獵長歎一聲，道：「西蒙，我無法理解你，如果你以此為藉口，很可能得到的結果是傷害了艾莉絲一輩子。」

西蒙神父愣住了。

羅獵又道：「在我們中華，有句話叫長痛不如短痛。或者，當你說出真相的時候，會再次傷害了艾莉絲，可是，你若是不肯說出來，便會永遠地讓艾莉絲感到心痛。西蒙，你是個男人，不能讓艾莉絲背負那麼多的負擔。」說完，羅獵掉頭就走。

「等一下，諾力，請等一下。」西蒙在身後叫道：「諾力，我想，你比我更瞭解艾莉絲，我可以告訴你真相，但該不該告訴艾莉絲，我希望你能慎重考慮。」

羅獵站住了腳，轉過身來，道：「我答應你，西蒙。」

西蒙神父緩緩地點了點頭，道：「隨我來，諾力，我先給你看樣東西。」

走進屋中，西蒙神父背對著羅獵脫掉了上衣，其背上，赫然見到兩個交叉在一起的骷髏圖案的紋身。「我不是土生土長的美國人，我來自於義大利的西西里，三十年前，在我來到美利堅合眾國之前，便已經加入了馬菲亞。」

羅獵心頭不禁一凜。馬菲亞是橫行於義大利西西里地區的一個黑幫組織，因為其成員作案後總是習慣在現場留下一隻黑色的手掌印而又被稱作黑手黨。近五十年來，歐洲掀起了向美利堅的移民浪潮，大批的馬菲亞湧向了美國，紮根紐約，活躍於美利堅最為富饒的東海岸地區，他們幾乎完全操縱了東海岸的賭博業、色情行業，同時還是毒品販賣、軍火走私的主力軍。諸如綁票、殺人、搶劫等各色犯罪行為對馬菲亞來說更是小菜一碟。

馬菲亞內部幫派林立，大頭目對各自幫派實行家族式統治，也就是說，一旦入了馬菲亞，除非死亡，否則絕無退出的可能。

「席琳娜知道你是馬菲亞嗎？」羅獵想到了艾莉絲對他轉述的席琳娜的話，怪不得說西蒙遲早都會惹上麻煩。

西蒙神父穿回了上衣，道：「席琳娜是一個單純美麗的好女孩，她認識我的時候，並不知道這兩個骷髏頭代表的是什麼意義，那時候，我發瘋一樣的愛上了席琳娜，為了席琳娜，我甘願背叛了馬菲亞。我以為，美利堅那麼大，馬菲亞不會因為少了一個西蒙・馬修斯而大動干戈，於是，我便帶著席琳娜來到了西海岸的洛杉磯。在洛杉磯我度過了人生中最為快樂的四年。」

「我再也沒有使用過暴力，雖然，我的生存技能並不多，但我有一身的力氣。只要能賺到錢，什麼樣的髒活累活我都樂意去做，我要用乾乾淨淨賺來的錢養活席琳娜和她肚子裡的孩子。來到洛杉磯一年後，艾莉絲出生了，我更加勤奮，因為，只要我一想到艾莉絲，渾身就充滿了力量，就不會再感到勞累。也許，是我的誠意感動了上帝，聖約翰大教堂的主教接受了我，給了我一份穩定的工作和收入。」

「可是，我卻低估了馬菲亞處置一個背叛者的決心和毅力，就在艾莉絲即將過三周歲生日的時候，我所背叛的組織找到了我。馬菲亞對背叛者從來就沒有心慈手軟過，他們不僅想要了我的性命，還要將席琳娜、艾莉絲一併處死，以達到以儆效尤的目的。我可以接受馬菲亞的處置，但我的席琳娜和艾莉絲確是無辜的，我忍無可忍，做出了反抗，殺死了前來洛杉磯尋找到我的兩名馬菲亞成員。」

打開了話匣子的西蒙神父沉浸於對往事的追憶中，時而露出幸福的微笑，時而又悲痛憤恨。

「我帶著席琳娜和艾莉絲躲進了聖約翰大教堂，但我知道，這不過是個權宜之策，馬菲亞遲早還是能找到我。我懇請聖約翰大教堂的主教大人能救救席琳娜和艾莉絲，只要能讓她們活下來，我願意回紐約接受任何懲罰。可是，席琳娜卻對我已經失望透頂，就在那天晚上，我向上帝懺悔的時候，她帶著艾莉絲走了，這一走，便是整整十五年。」

「上帝原諒了我這個迷途知返的孩子，主教大人將我留在了教會中，馬菲亞也是上帝的孩子，自然不敢在教會中放肆，但他們卻沒有放棄對我的追殺，整整五年，我都沒能邁出聖約翰大教堂半步。直到五年後，我成為了神父，馬菲亞這才肯甘休。可是，我卻再也找不到我的席琳娜和艾莉絲了。」

羅獵唏噓不已，道：「她們母女二人早已經離開了洛杉磯，來到了千里之外的金山，你又如何能找得到她們？」

西蒙神父歎道：「是我連累了她們，我對不起她們母女兩個。我必須承認，我貪戀神父地位，我並沒有下定決心去尋找她們母女二人，我以為，我可以忘記席琳娜和艾莉絲，從而開始我新的生活。但我錯了，那天，我神使鬼差地去看了你們環球大馬戲團的演出，在舞台上，我見到了艾莉絲，那一刻，我幾乎敢斷言，舞台上這個美麗的女孩一定是我的女兒。果然，當我找到小安德森先生的時候，他告訴了我艾莉絲的名字。艾莉絲是我起的名，她本該叫艾莉絲・馬修斯，但我消失了，席琳娜讓艾莉絲跟了她的姓，叫艾莉絲・泰格，但我想，這並不重要，不管艾莉絲姓什麼，她總歸是我的女兒。」

羅獵點頭應道：「那當然，不管是天翻地覆還是星轉斗移，血緣關係卻是永遠也改變不了。」

西蒙神父道：「之後的事情你都知道的，諾力，對我來說，艾莉絲肯不肯叫我一聲父親不重要，在將來的日子中我還能不能再見到艾莉絲，再為她燒菜吃也不重要，我只想著艾莉絲能夠快快樂樂地生活下去，我甚至開始後悔三個月前的決定，我不該跟艾莉絲相認，不該貿然出現打攪了艾莉絲平靜的生活。」

羅獵道：「不，西蒙，你不該這麼想。艾莉絲渴望被父親疼愛，哪怕這份父愛遲到了十五年。我看得出來，這段日子裡，艾莉絲最開心的時刻並不是和我在一起，也不是在舞台上得到了觀眾們的掌聲，而是吃到了你為她做的一道道精美的菜餚時。西蒙，我還是那句話，你是個男人，就應該勇敢去面對一切，就像你二十年前那樣，為了你心中的愛，甚至連馬菲亞都敢背叛。」

西蒙神父的雙眸中閃爍出淚花來，激動之餘卻又飽含淒苦，輕輕一聲歎息，西蒙神父垂下了頭來：「可是，我戰勝不了我的心魔，我生怕艾莉絲知道了我曾經是一名馬菲亞而痛恨我。席琳娜是見識過馬菲亞的殘忍和狠毒的，她算是死過一回的人了，所以，她不敢讓艾莉絲跟我走得太近，我知道，她也是為了艾莉絲好。諾力，如果不是你逼我，我已打算放棄了，回洛杉磯，回聖約翰大教堂，即便回去做不了神父了，只要有個棲身的地方也就夠了。只要我知道我的女兒能夠幸福，我就足夠滿足了。」

羅獵深吸了口氣，緩緩吐出，雙手抵在了額頭上重重揉搓。「我問你，西蒙，你能保證你已經完全擺脫了馬菲亞的糾纏了嗎？」

西蒙神父長歎一聲，道：「我不知道，但我想，已經過去十五年了，他們應該已經忘記了西蒙・馬修斯這個人名，事實上，這十五年來我過得很安靜，馬菲亞再也沒找過我的麻煩。」

羅獵點了點頭，沉思片刻，道：「馬菲亞的老巢在紐約，西蒙，我真不知道你跟著我們回到紐約的那段日子是怎麼熬過來的，為了我，你還要拋頭露面去曼哈頓找凱文，為了艾莉絲，你每天往返於布魯克林和曼哈頓之間只為了能多學幾道菜。西蒙，我敬佩你的勇氣。」

西蒙神父苦笑搖頭，道：「你或許以為在紐約的時候我會每天提心吊膽，不，諾力，你錯了。在沒見到艾莉絲之前，在聖約翰大教堂，我或許還會有提心吊膽的時候，生怕某一天被馬菲亞打了黑槍。但自從我見到了艾莉絲之後，我便明白了我之前為什麼還會提心吊膽，那只是因為我還不知道席琳娜和艾莉絲的下落，不知道她們還是不是活在人世間，更不知道假若她們還活著，能不能活得很好。是這份牽掛才使得我如此珍惜生命。但是，當我見到了艾莉絲，見到了她身邊的你，我便已然解脫了。在紐約的時候，我甚至希望馬菲亞能夠突然出現，一槍擊斃了我，那樣的話，我便再也沒有了痛苦，我便再也不用違拗上帝的意願。」

羅獵歎息道：「書中說，父愛如山，我從小就沒有了父親，所以，對父愛如山始終找不到感覺。但今天，從西蒙你的身上，我讀懂了什麼叫父愛如山。放心吧，西蒙，這裡是金山，不是紐約，馬菲亞的勢力還無法觸及到這兒，在金山，尤其是唐人街，還沒有哪方勢力敢招惹到濱哥的安良堂。你就在這兒安心地住下來，艾莉絲那邊，包括席琳娜，我來幫你處理。」

西蒙神父感激道：「謝謝你，諾力，謝謝你，我真不知道該如何報答你。」

羅獵露出了笑容來，道：「你生了一個非常美麗非常優秀的女兒，這便是對我的報答，沒有什麼能比這份禮物更加珍重。西蒙，我在幫你的同時，也是在幫助艾莉絲，幫助艾莉絲，實際上就是幫助我自己，所以，你不必感謝我，這是我該做的。」

同一時間，在席琳娜的住所，艾莉絲正在低聲抽噎。

席琳娜坐在艾莉絲身旁，撫慰道：「艾莉絲，媽媽說的每一句話都可以向上帝保證它的真實性，你可能並不瞭解黑手黨，他們凶殘成性心狠手辣，尤其是對背叛者更是毫不留情。西蒙是得到了教會的庇佑才使得黑手黨不得不放棄了對他的追殺，可是，當他離開了教會，將會產生怎樣的麻煩呢？艾莉絲，聽媽媽的，離西蒙遠一點，拒絕他，讓他回到聖約翰大教堂，這是對你的保護，也是對西蒙的保護啊！」

艾莉絲抹著眼淚問道：「席琳娜，你告訴我，你還愛著西蒙嗎？」

席琳娜微笑搖頭，道：「這麼久了，都過去了。」

艾莉絲道：「不，席琳娜，你撒謊，我看得出來，你還愛著他。」

席琳娜幽歎一聲，道：「媽媽承認，媽媽還忘不了西蒙。如果西蒙沒有加入過黑手黨，媽媽會愛他一輩子。可是，在這種情況下，媽媽若是說還愛著西蒙，那麼只會害了他。」略一停頓，席琳娜又低頭呢喃道：「也會害了媽媽和艾莉絲啊！」

艾莉絲幽怨道：「可是，席琳娜，現在跟十五年前並不相同。那時候，黑手黨一心只想殺了西蒙和你……」

席琳娜微笑插話道：「艾莉絲，我的孩子，黑手黨並沒有打算放過你。」

艾莉絲搖頭歎道：「好吧，是咱們一家三口。那時候，西蒙是孤身一人，不可能做到跟黑手黨相對抗，只能是尋求教會的庇佑。但現在不一樣，席琳娜，諾力會保護我們的，他是安良堂的人，席琳娜，你是知道安良堂的勢力的，在金山，黑手黨是不敢招惹安良堂的。」

席琳娜苦笑道：「我當然知道，艾莉絲，十年前媽媽就認識了湯姆。可是，艾莉絲，湯姆的安良堂只會保護中華人，而我們，並不是中華人。所以，當黑手黨真的找上門來的時候，湯姆還願不願意犧牲自己的利益來幫助我們就會成了問題。艾莉絲，媽媽不能拿你的生命安全來做賭注啊！」

艾莉絲搖頭道：「不，席琳娜，我是諾力的女朋友，將來還會成為諾力的妻子，諾力是不會放棄我們的，而湯姆也絕不可能放棄諾力。」

席琳娜仍舊是一副苦笑面容，道：「艾莉絲，媽媽知道，你很喜歡諾力，媽媽沒有阻攔你的意思，但媽媽必須告訴你，在中華男人的心中，是沒有真正的愛情的，他們只是將妻子視為自己的個人財產，一個能為他生兒育女的特殊財產。只要他們的財力允許，他們可以娶很多個妻子，當危險來臨的時候，他們只會保護自己的兒女，對妻子這種特殊財產，卻是可以隨意放棄。」

艾莉絲帶著哭腔嚷道：「不，席琳娜，你撒謊！諾力不會這樣的，諾力只會愛艾莉絲一個人，諾力一定會傾盡全力保護艾莉絲！」

席琳娜閉上了雙眼，緩緩搖頭，兩顆碩大的淚珠悄然滾落。「安東尼醫生十年前就成為了湯姆的私人醫生，湯姆這個男人很紳士，十年間，我隨安東尼醫生多次去湯姆那裡為病人診治，不管情況有多麼糟糕，我從沒遇過湯姆會對我們失去了禮貌。可是，艾莉絲，你知道嗎？這麼優秀的一個男人，卻同時擁有五名以上的女人，而每個女人都沒有得到湯姆的任何名分。諾力是湯姆確定的接班人，他遲早會成為湯姆那樣的男人，艾莉絲，不要對諾力存在幻想好麼？那樣只會讓你更加受到傷害的。」

艾莉絲已經哭成了一個淚人兒，雙手捂住了眼睛，痛楚萬般，無助哭泣道：「你騙我，席琳娜，你在欺騙我，諾力不是那種男人，諾力只愛我一個人……」

席琳娜長歎一聲，不再言語，只是扭過頭去，悄悄抹去了腮邊的淚水。

沉默了片刻，艾莉絲仰起頭來，看著席琳娜，道：「席琳娜，我是說如果，如果現在黑手黨突然出現，抓走了艾莉絲，你會怎麼做？」

席琳娜擠出一絲微笑，柔聲回道：「我會跟他們拚了，說什麼也要救你出來。」

艾莉絲又問道：「那被抓的人換成了西蒙呢？」

席琳娜漠然搖頭，道：「我不知道……」

艾莉絲再問道：「假若黑手黨同時抓了我和西蒙呢？」

席琳娜道：「我的女兒，請你相信媽媽，為了你，我什麼都肯做。」

艾莉絲偎依在了席琳娜的懷中，輕聲道：「媽媽，當我提到西蒙的時候，你雖然猶豫了，可你並沒有拒絕，這只能說明，你心中還愛著西蒙。媽媽，艾莉絲渴望得到父親的疼愛，艾莉絲每天都在幻想著將來能被父親牽著手走進婚姻的殿堂，媽媽，此時此刻，你心中的恐懼已經成為了抓走我抓走西蒙的黑手黨，媽媽，放下你心中的恐懼，去見見西蒙，不管將來會發生什麼，我們都一同面對，好麼？」

席琳娜輕撫著艾莉絲的臉頰，呢喃道：「艾莉絲，我的女兒，媽媽並不懼怕黑手黨，媽媽生了你，又看著你長大，媽媽已經很滿足了。可是，媽媽不能看到你被傷害，媽媽只希望你能遠離危險。艾莉絲，請原諒媽媽，媽媽做不到你的要求。」

艾莉絲從席琳娜的懷中抽出身子，凝視著席琳娜，道：「媽媽，我想告訴你，西蒙已經被諾力接到了唐人街。諾力是一個信念堅定的男人，他不會放棄的，所以，西蒙也不會離開金山。媽媽，如果你執意不肯去見西蒙，那也應該做好準備，諾力隨時會帶著西蒙來找你。」

席琳娜不禁閃現出一絲慌亂來，她攏了下額頭上的頭髮，迫使自己鎮定下來。

對諾力，席琳娜還是有所瞭解的，正如艾莉絲所言，諾力是一個信念堅定的年輕人，這一點，早在五年前就已經表現得很明顯了。

第二章

盜門敗類

聽到盜門二字，羅獵陡然間想到了師父老鬼，
不過，董彪口中說的可是盜門敗類，自然不會是師父了。
「既然是個敗類，又怎麼值得彪哥心甘情願花那麼多錢呢？
彪哥，恐怕這其中另有隱情吧？」

羅獵回到了堂口。雖然錯過了堂口的晚飯時間，但周嫂卻為羅獵留了飯菜。馬馬虎虎填飽了肚皮，羅獵來到了曹濱的書房前，伸手敲響了曹濱的書房房門。

卻無人應答。

這個時間，濱哥不會在臥室中啊！

正猶豫該不該上樓去濱哥的臥房看看，走廊的一端，董彪現出了身影來。

「找濱哥？」董彪趿踏著一雙人字拖，走了過來，「濱哥不在家，昨天咱們練槍的時候，他就登上了前往紐約的火車。」

「濱哥去紐約了？他什麼時候能回來呀？」羅獵不免有些失落，道：「彪哥，你有什麼辦法能聯絡到濱哥麼？」

董彪道：「他現在人在火車上，發電報也收不到啊！你找他什麼事？跟彪哥說不也一樣麼？」

羅獵歎了口氣，道：「還不是為了西蒙的事情，彪哥，西蒙他之前是個馬菲亞……」

董彪不禁一怔，道：「打住！到我房間來！」

進到了房間，董彪先點上了煙，然後問道：「那個西蒙不是個神父嗎？怎麼又跟馬菲亞扯上了關係？」

羅獵一五一十將西蒙神父的故事告訴了董彪。

董彪一根煙抽完，又接上了一根，笑著點頭應道：「這個西蒙，藏得很深嘛，連我董彪都沒看出來他居然是個馬菲亞。」

羅獵道：「西蒙現在已經不再是馬菲亞了，二十年前，他便已經痛改前非。所以，彪哥看不出來也是正常。」

董彪抽著煙，點了下頭，道：「你想幫助西蒙，可又擔心連累了安良堂，所以，你才來找濱哥的，是嗎？」

羅獵應道：「西蒙之前有教會的保護，所以馬菲亞不敢繼續找他的麻煩。可是，西蒙現在離開了教會，那麼就不排除馬菲亞重新找到他。雖然這種可能性並不大，但卻不能排除，彪哥，你說濱哥會不會答應保護西蒙呢？」

董彪笑了笑，道：「以我對濱哥的瞭解，他在回答你這個請求之前，一定會先問你一個問題，羅獵，你對那個艾莉絲是真心的嗎？」

羅獵應道：「當然是真心的。」

董彪又問道：「那麼，一年之內，你打算娶了艾莉絲做老婆嗎？」

羅獵想了下，道：「我雖然還不想那麼早就結婚，但是，假若濱哥非得要我娶了艾莉絲才肯保護西蒙的話，我會在一個月內便和艾莉絲舉行婚禮。」

董彪笑著點了點頭，道：「那麼，濱哥的答案就很明顯了。」

從邏輯上推斷，董彪肯定會做出肯定的判斷，但羅獵沒有親耳聽到，還是有所不安，於是問道：「那濱哥的答案是什麼呢？」

董彪露出了一臉的壞笑，回道：「濱哥會說，去問你彪哥，這種打打殺殺的破事，都是你彪哥在管，老子現在只管為安良堂多賺點錢！」

羅獵陪笑道：「那彪哥會不會答應呢？」

董彪臉上的壞笑更加濃烈，從煙盒中彈出一支煙來，丟在了羅獵面前，道：「想知道嗎？想知道的話，就陪彪哥抽支煙。」

羅獵苦笑道：「可彪哥你是知道的，我不會抽煙啊！」

董彪撇嘴道：「你啊，還不如安翟那個小胖子講義氣呢！那小胖子為了救你，心甘情願地接受了彪哥提出的以命換命的要求，你再看看你，連支香煙都不肯抽！」

羅獵無奈，只得拿起了香煙點上了火，卻只在嘴上吧嗒，不把煙吸到肺裡。

「抽煙不進肺，那叫什麼抽煙啊？純粹叫浪費好不好？」董彪斜著眼看著羅獵，一臉壞笑中還飽含著蔑視。

羅獵最受不了這種神態，於是便抽了一小口，吸進了肺中……雖然只是一小口，卻還是引發了身體劇烈的抗議。「咳，咳——」連續幾聲劇烈的嗆咳，羅獵的兩隻眼睛都噴出了淚花來。

董彪開心地笑了，道：「別怕，繼續，多嗆兩下，就適應了，你說，你個大男人，不會喝酒抽煙，那活著有個鳥勁啊！」

嗆咳聲中，羅獵總算抽完了一支香煙，將煙屁股摁滅在煙灰缸時，董彪已經為羅獵端來了一杯熱茶，「其實，一邊喝著茶，一邊抽煙，你就不會感到那麼嗆人了。」

羅獵接過茶杯，喝了口熱茶，再翻著眼皮嗔怒道：「那你不早說？」

董彪哈哈大笑，道：「早說？早說了那還能聽到你動人的嗆咳聲嗎？還能看到你流出難得一見的眼淚嗎？我跟你說啊，彪哥等這一天已經等得很久了！」

羅獵哀歎一聲，道：「那你現在滿意了？」

董彪嬉笑道：「嗯，嗯，相當滿意。」

羅獵深吸了口氣，問道：「那你現在可以告訴我答案了麼？」

董彪陡然嚴肅起來，站起身來，踱了兩步，轉身看著羅獵，道：「安良堂訓誡，懲惡揚善除暴安良，雖然只為華人出頭，但也未必盡然。艾莉絲是你羅獵的女人，那便是我安良堂的自家人，包括她的父親西蒙和她的母親席琳娜。馬菲亞黑手黨雖然勢力龐大凶狠殘暴，但我安良堂也不是吃素的，尤其是在金山，濱哥的地位和權威決不允許其他幫派的任何挑釁。羅獵，這件事你不必請示濱哥了，彪哥便可以給你一句肯定的答覆，西蒙的事情，咱們安良堂攬下來了，敢動西蒙一根手指，咱們安良堂就讓他有來無回！」

雖然對這個結果羅獵已經有所預料，但親耳聽到董彪氣勢浩蕩擲地有聲地說出口來，還是令羅獵心潮澎湃激動不已。「彪哥……」叫了聲彪哥，羅獵卻突然啞口，一時間不知道自己該用怎樣的言語來表達自己的心情。

董彪擺了下手，回到了剛才的座位上，稍顯憂慮接著道：「不過，彪哥要開出個條件來，你必須答應了才可以。」

羅獵毫不猶豫，立刻點頭應道：「我答應你，彪哥！」

董彪突然露出了詭異的笑容來，道：「彪哥想喝酒了，沒人陪……」

羅獵不等董彪把話說完，起身就走，還甩下了一句話乾脆俐落的話來：「門都沒有，明天還要訓練呢！」

董彪在身後發出了重重一聲歎息：「你大爺的，一點面子都不給啊？」

第二天上午，繼續練槍，兩把嶄新的左輪再次被羅獵用成了廢品。午飯後，稍事休息，羅獵開著車，載著安良堂一名會開車的兄弟來到了賓尼的搏擊俱樂部。賓尼還沒來到，羅獵先換了練功服，開始熱身。

剛活動開了身體，三名東方面孔便靠攏過來。

這三人操的雖也是英文，但英文發音卻很是蹩腳，像是舌頭長反了一樣，又像是嘴巴裡含了個什麼玩意。「嗨，支那人，東亞病夫，敢不敢跟我們切磋一下？」為首一人，額頭上紮了條白色的髮帶，髮帶於額頭正中，印了一個鮮紅的太陽。此人留著長髮，卻將額頂上的頭髮攢了起來，梳到髮心的位置上打了個結。身上裝束也是滑稽，大熱天卻穿著一件寬大的袍子，或許為了襯托自己的雄壯，肩背部還加了一個兩頭翹起的坎肩。袍子的下擺是敞開的，露出了裡面黑色的褲裙，褲裙的長度只蓋到了小腿肚子，前面的迎面骨上，顯露著黑不拉幾令人作嘔的腿毛。

「假潑尼斯？」羅獵學著那東洋人的發音，並回敬了一個不屑神情。這是賓尼的俱樂部，而濱哥又是賓尼俱樂部的大股東，羅獵並不想在俱樂部中跟別人發生衝突，因而，羅獵對那三人沒有過多搭理，而是繼續他的練習。

「是泥棒尼斯！大泥棒帝國萬歲！」為首的東洋人面色極為不悅，衝到羅獵面前，糾正羅獵的稱謂。

在美利堅，對東洋人的表述有兩個英文單詞，一個是Japanese，模仿東洋人的發音便是假潑尼斯，而大多數東洋人則喜歡第二個單詞稱謂，叫Nipponese，大多數東洋人對這個單詞的發音掌握還比較好，能發出泥棒尼斯的音來。

羅獵淡淡一笑，道：「不一樣嗎？都是個彈丸島國！」

那東洋人被羅獵的態度所激怒，一把揪住了羅獵的衣領，口中叱罵道：「八格牙路……」

便在這時，黑人大個蘭德爾衝了過來，叫嚷道：「你們在幹什麼？想在賓尼的地盤上鬧事嗎？」

羅獵並不想因為自己的衝動而使得賓尼失去了三名學員，因而，當蘭德爾衝過來的時候，羅獵放棄了反擊，選擇了忍讓。

「蘭德爾，我是賓尼請來的教練，但這位學員卻冒犯了我，我可以看在賓尼的面子上不出手教訓他，但他必須向我道歉。」那東洋人雖然鬆開了手，卻不肯退去，仍舊是不依不饒。

黑大個蘭德爾嗤笑道：「你知道他是誰麼？他是……」

羅獵打斷了蘭德爾，道：「蘭德爾，不用多言，既然他是賓尼請來的教練，而我剛才的話確實有些侮辱這位日本先生的意思，那我就向他道歉好了。」

轉過身來，羅獵衝著那東洋人微微一笑，道：「雖然我只是說了句實話，但若是傷到了你，我願意向你道歉！」

不遠處，俱樂部的門口，不知何時現出了賓尼的身影，他看著這邊，不由得輕歎一聲，搖了搖頭。

那東洋人顯然也不想把事情鬧大，聽到羅獵說他願意道歉時，便搖晃著腦袋準備離開了。

羅獵再一笑，接道：「等一下，泥棒子。」羅獵說的自然是英文，但泥棒子三個字卻分明變成了中華話。就在羅獵準備進一步說出心中打算的時候，忽然看到了不遠處的賓尼。羅獵歎了口氣，擺了擺手，道：「算了，忍一步海闊天空！」這句話用的卻是中文，顯然只是自語，那東洋人雖然沒聽懂，卻也能理解到羅獵的意思，於是，便趾高氣揚的帶著兩手下離開了。

賓尼隨即來到了羅獵身邊。

「諾力，你表現得很好，很有修養，這一點，傑克絕對做不到。」賓尼微笑著發出了讚歎，可這話聽起來，卻不像是句好話。

羅獵笑道：「若是換了傑克，他會怎麼做？」

賓尼聳了下肩，道：「他會跟人家拚命的。」

羅獵道：「明知道打不過人家也要拚命嗎？」

賓尼道：「明知道會被打死，他也會義無反顧地衝上去。」

羅獵似笑非笑，道：「若他知道自己不出手則已，一旦出手必將傷人，那麼，他還會在朋友的地盤上衝上去嗎？」

賓尼不由一怔，問道：「什麼意思？」

羅獵攤開了手掌，露出了掌心中的飛刀，呵呵笑道：「沒什麼意思，只是順口瞎問罷了。」說罷，羅獵擼起了衣袖，將飛刀插回到了刀鞘中。

賓尼歎了一聲，道：「諾力，是我看錯了你，我向你道歉，不過，我希望中的諾力可以不借助武器而戰勝他。他叫井滕一郎，是個唐手道高手，在我的俱樂部中一直是驕橫跋扈，只可惜，賓尼老了，教訓不了他了。」

羅獵點了點頭，道：「另外兩人呢？是他的助手還是什麼？」

賓尼道：「另外二人，稍胖一些的那個是井滕一郎的徒弟，叫安倍近山，另一個瘦一些的是個朝鮮人，姓朴，叫什麼我記不得了，也是個唐手道的高手。」

羅獵道：「我說賓尼，你好端端一個搏擊俱樂部，請來這些人幹嘛呀！」

賓尼歎道：「還不是因為湯姆，你的濱哥，他告訴我，『武道需博大方能精深，只有吸取了眾家之長，方能獨樹一幟』。」賓尼苦笑著用生硬的中文複述了曹濱的原話，並接道：「事實上，我的俱樂部確實因湯姆的這句話而受益了二十年，誰知道，等到賓尼老了，卻等來了井滕一郎這種人。」

羅獵道：「我懂了，賓尼，你老了，傑克也老了，湯姆也一樣，只有我才適合做這種事情了。賓尼，給我一個月的時間，我一定能夠幫你解決了這個麻煩。」

賓尼欣喜的同時又有疑慮，道：「一個月？一個月夠嗎？」

羅獵拍了拍賓尼的肩，道：「夠還是不夠，那不就看你這個當教練的了嗎？」

賓尼點了點頭，道：「諾力，你的基礎很好，悟性也高，只是，這每天的訓練時間……算了，說了也是白說，因為我根本做不到。」

羅獵再拍了兩下賓尼的肩，笑道：「湯姆有沒有跟你說過另外一句中華箴言，叫『師父領進門修行靠個人』，意思是說，做師父的只需要教會了徒弟最基本的就夠了，至於徒弟能學到怎樣的高度，那就看徒弟自己的了。」

各行有各行的道，中華如此，美利堅亦是如此。賓尼做為館主將井縢一郎請進了搏擊俱樂部，若是館主找不出人來擊敗他，那麼就沒有權力將他趕出去，除非，他自己待膩了而主動離開。金山的搏擊俱樂部並不多，大多數俱樂部均以拳擊為主要項目，向空手道跆拳道這種小眾搏擊技法很難找到飯碗。而賓尼當初向井縢一郎開出的待遇條件又相當不錯，因而，井縢一郎根本不會產生自動離開的念頭。

井縢一郎欺負賓尼年老力衰打不過他，同時也時刻提防著老賓尼手下的學員，但凡老賓尼添了新學員，井縢一郎總是會先下手為強給對方一個下馬威，甚至不惜失了臉面而出手教訓，為的只是嚇倒了賓尼的新學員，使之學了第一期後再也不會跟著賓尼學練第二期的課程。而俱樂部其他教練，則抱著多一事不如少一事的態度，任由井縢一郎在俱樂部中飛揚跋扈。

井縢一郎並非是單純的一個莽夫，事實上，羅獵的背景他已然知曉。井縢一郎不想也不敢招惹曹濱，但在行規的範圍內，挑釁一下羅獵，倒也沒什麼大不了。只是，井縢一郎也不敢將事情鬧得太大，於是，在差不多的時候便作罷了。但井縢一郎依舊警惕地觀察著羅獵，若是羅獵真有可能威脅到自己的飯碗的話，那麼，井縢一郎也只能鋌而走險。

但，好像是他自己多慮了。

那羅獵，不單是當場認了慫，而且，在接下來的訓練中明顯不如之前那樣投入，勉強熬完了三個小時的課程時間，便匆匆換了衣服回去了。

出了俱樂部，回到車上，跟著羅獵一同過來的那位安良堂兄弟在車上睡得是一塌糊塗。羅獵按了下喇叭，叫醒了那兄弟，道：「怎麼樣，做到娶媳婦的好夢了嗎？」

那兄弟揉了揉眼，不好意思笑道：「昨晚值夜，以為補了一上午的覺可以補回來了呢，沒想到待在車上又睡著了。」

羅獵道：「彪哥就是多事，我這車技，還需要請你來保駕護航？」

那兄弟笑道：「諾力兄弟的車技當然沒問題，彪哥只是擔心車子會出故障。」

羅獵撇嘴笑道：「你真會說話，誰都不得罪。」發動了汽車，羅獵上了路，又道：「哥們，還得辛苦你跟我轉一圈，等我辦完了事，請你吃大餐啊！」

憑著記憶，羅獵在市區兜了好幾個大圈，終於找到了席琳娜的住處。

「哦，是諾力啊！」席琳娜為羅獵打開了房門，並將羅獵請到了房間中，「艾莉絲去看她大師兄大師嫂的孩子了，怎麼，你沒見到她麼？」

羅獵道：「我並沒有跟大師兄他們住在一起，而且，我今天午飯後便出門了。席琳娜，事實上我並不是來找艾莉絲的，我找的是你，席琳娜。」

席琳娜道：「如果，你是想幫西蒙說話，我勸你還是再等等好麼？我現在的心很亂，我不想聽到任何關於西蒙的消息。」

羅獵笑道：「不，席琳娜，你誤會了，我來只是想告訴你，湯姆在唐人街建了個診所，請了安東尼做診所的首席醫學專家，安東尼原本沒打算安排你去唐人街，但湯姆卻只信任你。你知道的，安東尼是拗不過湯姆的，所以只好答應了。不過，湯姆說了，他願意為你支付雙倍的薪水。」

席琳娜先是不由一喜，隨即便想明白了個中原因，心中不禁猶豫起來。

艾莉絲回來了，暫時還沒有工作，席琳娜有心為艾莉絲換一處條件稍好一些的公寓，但經濟實力上卻存在問題。唐人街雖然距離市區稍有些距離，但雙倍的薪水卻能讓她付得起一整套公寓的房租。在被誘惑到的同時，席琳娜警醒地認識到，這件事，很可能跟西蒙有關係。

「諾力，你是一個誠實的孩子，告訴席琳娜，這件事跟西蒙有關聯麼？」席琳娜猶豫再三，還是想先把事情搞清楚了再說。

羅獵微微一笑，道：「您說的跟西蒙有無關聯，指的是哪方面呢？」

席琳娜道：「比如，是西蒙求著湯姆這樣做的，又或者，我的雙倍薪水是西蒙支付的。」

羅獵哼笑一聲，道：「西蒙是個洋人，又不是湯姆的朋友，他怎麼能求得到湯姆的頭上呢？還有，西蒙雖然做了十年的神父，但他的積蓄並不多，一小半都用在了這段時間所住的酒店上了，又哪來的錢為你支付薪水呢？但是，席琳娜，你剛才說了，諾力是個誠實的孩子，所以，諾力不會欺騙你說這件事跟西蒙毫無關係，因為，是湯姆不想讓我在這段時間練習功夫的時候有所分心，才想到的這個辦法，只為了艾莉絲能住得和我們近一些。西蒙是艾莉絲的父親，這一點，改變不了，所以，這件事多少都會跟西蒙扯上點關係。」

席琳娜鬆了口氣，道：「這麼說，我就放心了，諾力，請你轉告湯姆，我十分願意為他工作，但雙倍薪水卻有些過分，能為我增加百分之三十的薪水，我就已經很滿意了。」

羅獵聳了下肩，無奈道：「席琳娜，你是瞭解湯姆的，他確定的事情，誰也改變不了。再說，湯姆請你可不單是讓你做護士，你還要擔負起診所的管理職責，所以，我認為你配得上這份薪水。」

席琳娜懷著感激的心情走過來擁抱了羅獵，並道：「謝謝你，諾力，謝謝你，你是一個善良的孩子，我真為艾莉絲而感到高興。」

這主意是董彪出的。雖然，羅獵乾脆俐落地回絕了董彪要羅獵陪他喝酒的要求，但董彪絕不可能因為這點小事便記恨羅獵。

羅獵只是想著要承擔起保護西蒙一家的責任，但怎麼保護，卻是一無所知。在這方面上，董彪不得不為羅獵多想一些。最簡單的辦法，便是把西蒙一家安置在自己的眼皮子低下。

新建一家診所對董彪來說確實有些難度，隔行如隔山，興建一家診所需要怎樣的裝修設施董彪均是一無所知，更不要說接下來的請醫生請護士添置各種醫療器械等這些細緻內容。但收購一家診所對董彪來說卻是簡單至極。若長一條唐人街上，四五家洋人開的診所，誰敢對董彪提出的收購方案說一個不字？

羅獵對董彪提出的這個想法很是認同，但同時又擔心濱哥那邊會有不同意見。董彪無奈笑道：「小子，你也太小看安良堂的實力了，收購一家診所，對安良堂能算得上什麼呢？這種事，濱哥才懶得管。還有，你也忒小看你自己在濱哥心中的地位了，莫說花個三兩千美元收購一家診所，就算有必要花個一兩萬美元把唐人街所有的診所全都拿下來，濱哥也不會皺下眉頭。行了，小子，這事彪哥做主了，你只管去跟席琳娜說就是了。」

董彪篤定打消了羅獵的疑慮，他原本是想將這個好消息先拿來跟艾莉絲分享，可找到了艾莉絲的住所，卻只有席琳娜一人在家。羅獵也是性情使然，被席琳娜一上來的冰冷態度所激將，便脫口將此安排說了出來。

也是羅獵的現場反應能力超強，臨時編了一套說辭居然合絲嚴縫，讓席琳娜找不出任何破綻。

離開了席琳娜的住所，羅獵又為剛才他對車上保駕護航的那哥們誇下的海口犯起了難為。七點多都快八點鐘了，這麼晚，到哪兒請人家吃大餐呢？

想來想去，只能想到了西蒙神父，但願西蒙神父的廚房裡還留有足夠的食材。

驅車來到了西蒙神父的住所，可是，西蒙神父卻不在家。容不得羅獵多想那西蒙神父這麼晚去了哪裡，他現在急需解決的是他和那哥們的大餐問題，再沒有別的選項了，羅獵只能將那哥們帶去了大師兄那邊。卻不曾想到，西蒙神父居然也在。

「艾莉絲她剛走。」趙大新見到了羅獵，頗有些遺憾道：「艾莉絲去堂口找你了，還給你留了話，沒想到你始終沒能趕來，時間已經太晚了，她就先回去了。」

西蒙神父美滋滋道：「今天是你大師兄夫人的生日，我過來給他們做廚師，艾莉絲也在，我看得出來，她沒有任何不悅。」

羅獵道：「西蒙，還能再弄點吃的嗎？我們兩人從市區趕過來，晚飯還沒吃呢！」

西蒙神父道：「能，當然能，我這就為你們做。」

待西蒙神父鑽進了廚房，羅獵問道：「大師兄，大師嫂不是下個月的生日嗎？怎麼今天就過上了呢？」

趙大新歎道：「艾莉絲來看振華，閒聊時說她好些日子沒見到西蒙神父了，還挺想得慌，於是，我就便隨口找了個理由，將西蒙神父請了過來。」

羅獵衝著趙大新豎起了大拇指，道：「幹得漂亮，大師兄！」

廚房中剩下的食材都是料理好了的，西蒙神父只需要直接下鍋翻炒即可，因而，沒多會，西蒙神父便弄出了四菜一湯來。

羅獵邊吃邊讚：「西蒙，你現在的廚藝可是不得了啊！」

西蒙神父毫不掩飾自己的自豪，微微仰頭道：「那當然，我每天的時間都花在了如何做菜上，我在中華菜的基礎上，又融入了我們義大利菜的特點，所以，諾力，你吃到的菜除了在西蒙這兒，別的地方可是吃不到的哦。」

羅獵道：「艾莉絲能有你這樣的父親真是讓人羨慕。對了，西蒙，我還要告訴你一件更讓你開心的事情，艾莉絲和席琳娜就要搬到唐人街來了，你可以隨時見到艾莉絲嘍！」

西蒙神父既興奮又緊張，但最終還是興奮多過了緊張，坐在羅獵對面侷促地搓了幾下雙手後，西蒙神父站起身來，朝著廚房方向邊走邊道：「這真是個好消息，我要再為你做兩個菜來。」

在大師兄這邊吃過了飯，羅獵又去拖了下大侄子趙振華，摻和到了九點半的樣子，羅獵開著車將西蒙神父送回了住所。臨下車時，羅獵關切道：「西蒙，可能是我多慮，說真的，我一直在為你的財務狀況而感到擔心。」

西蒙神父感激笑道：「諾力，你的擔心並不是多餘的，事實上，我也曾經有過擔心，但現在卻不需要了，我已經找到了新的工作。」

羅獵疑道：「新工作？莫非你重操舊業，繼續當神父嗎？」

西蒙神父道：「不，諾力，自從我離開了聖約翰大教堂，我便失去了做神父的資格。不過，我的這份新工作仍舊跟教會有關，金山神學院，他們答應臨時聘用我了。」

羅獵瞪大了雙眼，道：「請你去做廚師嗎？天哪，你學會的是中華菜，在那邊並不受歡迎！」

西蒙神父笑道：「諾力，你在跟我開玩笑嗎？我怎麼可能去做一名廚師呢？我學到的廚藝，只會為我的朋友服務。他們聘我的崗位是老師，為金山教會培養合格的神職工作人員。」

羅獵撫著胸口笑道：「你早說嘛，早說我不就放心了？恭喜你啊，西蒙，以後吃你做的菜，即便不付錢我也會心安理得的。」

賓尼的強項是西洋拳，西洋拳講究的是三要素，腳下移動的步法，上身躲閃的技巧，以及出拳的速度力量。羅獵有著中華功夫的底子，對腳下移動的步法和上身躲閃的技巧基本上是一點就通，不過十天的訓練，便得到了賓尼的讚賞，出拳的速度上，羅獵更不需要多加練習，因為，發射飛刀的出手速度遠大於一般拳手的出拳速度。只是，在出拳的力量上，羅獵卻是無能為力。

拳頭上的力道必須經過無數次地擊打沙袋才能提高，羅獵練習過幾次，卻惶恐發現，每次練過沙袋後，都會影響到發射飛刀的手感。羅獵自然不肯為了西洋拳有所成就而損害了他的飛刀絕技，因而，在出拳力量訓練上總是在偷懶，甚至是拒練。

對賓尼來說，假若只是為了應付曹濱，那麼他睜隻眼閉隻眼也就算了，可如今，羅獵重燃了賓尼趕走井滕一郎的希望，故而，對羅獵的這種訓練態度極為不滿。

「諾力，井滕一郎的唐手道已經是爐火純青，唐手道的各種技擊技巧非常霸道實用，能戰勝井滕一郎唐手道的，唯有絕對的力量。諾力，你其他方面的能力我都不會擔心，唯獨你出拳的力量，還是不足夠擊敗井滕一郎。」賓尼極力地控制著自己內心中的不滿，委婉地向羅獵提出了自己的希望。

近十天來，羅獵也細緻地觀察過井滕一郎的唐手道，雖然只能是遠觀，而且還不能看得太久，但總體上羅獵並沒有感覺到那唐手道有什麼過人之處，甚至還不及西洋拳法給羅獵帶來的收益。

羅獵的這種認識並非托大，事實上，唐手道便是中華拳法流傳到了琉球國和高麗國而形成，在琉球國，習武者更注重拳掌上的技巧，而在高麗國，則較為重視腿上功夫，於是便形成了唐手道的兩個流派。

「賓尼，我必須如實相告。」羅獵抖出一柄飛刀扣在了掌心，亮給了賓尼看，「前幾天，我確實是按照你的佈置苦練出拳力量的，但我發現，每次練完之後，我的飛刀準頭都會受到影響。賓尼，我不可能放棄飛刀的，所以，我只能停下來擊打沙袋的訓練。」

賓尼愣了愣，為難道：「可是，沒有絕對的力量優勢，又如何能戰勝得了井滕一郎的唐手道呢？諾力，你不會已經忘記了那個東洋人帶給你的羞辱了吧？」

羅獵淡淡一笑，道：「當然不會，賓尼，相對我所受到的屈辱，我記得更清楚的是對你的承諾，這些天來，我一直在偷偷觀察著那個井滕一郎，還有你只知道姓氏卻不知道名字的朴什麼玩意，我認為，我現在就有機會擊敗他們，只是這種感覺還不是那麼的強烈。再多給我幾天時間，我一定能找到對付他們的招數。」

賓尼苦笑道：「井滕一郎在我俱樂部雖然驕橫跋扈，但我睜隻眼閉隻眼也就過去了。只不過，湯姆在金山的威名卻不允許遭到任何挑釁，諾力，你應該能明白我的意思，對嗎？」

「賓尼，你的意思我當然明白，湯姆和你是多年的朋友，湯姆的威名不容挑釁，你賓尼的威名也是一樣！」

「你小子槍法進步得很快嘛！」時隔數日，董彪又一次帶著羅獵出去練槍，只看到羅獵左右開弓打了一輪，董彪便發出了讚歎：「我盤算著，你再打廢個二十把左輪或許才能達到你目前的水準呢，沒想到你小子還真能為彪哥省下一大筆開銷呢！」

羅獵重新裝填了子彈，對著二十步遠的一棵樹木又是一輪連射。第一輪連射已經將那棵樹木的兩側打出了兩道兩支來寬的凹痕，第二輪連射過後，那兩道凹痕的上下寬度並沒有明顯增加，只是向樹心方向又深了一些。

「行了，你就省省吧，賺錢不易，別那麼浪費，練到你這水準已經足夠了。」董彪從地上撿起了一個土疙瘩，丟向了羅獵。

羅獵停了下來，轉身對董彪道：「你不是說這些子彈都是些快到期的，就跟廢銅爛鐵差不多嗎？」

董彪瞪起了雙眼，喝道：「你一天打廢我兩把左輪，一把左輪至少八十美元，這不是錢啊？不知道把你手上的兩把左輪省下來啊？」

一把左輪八十美元，兩把便是一百六，羅獵練槍這是第十二天，也就是打廢了十一個一百六十美元，一千七百多哦！羅獵不禁咋舌。

不過，那董彪說話，卻是一半真一半假。

左輪連續打出五百發子彈後，那槍管中的膛線確實會被磨平了不少，但也絕對不能說這把槍便廢掉了，因為，只要有好的工匠，還是能將手槍的膛線重新打磨出來的。重新打磨了膛線的手槍自然蒙不了行家裡手，但去槍械商行買槍的人，又會有多少行家裡手呢？因而，被羅獵所謂打廢了的那些左輪，在安良堂的手中只有四個字：照賣不誤。

羅獵自己也覺得能把槍練到這個份上已經很不錯了，於是便把左輪收了起來，回到了董彪身邊，道：「接下來，是不是該練步槍了？」

董彪搖頭道：「你練步槍沒鳥用，濱哥沒打算讓你練，彪哥也沒計畫教你練。」

羅獵鎖眉問道：「為什麼？」

董彪點了根香煙，然後衝著羅獵晃了晃手中煙盒，笑道：「想知道是不？抽支煙，抽完了煙彪哥就告訴你。」

已經上過一次當的羅獵又怎肯上第二次當呢？於是，羅獵乾脆俐落地回道：「不想說就別說，但是，你現在若是不說的話，等以後想說了，我還不樂意聽了呢！」

董彪抽著煙，嘿嘿笑道：「那我現在說就是了，你可聽好了，步槍太貴，而且，彪哥手上沒有快到期的步槍子彈。」

這顯然是董彪的調侃，羅獵自然不信。「彪哥，你就騙我吧，你剛才還說是我練了步槍沒鳥用，這會又說是錢的問題，騙誰呢？」

董彪笑道：「好吧，既然騙不了你，那彪哥就跟你說實話吧，手槍是近戰武器，基本上不需要瞄準，能不能打得準，全靠手上的感覺，跟你的飛刀差不多。但步槍不同，步槍才真正需要手臂的穩定性，但若是把穩定性練出來了，又會影響到你發射飛刀的手感，得不償失啊！」

羅獵恍然道：「我懂了，就跟賓尼要我加強鍛練出拳力量一樣，也是會影響到我的飛刀手感。」想到了賓尼，羅獵自然想到了井滕一郎的唐手道，於是問道：「彪哥，你跟東洋人幹過仗嗎？那東洋人的唐手道有什麼招數克他嗎？」

董彪想都不想，直接作答道：「那還不簡單？就用你手中的左輪，左一槍右一槍，管他什麼唐手道唐腳道，全都是秒殺！」

羅獵苦笑道：「彪哥，我跟你說正經的呢，咱不說用槍，就說徒手對戰。」

董彪笑道：「那你不是犯傻麼？」

羅獵有些著急了，道：「彪哥，我真的遇到了困難，真心請教你呢！」

董彪收住了笑，正色道：「是為了賓尼俱樂部中的那個琉球人吧？」

羅獵疑道：「你怎麼知道的？」

董彪道：「賓尼這傢伙，也是死要面子活受罪，半年前為了那個琉球人就來找過我，我答應他要幫他趕走那個琉球人，可賓尼又顧忌道上的規矩而不肯。跟你說實話吧，我之所以將你送到賓尼那兒，正是因為他那兒有這麼個玩意，羅獵，只要你能把井滕一郎給揍趴下了，這搏擊格鬥的小灶也就算吃完了。」

羅獵蹙眉道：「可我卻是一點把握都沒有，這些天來，我時不早晚地觀察過他教習他的學員，唐手道倒是沒什麼稀罕，跟咱們的很多拳法又有些類似，可我看那井滕一郎的功夫頗深，我感覺我能跟他打個平手就已經算不錯了。」

董彪笑道：「那你比我強多了，我要是跟他對打，不輸得太難看便很滿意了。」

羅獵道：「但我怎麼總感覺彪哥你一定會有辦法克住井滕一郎的唐手道呢？」

董彪搖了搖頭，道：「那我只能回答你，你的感覺是錯誤的，彪哥這輩子沒練過這拳那拳這道那道，彪哥只練過四個字，以命相搏。」

羅獵突然面露喜色，道：「我明白了，多謝彪哥點撥！」

董彪一臉狐疑，道：「你明白個屁了？我點撥你什麼了？」

羅獵正色道：「我跟大師兄練過擒拿手，又跟賓尼學了西洋拳，這兩樣結合在一起，我有自信不會輸給井滕一郎，若是能再多一些彪哥以命相搏的精神，就一定能將井滕一郎打趴下！」

董彪苦笑搖頭，道：「你可拉倒吧你，彪哥那是愚鈍，練不出來什麼絕世武功，只能練一些粗魯功夫，跟人家幹仗，不以命相搏又能怎樣？你不同，羅獵，你很有悟性，學什麼都是一點就通，彪哥雖然指點不了你什麼，但彪哥相信，你一定能自己悟出來克制唐手道的辦法來！」

羅獵失望道：「彪哥，你就別捧我了，這麼長時間來，我一直在思考，在感悟，可是，就憑我這點道行，哪裡能感悟得出來呢！」

董彪輕歎一聲，道：「那就等濱哥回來好了，他或許能指點你一二。」

羅獵重燃希望，欣喜問道：「那濱哥什麼時候能回來啊？」

董彪道：「昨天才收到了濱哥的電報，說紐約那邊的事情有些麻煩，還得再有個十天半個月的才能回來，等到了家，我估計得到了下個月的十三四號了。」

羅獵再度絕望，哀嚎道：「可是我只有二十天不到的時間啊！我已經承諾了賓尼，一個月之內徒手打贏井滕一郎，下個月的八號就是最後期限啊！」

董彪抬了下眼皮，似笑非笑道：「那怎麼辦呢？誰讓你先把牛皮吹出來的呢？」

看著董彪的神色，羅獵心中不禁生出了一絲疑問，彪哥最擅長的就是尋人開心，這神態，不就是他尋人開心時最慣用的表情麼？「彪哥，你就開開恩，指點指點我，等我打贏了那個小日本，我就痛痛快快地陪你喝回酒，你讓我喝多少，我就喝多少，不喝到爛醉如泥就誓不甘休，行不？」

董彪雙眼突然放出異彩來，喝道：「這可是你自己答應的哦，不許反悔！」

羅獵道：「誰要是反悔，誰就是這個……」羅獵伸手做了個烏龜爬行的手勢。

董彪點了點頭，道：「好吧，彪哥就信你小子一回。」

「中華武術博大精深，豈能是琉球這幫井底之蛙所能參悟？唐手道講究的七字口訣為踢、打、摔、拿、投、鎖、絞。你仔細琢磨一下，卻全是進攻手段，而無防守技法。」董彪再點了根煙，慢悠悠吞吐著煙霧，慢悠悠跟羅獵點評起唐手道的特點。

羅獵的腦海中登時閃現出了井滕一郎訓練學員時的種種場景，彪哥說的果然沒錯，這些天只看到了各種進攻技法的教習，卻從未看過防守技能的傳教。

「他奶奶個熊，連老子這麼笨的人在練習搏命術的時候還知道練一練保命術，可琉球那幫孫子的腦袋瓜子連老子都不如，只覺得咱們中華武術的各種進攻套路犀利牛逼，於是便學了去，卻不知中華武術最講究的是攻守平衡，只有守得住，才能攻得出，任何一個武學大師都能將對手的進攻防個滴水不漏。」董彪講爽了，那粗口也是一個接著一個。「賓尼那個老東西肯定會對你說，能擊敗井滕一郎這王八蛋的只有絕對的力量，這話猛一聽確實沒錯，但細一品，卻是錯得沒譜。絕對的力量的確可以戰勝一切，舉個例子，咱們隨便一個人，到了小人國中，那小人國的人，不管練了什麼功夫，也打不過咱們這種巨人，對不？」

不等羅獵做出反應，董彪快速抽了口煙，便接道：「但他錯就錯在只有這兩個字上，能贏得了井滕一郎的，還有這個。」董彪指了指自己的腦袋：「智慧！他強任他強，清風拂山崗，他橫由他橫，明月照大江，井滕一郎的進攻能力確實要高過你，但你學會了西洋拳的步法，帶著他滿拳台的兜圈子卻是容易至極，老子就不信，這混帳玩意著了急上了火，還能不露出破綻來？」

一場暴雨過後，金山的天空清澈湛藍，原本尚有些酷熱的天氣也變得涼爽起來。午飯後，羅獵驅車來到了賓尼的國王搏擊俱樂部。羅獵的開車技術也得到了飛快進步，已經不再需要載上一個兄弟為自己保駕護航了。

俱樂部的教練都在午休，而學員們距離開課時間尚遠，也沒有人那麼早趕來，因而，偌大一個俱樂部中，只有蘭德爾一人守在休息區的沙發上打著瞌睡。「諾力，今天怎麼來得那麼早呢？」蘭德爾懶洋洋地跟羅獵打過了招呼，換了個姿勢，準備接著瞌睡。

俱樂部空空蕩蕩，羅獵也懶得再去更衣室換衣，便在蘭德爾的對面坐下來，脫下了上衣和長褲，換上了一身練功服。「蘭德爾，我想請教你一個問題。」羅獵活動著四肢，向蘭德爾這邊走進了幾步。

蘭德爾依舊眯著雙眼，口中咿呀應道：「嗯，說。」

羅獵道：「你希望看到有人擊敗井滕一郎麼？」

蘭德爾睜開了雙眼，愣了下，卻搖了搖頭，道：「諾力，我知道你想做什麼，可是，恕我直言，以你現在的實力，還無法擊敗井滕一郎。」

羅獵笑道：「那你認為，我距離擊敗井滕一郎還相差多少？」

蘭德爾輕歎一聲，道：「賓尼始終對你抱有希望，但我認為，你的希望並不大。西洋拳確實可以戰勝井滕一郎的唐手道，可是，諾力，你不是一個好的拳手。」

羅獵壓了下腿，再出了一個組合拳，同時笑道：「何以見得？」

蘭德爾道：「一個好的拳手首先要有足夠的抗擊打能力，皮糙肉厚型的選手才能擁有強大的抗擊打能力，而你，我的小朋友，雖然你也練出了一身的肌肉，但你還是太瘦了。諾力，你的步法很靈活，上身的躲閃做得也相當棒，可是，你出拳的力量卻始終薄弱，這樣是擊不倒井滕一郎的，反倒會被他抓住機會進行反擊。你是不知道，井滕一郎的反擊有多麼的恐怖。」

羅獵道：「你的觀察很細緻，蘭德爾，我認為你看到了問題的本質，但問題是，井滕一郎能看得那麼清楚嗎？」

蘭德爾道：「這一點你大可放心，諾力，井滕一郎他是個實戰型的選手，他的目光，只會比蘭德爾更加犀利。」

羅獵笑了笑，點了點頭，道：「聽到你這麼說，那我就放心了。」

蘭德爾驚疑道：「放心？諾力，你為什麼會說放心呢？」

羅獵聳了下肩，卻沒應答蘭德爾，徑直去了器械練習區。

過了下午兩點，俱樂部學員陸續趕來，教練們也結束了午休，羅獵一邊繼續熱身，一邊盯緊了俱樂部的大門，只可惜，卻始終沒能看到井滕一郎和他的兩個跟班。

兩點半整，賓尼也來到了俱樂部，看樣子，他的心情很一般。

也怪不得賓尼沒有好心情，他雖然是俱樂部的老闆，而且是二十年前名震江湖一時無兩的世界級拳王，但畢竟歲月不饒人，已過了半百的年紀，老賓尼已經沒有足夠的體力再像以前調教董彪時那樣調教學員了。因而，近些年來他親自調教的學員並不多，有天賦的學員更是鳳毛麟角。諾力可以算得上是有些天賦的學員，老賓尼還指望在諾力的身上多費些功夫，好好培養一番，從而打個翻身仗，能戰勝了井滕一郎為最好，即便戰勝不了只打了個平手，那也能證明自己寶刀未老，仍舊是一個優秀的拳擊教練。

只是，那諾力居然嚴詞拒絕了出拳力量的訓練。

做為一名拳手，出拳沒有足夠的力量怎麼能行呢？你一套組合拳打過去，擊中了對方卻不能將對方擊倒，那麼就很能遭到對方的反擊，只要對手的招數夠狠，力量足夠，只怕抓住了一次反擊的機會，便可令己方落敗。

「賓尼，你怎麼了？看上去你的臉色可不太好，是生病了麼？」羅獵看到了賓尼，遠遠地便打起了招呼，待賓尼走近了，羅獵又嬉皮笑臉道：「賓尼，有一個好消息還有一個壞消息，我不知道你想先聽到哪個消息呢？」

湯姆的追加投資的款項還沒有落實，此刻，賓尼可不想得罪了這位湯姆面前的大紅人，於是便強打笑臉應道：「先苦後甜，我還是先聽聽壞消息吧。」

羅獵聳了下肩，撇了撇嘴，道：「做為俱樂部的老闆，今天下午你可能要破費了。」

賓尼一怔，卻沒問為什麼，而是道：「那好消息呢？」

羅獵咧開了嘴巴，笑道：「那個因為受傷而需要你支付醫藥費的人到現在還沒到。」

賓尼陡然緊張起來，道：「諾力，你是想挑戰井滕一郎，是麼？」

羅獵微微搖頭，道：「不是挑戰，賓尼，我希望你能夠修改一下你的用詞，將挑戰修改稱教訓。」

賓尼深吸了口氣，緩緩搖頭，道：「諾力，我想這並不是一個好的決定。我知道，你是一個信守承諾的人，你答應過我在一個月內要擺平井滕一郎，所以，你必須要跟井滕一郎有一戰才能對我有所交代。可是，諾力，我並不需要一場必敗的對戰，之前的那個承諾，我希望你還是慎重考慮，即便收回，賓尼也不會怪罪你的。」

羅獵淡淡一笑，道：「不，賓尼，此事和你無關。這是我和井滕一郎之間的個人恩怨，如果我打贏了，你不過是順便沾了個光，如果我打輸了，對你也沒有多大損失。現在你最需要做的事情，便是將那井滕一郎給我找來。」

賓尼搖頭的幅度更大，眉宇之間的憂慮神色更加濃烈，他不住歎息，並道：「諾力，你不能衝動，萬一有個三長兩短，我無法向湯姆交代。」

羅獵笑道：「你放心，賓尼，湯姆的追加投資款項已準備好了，不會因這場對戰的結果而發生改變的。」忽地，羅獵心中又閃現過一絲靈光，急忙道：「賓尼，我有個好的建議，可以幫助你解決了支付醫藥費的損失，而且，還很有希望大賺一筆。」

一提到了錢，那賓尼的注意力登時跑偏，雙眼閃爍著光亮，問道：「什麼建議？說來聽聽。」

羅獵道：「你可以設個賭局……」

賓尼搶話道：「你的意思是讓我坐莊來賭你獲勝？」

羅獵笑道：「那當然，要不你坐莊賭井滕一郎獲勝？」

賓尼搖了搖頭，道：「你的建議很有刺激性，它可能會讓我賭輸掉湯姆的追加投資。」

羅獵道：「但它也有可能讓你大賺一筆。」

賓尼沉思了片刻，道：「雖然我對你沒有多大的信心，但我想，我應該信任傑克，如果他沒有把握的話，是不會允許你挑戰井滕一郎的。」

羅獵收起了笑容，頗為嚴肅道：「賓尼，我再強調一遍，不是挑戰，是教訓！」

賓尼深吸了口氣，點頭應道：「好吧，我改口，是教訓。諾力，我想讓你知道，我並非是一個賭徒，但為了你，我願意冒這份風險。」

正說著話，就看到俱樂部的大門處，現出了井滕一郎和他兩個跟班的身影，羅獵長出了口氣，道：「他們總算來了，賓尼，我需要你挑起一些矛盾出來。」

賓尼點了點頭，道：「我明白你的用意，這種事，並不難。」說完，賓尼轉過身來，離好遠便衝著井滕一郎嚷道：「先生們，你們遲到了足足二十分鐘，這樣很不好，我想，你們應該對你們的學員還有其他教練說一聲對不起。」

井滕一郎哈哈大笑，踢踏著一雙木屐，吧嗒吧嗒地向賓尼這邊走來：「賓尼，你不也經常遲到嗎？你是不是也欠大家一個道歉呢？我教的學員最多，我為俱樂部賺的錢也是最多，我僅僅是晚來了二十分鐘，需要道歉嗎？」

羅獵閃身站到了賓尼的身前，微笑道：「泥棒逆子，賓尼是這家俱樂部的老闆，你作為員工，必須要對賓尼保持足夠的尊敬。像你這種不懂禮貌的人，我想，也只有那個狗蛋球大小的島國人才做得出來。」

但凡驕橫跋扈慣了的人總是容易被激怒，羅獵輕飄飄一句話，便引得了井縢一郎的勃然大怒，雖然，他仍舊顧忌羅獵背後的安良堂勢力，但是，眼前的臉面卻不能被折損絲毫，他必須在氣勢上壓倒羅獵，將臉面找回來。

就在井縢一郎擼起袖管準備衝過來的時候，他身後的那個叫朴什麼玩意的朝鮮人攔住了井縢一郎：「殺雞焉用宰牛刀？井縢先生，讓我來。」

羅獵斜著眼看著這個朴什麼玩意，嘴角處流露出一絲輕蔑，冷冷道：「我以為，朝鮮的國土遭受了泥棒逆子的侵略蹂躪，每一個朝鮮人都應該對泥棒逆子恨之入骨，可是，我真的想不到，你們這些亡國奴居然甘願做狗？」

那個朴什麼玩意登時失去了理智，哇呀呀怪叫著，連個相互切磋所必須的起手式都顧不上，便向羅獵撲了過來。

羅獵急忙閃身，撤出了幾步，嘴角間仍舊掛著輕蔑的微笑，道：「你還是歇歇吧，本少爺喜歡寵物，從不打狗！」

場地足夠大，一個追著要打，另一個只顧閃躲騰挪，這仗自然是打不起來。

可那羅獵的嘴上卻始終不肯閑著，將朴什麼玩意以及井縢一郎罵了個狗血噴頭。

井滕一郎雖然有三張嘴，但可惜英文發音不夠準確，而且，一著急起來，那英文的水準根本不夠用，情急之下只能用母語跟羅獵展開嘴上對戰，但是，圍觀的全都是英文體系的人們，根本聽不懂。

井滕一郎及時冷靜下來，喝止了胡鬧中的朴什麼玩意。

「諾力，你侮辱了我，侮辱了大泥棒帝國，現在你只有兩個選擇，一是跪下來向我道歉，二是走上拳台讓我痛扁一頓。」井滕一郎怒瞪著雙眼，一字一頓地說完了整句話。

羅獵呵呵一笑，道：「就不能有第三個選項嗎？比如，在拳台上我把你給痛扁一頓？」

井滕一郎的喉嚨處咯咯作響，擠出了一句日本話來：「八格牙路！」

羅獵再一笑，道：「既然你向我發出了挑戰，那我也只好應戰，井滕一郎，你放心好了，賓尼不是一個小氣的人，他會支付給你醫療費的。」

井滕一郎直勾勾盯著羅獵，愣了幾秒鐘，低吼了一聲，道：「半個小時後，拳台上見！」說罷，井滕一郎轉身就走，那倆跟班連忙跟上。

羅獵轉身對賓尼一笑，道：「我想，你的賭局應該啟動了。」

第三章

狂風暴雨般的攻擊

井滕一郎尚在愣神中，羅獵卻突然發起了狂風暴雨般的攻擊。
刺拳、勾拳、擺拳……章法稍顯混亂，有些胡擊亂打之嫌，
但每一拳卻是直奔井滕一郎的空檔，似實又虛，絕不用老。
羅獵的出拳雖然欠缺力道，但也不容小覷，
且拳速奇快，使得井滕一郎只能極力防禦。

俱樂部中，大多數教練及學員對井滕一郎的飛揚跋扈多有不順眼，但懾於井滕一郎的淫威，誰也不敢多說話。羅獵剛才跟那仨貨的嘴上對戰雖然得到了眾人的暗自喝彩，但幾乎所有人都為接下來的拳台上的真正對決而為羅獵捏著把汗。

俱樂部中的賭徒可是不少，但這種毫無懸念的對決卻很難開出賭盤來，在井滕一郎必然獲勝的情況下能開出什麼樣的盤口呢？賭井滕一郎獲勝，賠率一賠一，那還有個狗屎意思呢？但仍舊有聰明者，趕在了賓尼之前，開出了羅獵不被打殘或是打死的賠率，一賠五。

賓尼咬了咬牙，下了狠心，終於也開出了他的盤口，一個極為詭異的盤口，賭井滕一郎獲勝或是賭羅獵獲勝，均是一賠二。

俱樂部的那些善賭者頓時沸騰了，就連那些不善賭的人，也是躍躍欲試。蘭德爾第一個衝了上來，掏出了十美元，押了井滕一郎獲勝。「賓尼，我的老闆，您能提前支付我下個月的薪水嗎？我想，將它一塊買井滕一郎的獲勝。」

一賠二的賠率並不高，但對於一個穩賺不賠的結果來說，卻是高得出奇。俱樂部的人幾乎沒有猶豫的，你五美元，他三美元，幾乎所有人幾乎掏空了錢夾裡的美鈔，全都買了井滕一郎。

「諾力，你看到了，我為了支持你，擔負了一千五百美元的債務。」賓尼清點完了賭注金，頗有些後悔地對著羅獵搖了搖頭。

羅獵拍了拍賓尼的肩，笑道：「把錢收好了，從現在開始，這些錢便已經屬於你個人的了，當然，你若是因為感激我要跟我分紅的話，我也不會拒絕。」

半小時的期限眼見就要到了，羅獵脫掉了上衣，跳上了拳台。很明顯，羅獵是有備而來，因為他的雙前臂上，罕見地沒有綁定他的飛刀刀套。

賓尼及時地在拳台的一角為羅獵擺上了一個包皮圓凳，羅獵坐了下來，靠在了拳台的柱子上，微微閉上了雙眼。

此刻，井滕一郎出現了。

圍觀人群頓時爆發出掌聲來。雖然，他們對井滕一郎並沒有多少好感，但此刻，井滕一郎能穩穩地為他們賺來一倍的賭金，單憑這一點，井滕一郎還是有資格享受到這份掌聲的。掌聲中，簇擁下，井滕一郎緩步邁上了拳台。

「不知天高地厚的小子，你現在還有三分鐘可以後悔，如果你現在跪下來向我求饒的話，我可以考慮放你一馬。」登上了拳台的井滕一郎無盡囂張，也難怪，但凡懂行的人都知道，能夠戰勝井滕一郎的只有擁有絕對力量的拳手，而這個拳手，絕不是拳台另一側的諾力。

羅獵笑吟吟回道：「你說得對，泥棒逆子，你確實還有三分鐘的時間，如果這時候你選擇認輸的話，我一定會放過你的。」

井滕一郎呲了呲牙，拋下了一個惡狠狠的眼神，回到了拳台的對角。

俱樂部幾乎所有的人都下了注，而且清一色地買了井滕一郎獲勝，但幾乎並非全部，還是有少數幾個人並沒有參與到這場結果已定的賭局中來。於是，其中一名沒下注的教練被推舉為這場對決的裁判。那個被推舉為裁判的白人哥們卻是一臉陰線，心中正在抱怨，老子沒下注並非是潔身自好，更不是對井滕一郎不看好，老子只是今天沒帶錢來……借還借不到！

到手的錢卻沒賺到，使得那名被推舉出來的裁判很是懊喪，這哥們走上了拳台，連最簡單的對決規矩都沒有宣佈，只是做了個手勢，便宣告對決正式開始。

羅獵光著膀子，跟井滕一郎隔空抱了下拳，便後撤了兩步。身披大泥棒傳統武士服的井滕一郎向前逼近了兩步，羅獵展開西洋拳步法，一擰身，躲閃開來，到了拳台另一側廣闊的空間。

井滕一郎再次逼來，羅獵連連後退，退到了拳台邊緣，再無可退之處時，羅獵閃電出手，四根手指並成一排，掃向了井滕一郎的雙目。井滕一郎下意識後撤，而羅獵一招尚未用老，已然收掌回來，向左側快速橫移，再次獲得了拳台的大部空間。

一連兩個來回均是如此，那井滕一郎心中登時明白了對手戰術，不禁冷哼一聲，心忖，拳台就那麼大，但依靠閃躲騰挪就能得到平局的結果嗎？

可是，心念所致，導致身形稍有停滯，而羅獵卻抓住了這電石火光一般的機會，「碰」地一拳襲來，擊在了井滕一郎的雙拳保護下的額頭。

就這點力道？

那井滕一郎的臉上閃現出一絲明顯的不屑表情。就這種級別的出拳力道，老子受他一個組合拳攻擊也無大礙……井滕一郎心念轉動，隨即賣了個破綻給羅獵。

可那羅獵，居然只是微微一笑，不但不趁機攻擊，反倒後撤了兩步。

台下觀眾中，有些道行尚可的人驟然醒悟，比如，老賓尼。羅獵要比井滕一郎年輕了近十歲，年輕就是資本，年輕就代表著體力充沛，若是能以這種遊走戰術撐過了三個三分鐘，那麼即便被裁判判負，那也是雖敗猶榮，足以令井滕一郎顏面掃地。若是在遊走中能夠得到幾次反擊機會，那麼三個三分鐘之後，說不定能得到平舉的判罰，到時候，不單是井滕一郎顏面掃地，那老賓尼的賭局也是大賺特賺。

但是，圍觀者都是押了井滕一郎獲勝的，雖然沒有人希望羅獵被打死打殘，但也沒人希望最終得到平舉的結果，於是，便有人在拳台下喊了起來：「進攻！進攻！」

井滕一郎畢竟是實戰型高手，比拳台下的觀眾更加清醒，雖然，他對羅獵的這種戰術戰法也感到有些突兀，但他還是不斷告誡自己，一定要沉住氣，要善於捕捉住對方的破綻，而不是急於求成一味進攻。

「噹——噹——」

台下敲響了第一局結束的鑼聲。

羅獵淡淡一笑，退回了己方一角，而井滕一郎也極為平靜，雖然在第一局的三分鐘內，他幾乎沒找到任何機會，但他堅信，在接下來的第二局中，他一定能捕捉到絕佳機會。

老賓尼迅速上來，遞給了羅獵一條毛巾，同時道：「諾力，幹得漂亮，但你必須警惕，井滕一郎適應了你的步法，就一定能找得到機會將你堵在拳台一角。」

羅獵點頭應道：「事實上，第一局他便有機會，只是，這井滕一郎很是謹慎。」

拳台對角，朴什麼玩意拿著大毛巾為井滕一郎死命地扇著風，另一跟班安倍近山則附在井滕一郎耳邊獻策道：「井滕君，那小子每次被你逼近拳台一角的時候，都會快速出手進攻，從而獲得閃躲騰挪的機會，假若此時你冒著被他的虛招所擊中的風險斷然攻擊的話，一定能得手！」

井滕一郎點了點頭。

這正是他的信心來源，經過第一局的試探，他已經摸清了羅獵的套路以及實力，同時通過第一局的數次進攻將對手逼入死角再被對手佯攻而跳脫困境的過程也一定會讓對手形成慣性認識，那麼，在第二局中，他定然能找到機會。而這種機會並不需要太多，有那麼一次能被把握住便已經足夠了。

一分鐘的局間休息很快結束，台上裁判鳴哨，招呼了對決二人來到拳台中央，便在這時，羅獵突然嘟囔了一句：「現在認輸還來得及嗎？」

羅獵的聲音可是不小，不單是拳台上的裁判和井滕一郎聽了個真切，就連貼近拳台的觀眾也是聽了個清清楚楚。

拳台四周貼圍最緊的便是那些下注最多的，雖然看到第一回合中他們下注的井滕一郎占盡了優勢，卻始終不能將優勢轉化為勝勢，心中多少也是有些焦慮，因而，聽到羅獵的這句話，個個心頭不禁一喜：一倍的賭金贏到手了！

老賓尼聽得更加清楚，和他人完全不同，老賓尼聽到了羅獵的這句話，心頭不禁一震，老子的一千五百美元啊！難道就這樣打了水漂？

井滕一郎的眉頭不由緊縮，看得出來，他很矛盾。井滕一郎肯定不想就此放過羅獵，這正是他再樹輝煌鞏固自己在俱樂部地位的大好機會，但同時又忌憚羅獵背後的安良堂勢力，因而，不由得有些愣神。

唯有那裁判與眾不同。他沒下注，因此，誰贏誰輸對他而言無關緊要，但就這樣結束了這場對決，讓拳台下那幫臭不要臉的貨色輕輕鬆鬆便賺到了數美元的賭金，他卻是心裡極不平衡。因而，那裁判裝作沒聽到，單手連忙往下一揮，宣佈了第二回合正式開始。

井滕一郎尚在愣神中，那羅獵卻突然發起了狂風暴雨一般的攻擊。刺拳、勾拳、擺拳……章法稍顯混亂，有些胡擊亂打之嫌，但每一拳卻是直奔了井滕一郎的空檔，似實又虛，絕不用老，沒給井滕一郎留下絲毫破綻。羅獵的出拳雖然欠缺力道，但也不容小覷，且拳速奇快，使得井滕一郎只能極力防禦，雙臂緊抱胸前，護住了頭胸要害，退縮到了拳台一角。

眾人不禁一片譁然。

老賓尼陡然一驚，暗喝一聲不好，羅獵雖然占盡了上風，那井滕一郎儘管是狼狽不堪，但羅獵的進攻卻並沒有多大的實際效果，而井滕一郎也沒有亂了方寸，若此時稍有疏忽而產生了破綻，被那井滕一郎抓住了機會，可能這場對決便會在瞬間結束。

可誰都沒想到，羅獵在將井滕一郎逼到了拳台死角的時候，卻突然停下了攻擊，一個小錯步，回到了拳台中央，手指那井滕一郎，笑吟吟對裁判問道：「他現在認輸還來得及嗎？」

井滕一郎終於被氣到了，哇呀呀發出了一陣怒吼，雙手呈鐵爪之形，橫在面前，向羅獵撲了過來。羅獵輕盈閃躲開去。井滕一郎迅速折換方向，再次撲向羅獵，羅獵急忙換步變位。

似乎，又回到了第一回合的套路中去了。只是，井滕一郎明顯加快了攻擊速度，而羅獵的閃躲卻顯得愈發艱難。

剛剛緩了口氣的老賓尼再次將心提到了喉嚨眼。

場邊的計時器已經走到了兩分四十五秒，負責計時的那人已經開始跟著計時器在默默數數，手中的木槌亦是高高舉起。井滕一郎咬著牙瞪著眼向羅獵發起了最後的攻擊。沒有人相信這一次攻擊能取得最終的勝利，包括井滕一郎自已在內，都已然將取勝的希望放在了第三回合。這種心態下，井滕一郎的攻擊不免有些鬆懈。

羅獵終於等到了機會！

「看刀！」

羅獵一聲斷喝，化拳為掌，變西洋拳為飛刀絕技，將左手四指當做了飛刀射向了井滕一郎的脖頸。那井滕一郎反應奇快，急速回撤成鐵爪之形的雙手相護，卻露出了胸前空檔。可羅獵練就的飛刀絕技卻是左右開弓，左手刀出手後，右手刀同時跟進，並排四指在觸到井滕一郎肌膚之時，縮指為拳，擊在了井滕一郎劍突之下的胸腹間最薄弱之處。饒是羅獵的拳頭不夠硬也不夠力道，卻也將井滕一郎擊了個氣血翻騰。

井滕一郎蹭蹭後退，羅獵順勢跟上，使出了董彪傳授給他的搏命之術。置自身破綻與不顧，專往對手的要害處死命招呼，插眼、鎖喉、踢褲襠。這三招雖是拳台規則之禁忌，但羅獵使出來卻不過是騙招，而那井滕一郎眼看著羅獵紅了眼，又不敢不防，於是，周身破綻百出。

躲過了直插而來的雙指，下巴上卻挨了一記上勾拳。

護住了咽喉處，臉頰上卻吃了重重的一巴掌。

襠下的那玩意算是安全了，可那飛來的腳卻在空中打了旋，落在了他的額頭上。

井滕一郎暈暈乎乎踉踉蹌蹌退到了拳台邊緣，這時候，距離第二回合結束時間還剩下最後三秒鐘。因驚愕而產生了恍惚感的計時員此時清醒了過來，手中木槌再次舉起，就要落下，而台上裁判也做好了終止本回合對決的準備，可是，一切都來不及了。

羅獵閃電出手，以擒拿手搭住了井滕一郎的右腕，一擰，一拉，再一個回折，只聽「咔吧」一聲，那井滕一郎的整條右臂便算是全廢了。就在鑼響一瞬間，羅獵腳下勾起，雙臂發力，將那井滕一郎扔下了拳台。

「嘩啦——啪嘰——」

井滕一郎撞翻了幾人，落在了地上，掙扎了兩下，卻最終癱軟下來。

圍觀者先是安靜，忽地爆發出歡呼聲，歡呼聲只是瞬間便失去了氣勢，也是難怪，那一個個剛剛歡呼便想到了自己輸掉的賭金，又豈能持續興奮。

老賓尼先是一愣，隨後躍上拳台，不等裁判宣判，便將羅獵抱了起來。「諾力，我的英雄，我簡直不敢相信自己的眼睛……」賓尼雖已老去，但氣力猶存，強迫羅獵騎到了他脖子上，然後繞台一周，不住揮舞手臂，吶喊狂呼。不光是因為一千五百美元的賭金順利到手，更因為掃去了他半年多來的一團胸中惡氣。

極少數並沒參與賭局的人始終保持著興奮狀態，此刻也湧上了拳台，和賓尼一起為羅獵的獲勝而歡呼慶祝，另有少部分賭注在一美元以下的人也迅速從破財的懊喪中走了出來。可大多數人下的賭注都在一美元以上，更有二三十人的賭注超過了十美元。十美元可不是一個小數目，相當於一個熟練工人的半個月薪水，而且，這個工人還必須是白人，換做黑人或華人，想都別想，半個月能賺到五美元都是高收入了。

比如，黑人大個蘭德爾。

他下注的那十美元可是他省吃儉用了整一年才攢下來的，卻在羅獵匪夷所思的十五秒攻擊下化為了烏有，他哪會有為勝利者歡呼的心情，他能擁有的，只有滿肚子的懊喪後悔，只想找個沒有人的安靜地方痛哭一場。

想痛哭一場的絕非是蘭德爾一人，但凡賭注下到了三美元以上的人均是如此。這些人不在少數，心中懊喪憤恨不可能衝著勝利者來，便只有發洩到失敗者的身上，因而，那井滕一郎的兩個跟班，還想著躍上拳台和羅獵繼續糾纏，卻被憤怒的人群以此為理由稀哩嘩啦地痛扁了一頓。安倍近山的鼻樑被揍歪了，鼻血肆虐，染紅了自己的衣襟，而朴什麼玩意則更慘，嘴角被撕破了，臉頰上不知被誰撓出了幾道重重的血痕，褲襠也被人踹了一腳，只能捂著那玩意蜷縮在地上爬不起身來。

拳台上的老賓尼放下了羅獵，不慌不忙地喝止住了大夥的群毆，然後緩步下台，踱到了井滕一郎的身邊。「這是你咎由自取的結果，怪不得別人，你輸給了我的學員，我有權力決定你在國王俱樂部的前程，不過，我並不希望這麼早就做出決定，你還是先帶著你的兩名助手去看醫生吧，等養好了傷再來和我商討你的打算。」

老賓尼話說得倒是溫和，但臉上的神情卻出賣了他，之所以不急於做出決定，無非就是想再一次羞辱井滕一郎。爽歪歪的老賓尼從口袋中掏出了厚厚一疊美元，從中抽出了十幾張一美元面額的美鈔，甩在了井滕一郎的臉上。

「還有你們……」老賓尼轉而面對俱樂部的其他人，同時揚起了手中那厚厚一疊美鈔，道：「這對於你們來說是個教訓，記住，賓尼雖然老了，但實力還在，還能教出強悍的學員來，在這兒，在國王搏擊俱樂部，永遠都是我賓尼說了才算數。」

這時，終於有人真正認出了羅獵，開始竊竊私語。

「我說這個諾力怎麼能打得贏井滕一郎呢，原來他就是火車上殺死一名並活捉兩名劫匪的飛刀英雄諾力啊！」

「怎麼可能？諾力不是環球大馬戲團的明星嗎？環球大馬戲團可是在紐約啊！」

「怎麼不可能？我聽說這個諾力可是安良堂的接班人，安良堂的湯姆送諾力去馬戲團不過是想讓他多得到些鍛練和閱歷。」

趁著這間隙，拳台上的羅獵已經溜下了拳台，到了休息區拖起了自己的衣物，一聲不吭繼續開溜。俱樂部門口的路邊上，一輛車緩緩駛來，停在了羅獵身旁。

董彪露出了笑臉，道：「小子，今晚可要兌現你的諾言哦！彪哥還存了幾瓶悶倒驢，呵呵，今晚要是悶不到你，彪哥就給你學驢叫！」

「諾力，你怎麼啦？要不要去看醫生啊？」艾莉絲輕撫著羅獵的後背，神色甚是憂慮。

羅獵對著馬桶再嘔了兩口，苦笑道：「我沒事，就是昨晚喝多了。」

艾莉絲充滿憐愛地埋怨道：「你為什麼要喝這麼多酒啊？你是知道的，酗酒對身體是很不好的！」

羅獵起身對著水龍頭漱了口，苦笑回道：「你當我想喝那麼多呀，這不是沒辦法嘛！」

艾莉絲不解道：「怎麼會沒辦法呢？難道還會有人逼著你喝酒嗎？」

羅獵歎了口氣，這個問題實在難以回答，洋人文化和中國文化有著明顯的差異，尤其表現在喝酒上。大多數洋人喝酒看似過分，只要是醒來，不管有沒有人相陪，隨時都可以喝上一杯，也不需要整點下酒菜。但實際上，洋人喝酒非常節制，除非是酒鬼，否則總是適可而止，絕不過量。但中國人則不同，喝酒必在飯桌上，舉杯必須要盡興，各種酒桌規矩層出不窮，為的只是讓別人喝得更多一點。

董彪跟在艾莉絲之後也來到了羅獵的房間，看他的樣子，像是也不怎麼好過。

艾莉絲的抱怨在羅獵那兒起不到作用，只能轉而對董彪繼續抱怨：「彪哥，你也不保護諾力，你看看他，嘔吐得那麼嚴重，都要把膽汁吐出來了。」

董彪無奈搖頭，道：「艾莉絲，你是不知道，昨晚上，諾力可是大發神威，神擋殺神鬼擋殺鬼，就連我彪哥都沒能扛得住，醉得是一塌糊塗。」

艾莉絲瞪大了雙眼，指著羅獵驚疑道：「你的意思是說，是諾力他逼著你們喝酒？」

董彪聳肩攤手，無奈道：「可不是嘛！你的諾力可是不得了嘍，誰要是敢不喝……哼哼，後果不堪設想啊！」董彪也是不放心羅獵，看過一眼開了兩句玩笑便要離開，走到了門口，又折回頭來，叮囑道：「我讓周嫂熬了點粥，吐酒後喝點粥才會舒服，別睡著了，洗洗漱漱就過來吧。」

吐過了之後，羅獵感覺舒服了一些，躺在床上不禁想起了昨晚喝酒時的片段記憶。那悶倒驢還真是夠勁，一杯下肚，從喉嚨到胃口就像是著了火一般。大夏天原本天氣就不涼快，這等烈酒的作用下更是讓人發汗。兄弟幾個全都扒去了上衣，光起了膀子，羅獵記得，扒了光膀子之後，令兩個兄弟在董彪的唆使下各自跟自己喝了兩杯，之後的事情，便再也記不起來了。

「諾力，先喝點水吧，或許喝了水你會感覺舒服些。」艾莉絲送走了董彪，順便關上了房間門，為羅獵倒了杯水，端到了床前。

羅獵接過水杯，喝了兩口，卻感覺腹中再次翻騰起來，急忙捂住了嘴巴衝進了衛浴間。

艾莉絲的神色甚是複雜，既有憐愛又有氣憤，其間還夾雜著不少的無奈。

董彪眼看著粥都要冷了，也沒見到羅獵過來，乾脆盛上了一碗，端到了羅獵的房中。羅獵盡顯痛楚之色，苦笑道：「彪哥，這粥就算了吧，我現在連喝口水都想吐。」

董彪放下了粥，用手試了下床頭櫃上的水杯，笑道：「這酒要是喝多了喝吐了，最怕的就是喝冷水……喂，艾莉絲，你不用拿這種眼神看著我，這可不是我的經驗，而是你媽媽告訴我的。」

艾莉絲疑道：「席琳娜？她怎麼會有醉酒的經驗呢？」

董彪哼笑道：「她是三藩市最優秀的護士，她的醫學經驗已經超過了許多醫生，她怎麼能沒有這方面的經驗呢？席琳娜護士親口告訴我，喝醉之後，不管有沒有嘔吐，第二天喝點粥，胃就會很舒服。」

艾莉絲聽了，不再言語，連忙端起那碗粥來，坐到了床邊，一勺一勺餵到了羅獵口中。羅獵吃了幾口，忽地笑了，艾莉絲不解問道：「諾力，你笑什麼？」

羅獵道：「我想到了五年前，也是在這個房間中，我剛從昏迷中醒來，席琳娜便是這樣，一勺一勺餵我吃粥。」

艾莉絲甜甜笑道：「諾力，你喜歡上我是因為席琳娜嗎？」

羅獵搖了搖頭，道：「不，艾莉絲，我喜歡上你的時候，還不知道你是席琳娜的女兒。」

董彪在一旁咳了兩聲，撇嘴道：「差不多就夠了啊，談情說愛也得分分場合是不？當著彪哥的面不嫌害臊啊？」

艾莉絲不解回道：「彪哥，你要是覺得不好意思的話可以迴避啊！」

董彪晃了晃腦袋，歎了口氣，無可奈何地離去了。

喝過了粥，羅獵果然覺得舒服了，只是腦袋還稍有些暈。

「諾力，我求求你，以後不要再喝那麼多酒了，好麼？」艾莉絲將碗勺洗乾淨了，順便又給羅獵拿來了一條濕毛巾。

羅獵接過毛巾，擦了下臉和脖子，同時應道：「若不是不得已，我寧願是一輩子不喝酒，這醉酒的滋味實在是太難過了。」

這話虧得也就是艾莉絲聽到了，若是董彪還在房間的話，肯定會遭來他的一頓狂損。酒這玩意，對男人來說，要麼就一輩子別沾，一旦沾上了，這輩子便甩不掉。除非他並非真性情的真男人。

緩過來勁的羅獵自然不想在房間裡悶著，於是向艾莉絲建議出去走走。羅獵喝酒傷了胃，不吃都不會覺得餓，更何況還有那碗粥墊了底。但艾莉絲就不行了，已經臨近了中午，早就餓得肚子咕咕直叫。「諾力，我們去找西蒙好麼？」

十多天來，羅獵只顧著練功，連艾莉絲都忽略了許多，更別提西蒙神父了。而艾莉絲沒有羅獵的陪伴，又不願意單獨面對西蒙神父，因而，對艾莉絲來說，確實有些想得慌。

「好啊，咱們繞個道，去菜市場買點菜，讓西蒙做飯給我們吃，我好久沒品嘗西蒙的手藝了。」羅獵雖然沒有什麼胃口，但還是歡快地答應了艾莉絲。

西蒙神父對二人的登門自然是歡喜若狂，激動之餘連說話都出現了故障，磕磕巴巴不知表達些什麼。還是艾莉絲大方一些，遞上了手中剛買的菜，道：「我和諾力都想吃你做的菜了，要辛苦你了，西蒙。」

西蒙神父開心地點頭應道：「不辛苦，你們能來看我，我實在是太高興了。」西蒙神父接過了艾莉絲遞過來的菜，轉身進了廚房忙活開來。

不多會，四道精緻的菜餚端上了餐桌，西蒙神父從櫥櫃中拿了兩只酒杯一瓶酒，擺在了羅獵的面前。羅獵嗅到了酒精的氣味，腹中禁不住翻江倒海起來，差一點就要直奔衛浴間了。

西蒙神父一臉蒙圈，而艾莉絲咯咯咯笑著解釋道：「諾力昨晚上喝醉了，就在兩個小時前還嘔吐了，所以見到了酒，便會不舒服。」

西蒙稍顯尷尬，連忙收起了酒和酒杯。

「西蒙，忘了問你，你不是去神學院工作了嗎？怎麼今天沒去上班呢？」羅獵拿起了筷子，突然想到了這個問題，便隨口問了出來。

西蒙神父笑著應道：「諾力，一場醉酒不會把你醉傻了吧，今天可是禮拜，全世界的人都不用工作的。」

艾莉絲立刻反駁道：「不，西蒙，你錯了，席琳娜就要工作。」

提到了席琳娜的名字，西蒙神父陡然一怔，隨即囁啜問道：「艾莉絲，席琳娜她還好麼？」

艾莉絲搖頭道：「她以為她很好，每天都要工作到很晚，可是，我看得出來，她並不好，她似乎已經告別了笑容。西蒙，我想知道，你為什麼不去看她？諾力已經為你們創造了那麼好的條件，難道你還指望著諾力將席琳娜帶到你面前麼？」

西蒙神父支吾道：「我……我，我是應該主動去看望她，可是，艾莉絲，我已經有十五年沒見到席琳娜了，我不知道見到她之後能說些什麼，我更擔心她根本不願意再見到我。」

艾莉絲氣道：「西蒙，你是個懦夫！」

西蒙神父一聲歎氣，垂下了頭來。

羅獵道：「艾莉絲，你也不能全怪西蒙，他還不敢奢求能得到你和席琳娜的完全諒解，他現在能經常看到你，能經常得知席琳娜的消息，就已經很滿足了。所以，他不敢再勇敢地往前邁出一步。」稍一頓，羅獵接著又對西蒙道：「不過，艾莉絲說得也沒錯，西蒙，在這件事情上，你的表現像個懦夫。但我知道，你並不是一個真的懦夫，你是有勇氣的，對嗎？」

西蒙神父沉默了片刻，終於點了點頭，應道：「諾力，你說得對，西蒙・馬修斯絕不是一個懦夫。艾莉絲，你放心，西蒙一定會對席琳娜重新展開追求的。」

艾莉絲露出了開心的笑容，握緊了拳頭，在西蒙神父的眼前揮舞了兩下，道：「加油！西蒙，我相信你一定能夠成功！」

吃過了飯，艾莉絲爭搶著要收拾餐桌洗碗，西蒙神父急忙阻攔。積攢了十五年愧疚，使得西蒙神父對艾莉絲只有無限的溺愛。艾莉絲拗不過，只能任由西蒙神父收拾了餐桌，端著盤子碗走進了廚房，看著西蒙神父的背影，艾莉絲忽然間紅了眼眶。

羅獵瞬間體會到了艾莉絲的心情，鼓勵道：「艾莉絲，跟著進去吧。」

艾莉絲深吸了口氣，搖了搖頭，回道：「諾力，我怕我控制不住，這對席琳娜不公平，她獨自撫養了我十五年，我不能在她之前原諒西蒙。」

羅獵應道：「我懂，艾莉絲，既然這樣，我想我們還是早一點離開吧。」

艾莉絲點頭應允。

羅獵隨即跟西蒙神父打了聲招呼，西蒙神父雖然有些不捨，但也沒多說什麼，只是拎出來一袋水果，非要艾莉絲拿回去吃。

一手拎著那袋水果，一手攬著艾莉絲的腰，走在街上樹蔭下的羅獵一時間不知道腦袋中的眩暈是來自於酒醉未醒，還是因為幸福使然。

「諾力，你還難受麼？」羅獵的眩暈感只是一閃而過，身體的反應更是微乎其微，但艾莉絲仍舊捕捉到了，仰起臉來關切問道。

羅獵垂下頭來，吻了艾莉絲的額頭，道：「我好多了，不用為我擔心。」

海邊城市的夏天，雨說來就來，剛才還是響晴的天，一片烏雲飄來，登時落下了密集的雨滴。艾莉絲咯咯咯歡笑著，拖著羅獵跑到了路邊的一家店鋪屋簷下避雨。可雨也是說走就走，路面剛剛濕透，那片烏雲已然飄過，陽光重新灑落下來。

一輛黑色的轎車疾駛而來，在經過羅獵和艾莉絲身邊的時候猛然踩下了剎車，饒是那開車的動作極快，車子還是衝出了十多米才停了下來。羅獵一怔，便見到車子緩緩後退，駕駛座上，董彪探出了頭來，摘去了墨鏡：「我說你們兩個跑哪去了，原來在這兒軋馬路啊！沒啥別的事情的話，上車吧，彪哥帶你們兜風去。」

羅獵靠了過來，卻沒著急上車，問道：「彪哥，你怎麼一個人出門呢？是不是去跟美人約會呀？」

艾莉絲跟著說笑道：「要真是約會，那我們還是不要上車了。」

董彪哼了聲，重新戴上了墨鏡，輕踩油門，在車子向前滑動的同時嘮叨道：「約你個頭啊！彪哥只是要去海關警署撈個人，而且還是濱哥的安排，需要帶兄弟嗎？別廢話，想上車就趕緊上，不想上車就一邊涼快去。」

羅獵嘿嘿一笑，已然跳上了車，順手再把艾莉絲拉了上來，並還嘴道：「還是兜風涼快些。」

車上了路，董彪打趣道：「羅獵，馬上就要故地重遊了，此刻心情如何？」

羅獵回道：「不知道那個將我和安翟賣了三十美元的尼爾森警長還在不在？」

董彪道：「尼爾森是警司，不是警長，那貨混得不錯，如果沒什麼意外的話，估計到年底就能升任警督了。」

羅獵憤憤不平道：「這都是什麼世道啊，像尼爾森那種人，不被清除出去也就罷了，居然還能升職？」

董彪轉頭看了羅獵一眼，笑道：「怎麼？五年前那點破事，還記恨在心啊？」

羅獵道：「那倒沒有，只是就事論事有感而發。」

董彪歎了口氣，道：「那你這個有感可就發錯嘍！尼爾森這人貪是貪了點，可是，洋人員警中又有幾個不貪的呢？拋開咱們安良堂跟尼爾森的關係不說，單說五年前你那檔子破事，人家尼爾森要不是貪圖那點錢財，還不順手將你倆給扔海裡餵魚了？」

艾莉絲聽羅獵講過這段故事，而且不止一次，因而對整個過程算是比董彪還要清楚，此刻不由插嘴道：「是的，諾力，彪哥說得對，你不單不應該記恨尼爾森，相反，你應該感激他才對。」

羅獵歎道：「你們倆這是說什麼呀？我又沒說還記恨尼爾森，我只是想說，像尼爾森這種貪錢的員警還能升官，美利堅合眾國恐怕好不了了……」

董彪笑著打斷了羅獵，道：「美利堅好得了好不了，跟咱們中國人又有多大關係呢？咱們啊，只管賺錢吃飯，洋人的事情少管。」

艾莉絲抗議道：「那西蒙和席琳娜的事情，彪哥你也不願意管了麼？」

羅獵立刻跟道：「是啊，他們可是不折不扣的洋人哦！」

董彪轉動方向盤，將車子拐了個彎，笑著回道：「你倆是故意招惹彪哥，是麼？」

一個彎拐過來，車子已上了海濱大道。董彪沒有直接駛向海關警署，而是在附近找了家咖啡館停了下來。「你倆先下車，去裡面找個僻靜點的位子，我去把尼爾森給接過來。」董彪輕歎一聲，接著又道：「現在不比以前嘍，做事都得小心點才好。」

董彪將羅獵艾莉絲放下了車，繼續向前。羅獵牽著艾莉絲的手，推門進了咖啡館。客人並不多，羅獵選了個最靠裡面的座位坐了下來，叫來了侍者，點了兩杯咖啡等著董彪。

不多會，董彪帶著尼爾森來到了咖啡館。

羅獵對尼爾森仍有印象，說心裡話，羅獵雖然對尼爾森不存在感激之情，卻也絲毫沒有恨意。想當初被關在海關警署的時候，尼爾森待他們還算不錯，沒打沒罰，還管了兩頓飯。「你好，尼爾森警司，不知道你還能不能認得出我來？」見到董彪陪著尼爾森走來，羅獵早早起身，並伸出手來。

尼爾森伸出了蒲扇般的大手，握住了羅獵，並玩笑道：「我的朋友，我當然記得你，你和另一個小胖子的矯健泳姿給我留下了深刻的印象。」調侃完羅獵，尼爾森又轉向董彪繼續道：「早知道他能長成這麼英俊的一個小夥子，當初我就該向湯姆開出雙倍的價錢才對。」

董彪為尼爾森拉開了座椅，並叫來了侍者，點了兩杯最好的咖啡和幾樣點心。

「尼爾森，我來介紹，這是我的女朋友，艾莉絲。」趁著董彪忙活的時候，羅獵為尼爾森介紹了艾莉絲。艾莉絲大方地將手伸向了尼爾森，並補充道：「艾莉絲・泰格。」

尼爾森很紳士地接過了艾莉絲的手，象徵性地做了個親吻的動作，並讚美道：「你真像個美麗的天使。」

侍者很快端來了咖啡和點心，待侍者離開後，董彪拍了拍尼爾森的肩膀，道：「尼爾森，諾力和艾莉絲都是自己人，你不必顧忌，這件事該怎麼辦，需要多少花費，你直接說吧。」

尼爾森輕歎一聲，端起咖啡杯飲啜了一小口，放下杯子後，再聳了下肩膀，道：「傑克，我們是多年的朋友了，你是知道我的，尼爾森做事從來不喜歡拖泥帶水。但這次卻不一樣，人並不在我的手上。」

董彪淡淡一笑，道：「只要人還在海關警署，你就一定有辦法，對麼？我的朋友。」

尼爾森點了點頭，道：「我既然肯答應你出來喝杯咖啡，就說明我還是有辦法的。不過，傑克，我必須事先把話說明，這一次你想要把人帶出我的警署，恐怕沒那麼容易。」

董彪道：「我當然知道！尼爾森，你是個痛快的人，我也不喜歡囉嗦，你就開個價吧。」

尼爾森伸出了兩根手指來，並道：「三百刀，少一毛都不成。」

董彪直接從懷中掏出了支票本，再拿出了鋼筆，開出了一張三百美元的支票：「尼爾森，幸虧你是跟我談生意，這要是換了湯姆，他肯定會跟你討價還價的。」將支票交到了尼爾森的手上後，董彪問道：「我什麼時候能把人帶走？」

尼爾森收好了支票，想了下，然後回道：「給我一個小時的時間吧。」得到了董彪的同意，尼爾森連忙喝完了杯中的咖啡，匆匆而去。

「彪哥，撈什麼人要那麼多的錢？」羅獵還記得五年前他和安翟哥倆合在一起也不過是花了三十美元便撈了出來，而眼下這人居然是自己和安翟的十倍，那羅獵的心理自然有些不平衡。

董彪呵呵一笑，卻不著急回話，喝了口咖啡，吃了塊點心，這才慢吞吞道：「也不是什麼重要的人，一盜門敗類而已。」

聽到盜門二字，羅獵陡然間想到了師父老鬼，不過，董彪口中說的可是盜門敗類，自然不會是師父了。「既然是個敗類，又怎麼值得彪哥心甘情願花那麼多錢呢？彪哥，恐怕這其中另有隱情吧？」

董彪手指羅獵，笑道：「怎麼說濱哥會那麼欣賞你小子呢！好吧，那彪哥就實話實說了。咱們今天要撈的這個盜門敗類啊，五年前騙走了一個莘莘學子的所有證件，害得那個小夥子……」

羅獵驚道：「你說的是他？」

董彪點了點頭，頗有些得意道：「沒錯，就是他，今天彪哥要將他帶回堂口為那個莘莘學子出口憋了整整五年的惡氣，你說，這三百美元花得值還是不值？」

羅獵先是欣喜點頭，但隨即臉上便露出了疑色，緩緩搖頭道：「不，彪哥，你沒跟我說實話。」

董彪分辯道：「你是說彪哥騙你？好吧，等尼爾森把那個盜門敗類弄出來了，你自己去辨認好了，看看彪哥究竟有沒有騙你。」

羅獵搖頭，道：「我沒說你騙我，我是說，你肯定還有別的隱情沒告訴我。」

董彪苦笑道：「你這就不講道理了吧？彪哥好心好意只想為你出口惡氣，你不領情也就罷了，怎麼能懷疑彪哥的動機呢？」

艾莉絲跟著也勸說羅獵道：「諾力，你應該相信彪哥才對啊！」

羅獵緩緩歎道：「五年前，那人騙走了我所有的證件，害得我跟安翟被迫跳了海，要說我不恨這個人，那絕對是假話。這五年來，我時時刻刻惦記著此人，為此還一度懷疑過我師父，以為是他老人家故意做局把我騙進了安良堂。若是彪哥看出了我這點心思，為我找到了這個人，從道理上講也是合情合理。不過，單純為此的話，彪哥根本沒必要花上這三百美元鉅款，只需要將我帶去海關警署，認出那個人，然後痛扁一頓也就是了。十美元的事情偏要用三百美元來解決，這不是彪哥的風格，更不會是濱哥的風格，所以，我敢斷定，那個盜門敗類的身後一定是另有隱情。」

董彪不由讚道：「少爺就是少爺，不服不行啊！好吧，彪哥認輸了，這其中，確實是另有隱情。」

羅獵道：「那彪哥能告訴我這背後的隱情是什麼嗎？」

董彪不置可否，卻先看了眼艾莉絲。

艾莉絲撇了下嘴，道：「如果我不便聽到，我可以到外面走走。」

董彪笑著回道：「你誤會了，艾莉絲，安良堂早就把你當做了自己人，沒什麼需要向你隱瞞的。只不過，我擔心你對我們中國的事情不感興趣。」

艾莉絲笑道：「只要諾力在我身旁，就算你們只是無聊地數綿羊，我也一樣有興趣從頭聽到尾。」

董彪看了下時間，道：「好吧，反正時間還早，閑著也是閑著，那就講個故事當是解悶了。不過，在講故事之前，我想先問你一個問題，少爺，五年前你身陷海關警署的牢房中，濱哥怎麼會主動去撈你的呢？」

羅獵道：「小時候我以為那不過是濱哥跟尼爾森之間正常的勞工買賣，但後來跟你們熟了才知道，做這種生意，濱哥一般都不會出面，就算是彪哥也不需要親力親為。正因如此，我才會懷疑到我師父的頭上。」

董彪點頭笑道：「你的懷疑是對的，確實是鬼叔向濱哥推薦你。但你可別誤會啊！在碼頭上騙走你證件的絕不是你師父，這一點我不需要做解釋，待會尼爾森將那個盜門敗類帶過來便可以水落石出了。」

羅獵道：「彪哥你當然不需要解釋，我能猜得到，師父他當時應該也在船上。」

董彪呲哼了一聲，撇著嘴巴道：「那你就接著猜吧，把整個故事都猜出來算你厲害，給你這種人講故事真沒勁。」

羅獵趕緊賠不是，道：「彪哥息怒，我認錯還不行嗎？」

董彪笑開了，美滋滋喝了口咖啡，清了下嗓子，開口講道：「五年前，內機局第一次追到了美利堅來，為的是什麼？少爺，你可聽說過其中原因？」

羅獵點頭應道：「我聽說是為了一份名單而來。」

董彪道：「沒錯，確實是為了一份名單。這名單對咱們安良堂來說一文不值，但對咱們中國的命運來說，卻是無比貴重。偷走這份名單的並不是你師父，鬼叔自打來了美利堅合眾國之後就根本沒回去過。是那個盜門敗類幹的活，本來，他是受雇於孫先生那個組織，但東西到手後，這貨居然起了邪心，要重金賣給內機局。又怕內機局黑吃黑，所以就約到了美利堅合眾國來交易。可那貨卻沒想到，山外青山樓外樓，鬼叔的道行比他高多去了。」

羅獵不由插話道：「是師父出手……」

董彪瞪了羅獵一眼，喝道：「你是聽故事還是講故事？你行你來？」

羅獵吐了下舌頭，扮了個鬼臉。

董彪白了羅獵一眼，才肯接著說道：「濱哥接到了孫先生機要秘書許公林的求助，於是便請來了鬼叔，那天，鬼叔等在了金山碼頭上，剛好看到了那個敗類騙走你證件的一幕，這也間接地幫助鬼叔鎖定了目標。鬼叔可是盜門百年一遇的奇才，那貨又怎是對手？三兩回合，便被鬼叔得了手，將那份名單給掉了包。不過，那貨也確實是有些真本事，鬼叔雖然得了手，卻也被他覺察到了。知道真貨成了假貨，那敗類肯定不敢再跟內機局的人接觸，於是便躲了起來。」

說話間隙中，羅獵不敢再輕易插話，可聽得著迷的艾莉絲卻忍不住問道：「殘害我們師父的人就是你說的內機局的人，是嗎？他們又怎會追到紐約去的呢？」

董彪歎了聲，看了眼羅獵，微微搖了下頭，道：「咱們安良堂中有內機局的一個內鬼，可是呢，這個內鬼卻不知情，還以為內機局追來只是為了那個藏匿名單的夜明珠。沒錯，那顆被掏空用來藏名單的假珠子確實在鬼叔手上，所以啊，他們便根據內鬼的提示，一路追到了紐約。濱哥將計就計，放出風來，說是那敗類之所以不再露面跟內機局的人接觸，是因為孫先生他們出了更高的價碼，而交易地點便在紐約。」

羅獵終究還是沒能忍住，感歎道：「李喜兒最終得知上當受騙後，便將怒火發洩到了師父的身上！」

董彪這一次沒有抱怨羅獵的插話，而是歎道：「如果你是這樣看待此事的話，那我只能說你小覷了鬼叔了。以鬼叔的江湖閱歷和他那身好本事，又豈能輕易落進了別人的陷阱？」

羅獵不由驚道：「你是說師父他是故意被李喜兒他們抓走的？」

董彪一聲長歎，道：「濱哥一開始便有意借此機會除掉內機局李喜兒，你是知道的，濱哥還有個弟弟留在了國內，卻死在了內機局李喜兒的手上。可是，許公林卻勸說濱哥以大局為重，暫時放過李喜兒他們，這樣的話，便可以為孫先生的組織多爭取一些應急時間。因而，濱哥便沒有跟紐約的顧先生通氣聯手。可是，鬼叔卻不肯放過那幫牛尾巴，便設下了個苦肉計來，只是沒想到……」董彪硬生生憋住了後面的話，看了眼艾莉絲，又對羅獵拋去了一個眼神。

羅獵點了點頭。彪哥硬生生將後面的話憋了回去，無非就是想保護大師兄趙大新。

「扯遠了，還是拐回頭來說那個盜門敗類吧！」董彪捏了塊點心扔進了嘴巴裡，再喝了口咖啡，接著道：「那貨在美利堅遊蕩了近五年，倒也是逍遙快活，可不知道他腦子裡哪根筋抽了風，突然想起來要回國，結果卻馬失前蹄，在出關時居然落在了尼爾森的手上。尼爾森三拳兩腳，便審出了一件大案來。」

羅獵不由地將椅子向前挪了挪，並傾過來上身，好奇問道：「什麼大案呀？」

董彪頗為神秘道：「光緒二十六年，八國聯軍攻進了紫禁城，滿清朝廷文武百官魂飛魄散四下逃竄，光緒小兒和慈禧老太婆也是嚇得屁滾尿流慌忙西逃，卻將滿清的鎮國重器開國玉璽落在了皇宮未能帶走。那枚玉璽乃是皇太極建立大清朝時所製作，材質很是一般，卻承載了大清朝的國脈，故而，在清軍入關後，多爾袞重新選了優良玉石製作了新的玉璽，而那枚開國玉璽則被供奉了起來。可沒想到，卻被八國聯軍給擄掠了去。」

羅獵又犯了老毛病，插話道：「你的意思是說，那枚開國玉璽後來又被那個敗類給偷走了？」

董彪瞪眼怒道：「你不插嘴能死啊？再敢打斷彪哥講故事……唉，反正彪哥也不能把你怎麼著，這口氣我就忍了吧。」

羅獵連忙用叉子插了塊點心送到了董彪口中，又殷勤地為董彪端起了咖啡。

董彪甚是滿意，重新露出了笑容，並接著講道：「那枚開國玉璽是被法蘭西的兵將給擄掠去的，就在你們環球大馬戲團各地巡演的時候，法蘭西博物館在紐約開了一場展覽會，據說準備陳列出來的物品中便有那枚大清朝的開國玉璽，可就在開展的前一天，那枚玉璽卻失竊了。此事雖然並沒有報導出來，但紐約的顧先生卻是一清二楚，因為，準備對那枚玉璽下手的，也有紐約安良堂的高手，只是沒想到被別人搶先了一步。雖說那玉璽單就材質來講很是一般，可是，其內在價值卻是無比巨大，法蘭西博物館丟失了那枚玉璽可謂是痛心疾首，而對於滿清朝廷或是孫先生的組織來說，其意義之重大更是到了無法估量的地步。」

羅獵張開了嘴，卻又對上了董彪的眼神，急忙將嘴巴閉上了。

董彪看到了，不由笑道：「想說什麼就說吧，剛好我也要喘口氣了。」

羅獵道：「所謂國脈龍脈一說，無非是金點行風水師的蠱惑說辭，此等說法，滿清朝廷也就罷了，那孫先生的組織又怎能如此迷信呢？」

董彪點了點頭，道：「你的疑問乍聽很有道理，孫先生他們立志要推翻滿清建立共和，自然要破除封建迷信，更不會相信什麼國脈龍脈的狗屁說法。可是，你得反過來想這事，假若孫先生他們能拿到那枚開國玉璽，並當著天下人的面毀了那枚玉璽，這將對滿清朝廷產生多麼沉重的打擊呢？又會對天下人的思想產生怎樣的影響呢？」

羅獵坦承道：「彪哥說得對，是我想簡單了。」

董彪道：「滿清朝廷丟了那枚開國玉璽，一直是秘不敢宣，私下裡定然是花費了大量的人力物力去找尋這枚玉璽。對孫先生他們來說，能不能得到那枚玉璽並不重要，只需要令那枚玉璽重見天日，並證明它已然不在滿清朝廷的手中也就夠了。所以，在紐約的那場展覽會上，顧先生派去的高手更想做的並不是出手行竊，而是確保玉璽能夠展出，便是這一念之差，卻讓另一撥人搶了先機。」

羅獵思考道：「下手盜走玉璽的人，會不會是滿清朝廷派來的呢？」

董彪輕歎一聲，道：「顧先生是這麼想的，濱哥也是這麼認為的，法蘭西博物館更是這樣判斷的，可是，他們都錯了……」

羅獵驚道：「難道是被那敗類給盜走了？」

董彪道：「是，也不是。」

羅獵疑道：「什麼意思？」

董彪道：「那敗類在尼爾森三拳兩腳的審訊下招供說，他參與了那場盜竊！紐約那場文物博覽會的主辦方聘請了美利堅最優秀的安保公司，如此森嚴的防衛下仍舊能盜走那枚玉璽，絕非是單人能夠做到，即便是你師父重出江湖也必是枉然。盜走那枚玉璽的是一個組織，此組織極為神秘且手段高明，那敗類不過是被此組織所利用，因而對他們並沒有多少瞭解。」

羅獵道：「既然如此，那彪哥又何必浪費三百美元呢？」

董彪斜著眼盯著羅獵，冷笑了兩聲，道：「你不是善於猜測揣摩嗎？那你就來回答你自己的這個問題好了！」

羅獵熟悉董彪的性格，此刻突然變臉戲謔自己，定然是因為自己提出的這個問題太過膚淺。事實上，羅獵眨了眨眼便想清楚了個中緣由，但他仍舊耍賴道：「我哪有啊？其實我笨得很哩，彪哥還是直接告訴我答案吧。」

董彪撇嘴搖頭，道：「當是給艾莉絲一個面子好了！」轉而對已經聽得入迷的艾莉絲道：「那敗類為何要招供這些呢？難道只是為了不挨揍嗎？還有，他又向尼爾森隱瞞了些什麼呢？等等這些疑問，只有將那敗類帶回堂口，方可水落石出，所以，即便尼爾森開口索要的價碼再高一倍，我也不會有絲毫猶豫。」

羅獵笑道：「恐怕彪哥還另有打算吧，想把那件玉璽偷回來，那敗類還是能派得上用場的……不對，我說錯了，要是想偷回來玉璽的話，最合適的人選應該是我師父才對。」

董彪的神色突然黯淡下來，沉默了片刻，才開口道：「羅獵，你已經成年了，有些事情不能再瞞著你了。你師父，鬼叔他，已經不在人世了。」

羅獵渾身一顫，急道：「你說什麼？我師父他……」

董彪幽歎一聲，緩緩搖頭，道：「你師父他是安良堂總堂主的兄弟，但他也是孫先生組織的骨幹，他老人家回國後的第二年，便在一場戰鬥中犧牲了。知道這件事的人並不多，包括你大師兄還有其他師兄師姐，我希望你能保守這個秘密，這也是你師父臨走前最後的囑託。」

羅獵的雙眼頓時飽含了熱淚，而艾莉絲一怔之下，已然伏在了桌面上嚶嚶哭泣。

董彪接道：「你可能很想知道安翟的下落，可是對不起啊，羅獵，鬼叔在參加那場起義戰鬥之前，將安翟打發走了，從那之後，我們便再也沒得到過那個小胖子的任何消息了。」

羅獵掀起衣襟，擦去了淚水，再攬過艾莉絲，輕拍著她的後背，輕柔卻堅定道：「別哭了，師父他不喜歡看到別人哭，更不喜歡他的徒弟哭。」

董彪看了下時間，站起身來，道：「羅獵說得對，鬼叔硬氣了一輩子，最看不過的就是別人哭，尤其是為他而哭。好了，時間差不多了，咱們也該去領人了。」

第四章

盜門中人

吳厚頓道：「盜門中人，盜亦有道，吳某既然接下了這趟活，
就得把貨完完整整地交到金主手中，只是其中出了些紕漏，
老夫居然被內機局的人給盯上了，雖然不能奈我如何，
但前來與老夫交接的人恐怕就不會那麼走運了。」

對尼爾森來說，無意間抓獲的這名盜賊甚是無趣。此人因出關時證件不符而被捕，尼爾森原本只想將他和別的華人一塊打包賣給安良堂，卻沒想到，那人於當夜竟然自行打開了手銬以及牢房鐵柵欄而欲逃走。也幸虧海關警署的牢房最後一道牢門安裝了最先進的密碼鎖，這才困住了這個盜賊。

對這種人，尼爾森自然不肯客氣，親自下場將那人當做了拳靶溫習了一下自己的搏擊技術，卻沒想到，拳腳之下居然惹出了是非。面對那盜賊的招供，尼爾森有兩種選擇，一是如實記錄，並將案件及嫌犯移交給紐約警方，但如此一來，過程極為繁瑣不說，自己這邊還要搭上人力物力，這對尼爾森來說絕對是不情願的選項。因而，猶豫再三後，尼爾森選擇了後者，詢問安良堂對此人及此案有無興趣。

得到了三百美元的尼爾森很是滿意，回到警署後，便銷毀了原有的案件檔案，重新做了一份罪行可罰可不罰的卷宗，並親自簽批了釋放令。做完這些，剛好用去了一個小時，尼爾森親自去了警署的牢房，提出了那名盜賊，而這時，董彪開著車剛好來到了警署門口。

尼爾森押著那盜門敗類走來的時候，羅獵的腦海中登時浮現出了五年前在中華皇后號巨輪上的一幕幕，一個善於偽裝的高手，可以輕易改變了相貌容顏，可以徹底改變了動作姿態，但其長期養成的細微習慣卻難以遮掩。羅獵在凱文那兒學到的知識在此刻派上了用場。「是他，絕對是他！」車上的羅獵忍不住篤定道：「這貨走路時右肩有些朝前，雙腳還有些內八字，就憑這兩點，絕對錯不了！」

董彪向尼爾森招了下手，然後對羅獵讚道：「不愧是鬼叔的徒弟，一眼便看出了那貨的兩個特徵，當初鬼叔只看了他幾眼，便給我描述出了這貨的四個特徵。」

羅獵道：「四個？那還有兩個是什麼呢？」

董彪笑道：「想知道嗎？真想知道的話，今晚咱再幹一場。」

羅獵嚇得直吐舌頭，連聲道：「不了，不了，我再也不跟你逞能了，醉酒的滋味真是不好過。」

尼爾森已經將那貨帶到了車前，董彪暫時停下了跟羅獵的對話，指了指副駕的位子，冷冰冰喝道：「上來吧！」待那貨坐上了車，董彪再恐嚇道：「記住了，你他媽跑得再怎麼快，也快不過老子手中的槍，更快不過後面那個小哥手中的飛刀，想活命的話，就乖乖跟老子回堂口。」

那貨顯然沒認出羅獵來，聽到了董彪的恐嚇，卻不慌不忙轉頭看了羅獵一眼，露出了一雙黑黃的兔子一般的門板牙：「既來之，則安之，老夫既然找到你們安良堂，自然不會輕易離去。」

董彪跟尼爾森打過了招呼，開動了汽車，隨後冷笑道：「聽你這麼說話，就好像你是故意被洋人員警給捉住似的。」

那貨大言不慚道：「那是當然！就憑那幫笨得跟豬一樣的洋人員警，若非老夫故意，又豈能捉得住老夫的一根毫毛？」

董彪呲哼了一聲，猛然一打方向盤，將車子駛進了一個巷口，停了下來。「羅獵，別等到回堂口了，現在就動手吧！老子最他媽看不慣吹牛的貨色了。」董彪說著，早已從懷中掏出了手槍，對準了那貨的額頭。

羅獵歡快應道：「好！」然後跳下車來，繞過車身，拉開了副駕的車門。「五年前，你搭乘中華皇后號來到三藩市的時候，騙走了一個十三歲孩子的留學證件，這件事，你應該不會忘記吧？」

那貨陡然一怔，隨即盯著羅獵看了幾眼，忽地笑開了：「我想起來了，你就是那個害得老夫差點被扔海裡的小屁孩啊？」

羅獵摟頭給了那貨一巴掌，喝道：「你嘴硬是不？你再硬一個給我看看？」羅獵再次揚起了巴掌。

那貨吹鬍子瞪眼道：「你再打我一下，我就保證忘掉所有關於玉璽的秘密，不信，你就試試看好了！」

董彪側了身子抬起腳來，一腳將那貨踹下了車：「老子花了三百塊撈你出來，就是讓老子聽你吹牛的嗎？羅獵，給彪哥狠揍這狗東西，揍夠了三百塊的本錢再說！」

車到了唐人街，放下了艾莉絲。羅獵沒事的時候，艾莉絲很喜歡黏著羅獵，但當羅獵有事的時候，她總是會很知趣地躲在一邊，從不讓羅獵分心。

回到了堂口，董彪像是拎著一隻雞仔一般，將鼻青臉腫的那貨拎到了堂口的懲刑室中。

「姓什麼，叫什麼，從實回答，有一個字的假話，便再揍你個三百塊錢的耳光拳頭。」想想那貨在巷口中挨過揍的那副慫樣，董彪原本緊繃著的一張臉突然爆裂開，並噗嗤一聲笑了起來。

那貨唉聲歎氣回道：「小的姓吳，名厚頓。」

董彪又問道：「你是故意被洋人員警捉到的嗎？」

吳厚頓長歎一聲，苦笑道：「誰會吃飽了撐的做那種蠢事啊？唉，小的是得意忘形而一時失手，才被海關的洋人員警給逮去了。不過，求助於貴堂口卻是小的主動之為，小的五年前就知道貴堂口跟海關警署有蛇頭買賣，所以小的才主動向那個洋人員警招了玉璽的事情，還告訴那個洋人員警，只要把資訊告訴了貴堂口，那麼貴堂口肯定會花高價來撈我。」

董彪點了點頭，道：「這話倒是可以相信，你也是個老江湖了，越獄不成，也只能試試走這條路。可你想過沒有，落到我安良堂的手上，可要比落在洋人員警的手上更會悲慘。」

吳厚頓慘笑道：「落在貴堂手上好歹還能留條命，落在洋人手上恐怕連命都沒了，越獄可是個重罪，小的還打傷了兩名洋人員警，小的能看明白那個洋人員警的眼神，要不是貴堂口答應了花錢撈小的，那洋人員警非得弄死小的不成。」

羅獵道：「你這雙招子還是蠻亮堂的啊？既然你都能看明白，那為啥一上來就先吹牛呢？非得挨頓揍才舒服是不？」

吳厚頓苦笑道：「挨揍怎能舒服呢？不過，挨揍的時候卻可能出現逃走的機會，唉，可小的卻沒想到，你們二位爺才是高手啊，小的這頓揍可是沒輕挨，可逃走的機會卻一點也沒看到。」

董彪摸出了煙盒，將裡面的香煙全都掏空出來，給羅獵遞了個眼色，然後將空煙盒揉作了一團，一聲冷哼後，突然將那團空煙盒擲向了空中。羅獵閃電出手，一柄飛刀閃爍著寒光，射向那團空煙盒，只聽到「哆」的一聲，飛刀刺穿了那團空煙盒，扎在了房間一側的窗框上。

「看清楚了？也虧得你沒找到逃跑的機會，不然的話……」董彪沒把話說完，只是用了兩聲冷笑做為替代。

吳厚頓簌簌發抖，雙腿一軟，居然癱跪在了地上，正手抽了自己一巴掌，想了想，似乎還不足以表達自己的心情，於是反手又抽了自己一嘴巴。「小的真是該死，就在剛才，小的還在琢磨著該怎麼逃走呢。」

董彪笑吟吟又摸出了手槍，掂在手中，道：「要不要再讓我打兩槍給你開開眼？」

吳厚頓連連擺手，道：「小的不敢，小的再也不敢了。」

董彪滿意地點了下頭，道：「既然如此，那就把你知道的全都說出來吧。」

吳厚頓猶豫了一下，道：「其實，小的並沒有參與到那場偷竊大清開國玉璽的行動……」話音未落，脖頸處突覺冰冷，羅獵手持一把飛刀已然抵住了吳厚頓的脖頸。「小英雄莫急，聽小的把話說完，待我說完後，你們要是覺得那三百美元花得不值，想怎樣小的都成。」

羅獵冷笑道：「廢話！這兒可是安良堂，別想著耍滑頭！」羅獵拿著飛刀在吳厚頓的面前比劃了幾下，這才收了手，退到了一旁。

吳厚頓接道：「小的真是沒有參與，不過，小的卻知道那開國玉璽的下落。」說到這兒，吳厚頓故意一停，滴溜溜的雙眸在董彪和羅獵身上轉了一圈。

董彪暴喝道：「少他媽給老子賣關子，趕緊說了。」

吳厚頓打了個激靈，連忙接著說道：「那場展覽會對各國的盜門同行來說可謂是一場盛宴，可是，法蘭西那邊以及紐約這邊均雇傭了頂尖的安保公司，想下手偷走一兩件寶貝談何容易？因而，對那些個盜門同行來講，也只有做夢想想的份，哪裡能尋得到下手的機會？小的根本沒敢去想那些事，小的只不過想趁著人多撈點便宜，結果呢，卻被小的撈到了一個秘密。大清朝派了特使過來，給了法蘭西博物館一大筆錢，只求法蘭西博物館不要將開國玉璽展示出來。」

羅獵反應夠快，搶道：「你的意思是說，所謂玉璽被竊，只是法蘭西博物館的障眼法麼？」

吳厚頓緩緩從地上爬起，對著董彪和羅獵抱了下拳，道：「當時卻是如此，但之後又有變故。大清朝那位特使繼而向法蘭西博物館提出了收購此玉璽的提議，開價之高，卻是令法蘭西人無法拒絕，因而，那件寶貝便落在了大清朝的特使手上……」

董彪打斷了吳厚頓，質疑問道：「你又是如何得知這其中過程細節的？」

吳厚頓舉起了雙手，在空中晃悠了兩下，不無驕傲道：「就憑老夫……哦不，就憑小的這身本事，那大清朝特使的秘密還不是隨意而知？不瞞兩位英雄，只要是小的盯上了哪個人，那麼，那人對小的來說就不存在秘密。」

董彪點了根香煙，噴著煙應道：「這話倒不是吹牛，五年前，你能從內機局的秘密傳送管道中盜走那份名單，那麼，看住了那位大清特使對你而言便不是什麼難事。」

吳厚頓嘿嘿一笑，雙手抱拳，回道：「多謝英雄稱讚！」

董彪呲哼了一聲，道：「實話實說，不必相謝，你接著說下去就是了。」

吳厚頓清了下嗓子，接著道：「小的一看那件寶貝落在了大清朝特使的手中，心中暗道，應該是小的的機會來了，只可惜小的尚未來及下手，那大清朝特使卻被人給劫走了，至今下落不明。」

羅獵問道：「你怎知道那特使是被人所劫？」

吳厚頓仰天長歎，道：「那日夜晚，小的已經潛伏到了大清朝特使下榻的酒店，只待夜深人靜之時，以迷香迷倒那特使，再撥開房門之鎖，便可輕而易舉得到那枚玉璽。可就在小的來到那特使所在樓層的時候，看到兩個身著警服的洋人帶走了那位特使。幹我們這個行當的，對六扇門的人最是敏感，而小的在美利堅待了快五年了，那洋人員警是真是假，小的不用看都能判斷得出，帶走大清朝特使的兩個洋人，確是假員警無疑。」

羅獵道：「那你有沒有繼續追蹤那兩個假員警？」

吳厚頓沒有作答，而是眼巴巴看著董彪，央求道：「英雄，能不能賞小的一根煙抽抽呢？」

董彪微微一笑，撿起剛掏出來放在了桌台上的香煙，隨手丟了過去，接著又將火柴丟向了吳厚頓。吳厚頓右手接住了香煙，左手抓住了火柴，叼著煙點了火，然後雙手捧著火柴送還給了董彪。美美地抽了兩口煙後，才道：「親眼看到了這種事情，小的若是不跟下去看個明白的話，恐怕是連飯都吃不下去。可是，那兩名假員警帶著大清朝特使出了酒店便直接上了車。小的這兩條腿怎麼能跑得過洋人的四個輪子呢？因而，這事也就斷了線了。」

羅獵鎖眉瞪眼，道：「就這麼完了？」

吳厚頓抽了口煙，回道：「不完還能咋地？」

董彪呵呵笑道：「看來，老子的那三百美元算是白花了……不行，我安良堂什麼生意都做得，但虧本生意絕對做不得，來人吶！」門口處，兩名安良堂弟兄應聲現身。董彪揮了揮手，道：「把這貨帶下去，就當是咱們請來的拳靶子，一天的工錢按一美元算，什麼時候把那三百美元賺回來了，什麼時候放這貨離開。」

吳厚頓撲通一聲重新跪了下來，右手仍舊夾著香煙，用左手打了自己一嘴巴，急道：「小的錯了，小的還想起了一件事來。」

董彪道：「你他媽是在跟老子玩擠牙膏的遊戲麼？老子可不是那麼好騙過去的！你他媽沒做好準備便要登船回國，明知道海關牢房最後一道門你無法打開卻要著急越獄，這些反常行為要是說不清楚的話，恐怕老子的堂口便是你姓吳的地獄！」

吳厚頓苦笑道：「小的一開始就說小的被洋人抓是故意而為，可兩位英雄非要說小的吹牛，還暴打了小的一頓……」

董彪哼笑道：「那不過是隨便找來揍你一頓的理由，你把我兄弟害得那麼慘，揍你一頓很過分嗎？你要是覺得冤，那老子就讓它來給你道個歉。」董彪說著，舉起拳頭來晃悠了兩下。

吳厚頓訕笑道：「不冤枉，小的挨這頓揍一點也不冤枉，小的小覷了兩位英雄，活該被揍。只是，小的不敢斷定，安良堂對那玉璽有多大的興趣，若是小的能幫助安良堂得到了那件玉璽，小的又能撈到怎樣的好處？」

董彪橫眉冷對，怒罵道：「你他媽還敢跟老子談條件？」

吳厚頓捏著煙屁股抽了最後一口，不慌不忙回道：「小的可不敢跟您談條件，小的只是問問而已，量體裁衣，看米下鍋，安良堂若是無甚興趣，小的說了也是白說，安良堂開出的價碼若是沒達到小的底線，小的寧願去做那拳靶子也不會多費口舌。」

董彪臉色的怒色不見增加反倒減少，最後居然露出了笑容：「傳說盜門有二鬼，南無影北催命，也剛好是取了你們二位姓氏的諧音，今日得見無影鬼吳先生，實乃董某之幸。」

吳厚頓猛然一怔，道：「大英雄何出此言？小的怎敢冒催命無影之名？再說，五年前……」

董彪打斷了吳厚頓，道：「五年前，催命鬼在碼頭上將你懷中的那份名單輕易掉包，此舉瞞過了鬼叔更是瞞過了我董彪，都還以為你不過就是個盜門高手而已，連一流水準尚不能及。卻沒想到，無影鬼之所以被江湖人尊稱為無影，便是因為他隱藏身分的手段極為高明。你以一份對你無關緊要的名單換來了安良堂對你五年的輕視，此等手段，我董彪不得不服。」

吳厚頓苦笑搖頭，道：「董二當家的，您這說的是哪裡話呀？那份名單怎麼就對小的無關緊要了？小的可是跟內機局的人都說好了，一手交錢一手交貨，十萬兩銀子的價碼啊！」

董彪哈哈大笑，道：「可是，吳先生的自信和說辭卻始終矛盾，而且，你方才的眼神已經徹徹底底地出賣了你。試想，一個能從內機局秘密傳送管道中盜走絕密名單的人，又豈能輕易丟失了那份名單？想當初，我只當是鬼叔的手法高明，但今日細細一想，絕非如此。再有，神不知鬼不覺便摸清楚了大清朝特使的底細，即便是我家鬼叔也絕無十足把握，能做到的，只有那無影鬼。不過，這些推理便在一分鐘之前我卻從未想到過，是吳先生那種超脫常人的自信眼神提醒了我。」

吳厚頓長歎一聲，道：「都說董二當家粗中有細，今日切磋，果真如此。老夫修煉數十載，可就是這該死的眼神掩蓋不住。也罷，也罷！即便今日瞞得過你董二當家，明日也瞞不過那曹大當家……好吧，老夫認下了，老夫便是那被江湖朋友訛傳的盜門二鬼之南無影。」

董彪頷首撫掌，喝道：「來人啊，給吳先生讓座看茶！」轉而再沖吳厚頓抱拳施禮，道：「董彪敬請吳先生賜教，當初為何甘心放棄那份名單呢？」

吳厚頓道：「盜門中人，盜亦有道，吳某既然接下了這趟活，就得把貨完完整整地交到金主手中，只是其中出了些紕漏，老夫居然被內機局的人給盯上了，雖然不能奈我如何，但前來與老夫交接的人恐怕就不會那麼走運了，故而，老夫出此下策，藉口出賣名單給那內機局而遠渡重洋，只是因為你安良堂值得信任，且有足夠實力對抗那內機局。」

董彪緩緩點頭，道：「聽先生如此一說，董彪豁然開朗。都怪董彪眼拙，讓先生受委屈了，董彪給先生賠不是！」董彪說著，走下座位，來到吳厚頓面前，屈膝便要行跪拜大禮。

吳厚頓出手相托，笑道：「老夫雖然遂了心願，卻是苦了這位小哥，因而那頓揍挨的倒也不冤。」

羅獵在一旁聽得入迷，當吳厚頓說到苦了這位小哥的時候，居然一時沒能反應過來。

董彪道：「先生此舉雖讓國家少了一個棟樑之才，卻為我安良堂送來了一個堪當大任之才，如此說來，還是我董彪理虧。」

羅獵這才反應過來，於是走向前來，抱拳賠禮道：「羅獵對先生多有冒犯，還請先生見諒。」

吳厚頓先是一笑，忽又瞪眼，道：「怎麼都婆婆媽媽了呢？還說不說正事了？」

董彪一凜，再次抱拳道：「請先生開出條件。」

吳厚頓喝道：「痛快！老夫生怕二當家的跟老夫囉嗦什麼民族大義國家命運，老夫沒有姓崔的那麼高尚，老夫做事只是圖錢，這樣吧，一口價，一萬美元，老夫助你安良堂得到那枚玉璽，若不成功，老夫分文不取。」

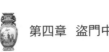

董彪朗聲笑道：「先生如此痛快，我安良堂豈肯被先生笑話？我再加你兩成傭金，只求先生盡心盡力！」

吳厚頓道：「君子一言……」

董彪隨即接道：「駟馬難追！」

吳厚頓面露喜色，道：「老夫原以為曹大當家不在，董二當家不敢做主，故而出此下策來試探一二，早知如此，又何必多費周折？不瞞二位，老夫已經查明，那件玉璽不日便將送抵金山，屆時會同一艘遠洋貨輪共赴大清朝，而那件玉璽，便是敲開大清朝通商口岸的重器。」

一旁羅獵不禁疑道：「那船貨物莫非是違禁商品？不然，又怎需以玉璽來要脅大清朝廷呢？」

吳厚頓衝著羅獵點了點頭，讚道：「小哥思維敏捷，又練得一手飛刀絕技，果真是二當家口中所稱堪當大任之才。沒錯，那船貨物，便是害人不淺的大煙土。」

羅獵道：「大清朝不是已經接受洋人煙土了麼？」

董彪代為解釋道：「你是只知其面不知其裡啊！沒錯，七十年前，大英帝國以槍炮打開了大清朝國門，逼迫大清朝承認了煙土經營的合法性，不過，那可是大英帝國的特權，美利堅合眾國雖然跟大英帝國穿一條褲子，卻沒得到大英帝國在這方面上的禮讓。因而，美利堅的商人想在大清朝賺點煙土錢便只能是偷偷摸摸。若是能以一枚搶來的玉璽換得煙土的合法經營權利，倒也是一本萬利的買賣啊！」

羅獵道：「我明白了！也虧得這些黑心商人能想出這種下三濫的招數來，彪哥，我建議咱們給這幫黑心商人來個偷樑換柱，讓他們拿著一枚假玉璽前往大清朝，那大清朝廷受了假玉璽的愚弄，必然要出口心中惡氣，只需要將這船煙土的資訊透露給英國人，那可就有熱鬧好看了。」

吳厚頓不由得向羅獵豎起了大拇指來。

董彪也跟著點了點頭，道：「這主意不錯，我看可行。」

吳厚頓摸了摸肚子，尷尬笑道：「老夫在獄中餓了一天了，二當家的是不是給老夫弄點吃的來呢？」

董彪歉意一笑，叫道：「來人啊，給先生準備房間，好酒好菜好生伺候，沒我的命令，不許打擾先生。」

待堂口弟兄領著吳厚頓出了懲刑室，羅獵問道：「彪哥，你覺得他說的話有幾分可信？」

董彪不知道在想些什麼，像是沒聽到羅獵的問話。

羅獵走近了，再道：「彪哥，問你話呢！」

董彪陡然一怔，笑道：「你問的什麼？」

羅獵重複了一遍剛才的問話：「你覺得這吳先生的話有幾分可信？」

董彪道：「這不重要，即便只有一分，咱們也要全力一試。」

羅獵應道：「可是，那吳先生開口就是一萬美元，而彪哥給他追加了兩成，算在一塊就是一萬兩千美元，彪哥，濱哥他會不會同意啊？」

董彪道：「別說是一萬二，就算是兩萬二三萬二，濱哥也不會皺下眉頭的。」

羅獵歎道：「看來，孫先生他們認定了這個玉璽能對滿清王朝帶來致命性的打擊。好吧，雖然我仍舊不認同這種觀點，但我還是希望能加入這次行動。」

董彪笑道：「你不用希望，因為這件事你躲都躲不掉。」轉而笑容忽地僵硬起來，董彪一聲長歎，道：「若是鬼叔還在，南無影北催命聯起手來，那將是怎樣的一番景象啊？又能有怎樣的防務可以擋得住他們二人啊！」

提到了師父，羅獵也是黯然下來，低頭不語不說，且再一次紅了眼眶。

董彪起身，走過來拍了拍羅獵的肩，道：「是彪哥不好，又讓咱家少爺傷心了，好了，時候可是不早了，咱哥倆是不是也該弄點吃的填填肚子了？」

堂口的後廚剛為吳厚頓加做了晚餐，但見董彪、羅獵走進了飯堂，立刻迎了上來。董彪吩咐道：「不用太麻煩，給我倆煮兩碗麵就夠了。」

就在等麵的時候，一名堂口兄弟急匆匆趕來，稟報道：「彪哥，席琳娜護士來找你和羅獵呢，看樣子像是有什麼急事，我把她帶去堂口大堂等著你們了。」

席琳娜會有什麼著急的事情要這麼晚找上門來呢？直覺告訴羅獵，肯定是艾莉絲出了什麼意外。「彪哥，我去看看吧。」

董彪應道：「不急，麵這就煮好了，吃了麵再過去，耽誤不了幾分鐘的。」

羅獵已然起身，回道：「下午點心吃多了，這會我還不怎麼餓。」

跟隨那前來稟報的弟兄來到了堂口的大堂中，羅獵看到了正焦慮地來回踱步的席琳娜。「席琳娜，出了什麼事？」

席琳娜驀然轉身，雙眸之間盡顯焦急，道：「這麼晚了，艾莉絲還沒回來，我四處找過，卻沒有找到。」

其實，時間並不算多晚，看看大堂一側的座鐘，時針才位於八點與九點的中間位置。但問題是，早在一個半小時前，也就是晚上七點鐘不到的樣子，艾莉絲已經在唐人街上下了車，而她下車的地點距離席琳娜新租借的住所只有一百米不到。

羅獵不免緊張起來，問道：「我大師兄那邊你去找過了沒？」

席琳娜道：「去找了，你大師兄還幫我去了西蒙那邊看過了，都沒見艾莉絲。」

羅獵只覺得腦袋突然間要炸裂了。

席琳娜沒注意到羅獵的變化，繼續道：「艾莉絲很乖的，她去了哪兒，大約幾點回來，都會告訴我知道的，今天一早她過來找你的時候，還特意去了診所一趟，告訴我說她晚上準備跟我一塊共進晚餐，可是，我從七點鐘等到了八點鐘，還是沒看到她回來，諾力，你說她會去了哪兒呢？」

羅獵扶著就要開裂的腦袋，艱難吩咐堂口兄弟：「去，快去把彪哥叫來。」

那兄弟剛要動身，董彪的身影已然出現在了大堂的門口。「不用再說了，把堂口值班的弟兄全都叫過來。」

不多會，值班弟兄四十餘人全部到齊。

董彪命令道：「艾莉絲你們都見過吧，她是在今晚七點差五分的時候，在唐人街第二個街口下的車，那兒距離席琳娜護士的住所不到一百米，而她到現在都沒回到家中，肯定是出了意外。唐人街是咱們安良堂的老巢，有任何風吹草動都會有人立刻報給咱堂口，但現在一個半小時過去了，咱堂口卻沒得到任何信報，這只能說明艾莉絲是被人劫走了，而且，劫走她的人手段甚為高明。你們留一半在家，其他人兩人一組，四處打探，白天的時候，有沒有行為異常的外人或是車輛出入過唐人街，又或是有什麼陌生人打探過艾莉絲或是跟艾莉絲相關的消息，我相信，再怎麼高明的歹徒也不可能做到一點蛛絲馬跡都不留下。」

弟兄們得令後，魚貫而出。

董彪轉而安慰席琳娜道：「我最擔心的是艾莉絲遇見了流串犯，但這麼長時間過去了，尚未得到這方面的資訊，所以這一點基本上可以被排除。那麼，剩下的最大可能就是一場有預謀的劫持，席琳娜，你不用太擔心，匪徒劫持艾莉絲只是手段，他們勢必還有別的目的，艾莉絲的安全暫時還不會受到威脅。」

席琳娜聽了，反倒更加焦慮，雙眸漫無目的地凝視著前方，快速且幅度極小的搖著頭，呢喃道：「會不會是馬菲亞黑手黨？天哪，艾莉絲要是落在了他們的手上……」

董彪道：「不排除是馬菲亞作案的可能，但如果是馬菲亞作的案，那麼其目標一定是西蒙……」董彪剛展開分析，突然愣了下，隨即叫喊道：「外面的兄弟進來一個，你立刻去西蒙那邊，將他帶來堂口。」待門外兄弟領了命就要轉身的時候，董彪又吩咐道：「多帶幾個人，拿上槍！」

有了彪哥的坐鎮，羅獵也冷靜了下來，此時勸阻道：「不用去找西蒙了，既然大師兄去找過他，那麼他一定知道了艾莉絲沒有回家的事情，他一定會比咱們更加焦急，所以，他是不會留在家裡的。」

董彪雖然認同羅獵的觀點，但還是對門口那兄弟揮了揮手，道：「還是去看看吧。」

羅獵接著梳理道：「我覺得應該不是馬菲亞所為，對馬菲亞來說，西蒙的事情已經過去十五年了，即便馬菲亞仍舊沒有忘記西蒙，但對西蒙的恨意也早該被沖淡了。西蒙離開聖約翰大教堂也有半年多時間，這期間，還在紐約待了一個多月。假若是驚動了馬菲亞，那麼，馬菲亞本該在紐約對西蒙下手才對，沒必要跟隨到他們人生地不熟的金山來動手。」

董彪道：「你分析的很有道理，但在事情沒有明確之前，對馬菲亞的懷疑就不能排除。另外，我很想知道，席琳娜，在最近一段時間內，你有沒有得罪過什麼人，我是說，你在工作和生活當中，有沒有和什麼人發生過矛盾，包括診所的員工以及病人。」

席琳娜認真地思索了片刻，卻搖了搖頭，道：「沒有，只有兩年前在安東尼醫生的診所中，和一個患者發生過爭執，但後來在安東尼醫生的調解下，也都和解了。」

羅獵突然驚道：「會不會是那個泥棒人？井滕一郎？」

董彪陡然一怔，鎖眉凝目沉靜了片刻，道：「按理說，習武之人在擂台上切磋，輸了就輸了，想找回來，那就再約了拳台上見就是了，沒必要做出如此下流齷齪之事。不過，泥棒人心胸狹隘又盲目自大，他受了你的羞辱，做出這種事來倒也是合乎情理。」

羅獵道：「那我們該怎麼辦？」

董彪神情淡定，輕聲吐出一個字來：「等！」

羅獵著急道：「可是，彪哥，我等不了呀！」

董彪輕歎道：「等不了也得等，不管是馬菲亞還是井滕一郎，遲早都會向我們傳遞來他們的真實目的，而我們此時如果沉不住氣的話，只會讓他們更加得意猖狂。」

在這方面上，羅獵可是有著深刻的體會，五年前被那鐸綁架的時候，正是因為沒能沉住氣而冒然逃跑，導致了安翟差一點死在了那一鐵棍之下。雖然後來算是因禍得福，成就了一雙夜鷹之眼，但每每想起這件事來，羅獵仍舊有些後怕。

等，或許是此刻最佳的選擇。但是，等的滋味卻著實讓人難受。

席琳娜幾乎癱了，坐在座位上一動不動，任由兩行淚水不住滑落。羅獵按捺不住，卻也無奈，只能在座位前走來走去。唯有董彪，仍舊保持了淡定自若的神態，只是手中的香煙一根接著一根，未有絲毫的間斷。

時間彷彿凝固了一般，好像過了很久很久，但側目看去，大堂一側的座鐘時針似乎紋絲未動，而分針，也就是挪動了幾個小格而已。

董彪的煙盒終於空了，他接上了最後一根香煙，並將空煙盒揉作了一團，摜在了地面上，正準備起身上樓去拿香煙，一組出去打探消息的兄弟終於回到了堂口。

只是，他們帶來的消息卻很是令人沮喪：「彪哥，我們沒查到任何可疑資訊。」

董彪面無表情，冷靜應道：「擴大範圍，繼續詢查。」

待董彪上了樓拿了煙下來的時候，又有兩組人馬趕了回來，其中便有聽命前去西蒙住所帶西蒙回堂口的那組兄弟。「彪哥，西蒙神父不在住所中，我們詢問了周圍鄰居，有見過西蒙神父的，說他在八點鐘前後的樣子出了門，便一直沒回來。我們想辦法進入了西蒙神父的住所，仔細查看了，並無異常發現。」

董彪略帶慍色苦笑道：「讓你們去把西蒙神父帶來堂口，又不是懷疑他什麼，你們……唉，算了，你們還是回到各自崗位吧。」

羅獵突然停下了來回踱步的腳步，若有所思道：「西蒙不在家，他一定是去追查艾莉絲下落了，可他孤身一人能查到些什麼呢？按照常理推測，他理應來堂口求助於我才對啊！難道說……」

董彪忽現驚喜之色，道：「西蒙敢獨自一人追查艾莉絲下落，那就說明作案者一定不是馬菲亞。召集所有兄弟，全力追查井滕一郎的蛛絲馬跡，即便將金山翻遍，也要將那井滕一郎給老子找出來！」

羅獵急忙提醒道：「彪哥，咱們這般大張旗鼓，會不會打草驚蛇呢？」

董彪道：「無需多慮！假若是他所為，那麼他從昨日下午遭你羞辱到今晚劫了艾莉絲之時，並沒有多少準備時間，倉促之下，必有疏漏。而且，井滕一郎沒幾個幫手，也就是那兩個嘍囉而已，如果咱們的推測是正確的話，那麼他們三個此刻一定藏在了某個隱蔽的地方並不敢露面。咱們儘管追查就是，即便驚動了他們，也不是什麼壞事。」

羅獵疑道：「彪哥，我怎麼有些糊塗呢？若是驚動了他們，他們說不定就會殺了艾莉絲滅口，怎麼能說不是什麼壞事呢？」

董彪道：「井滕一郎是個武者，不是一個以綁票勒索為生的職業匪徒，假若是他所為，其目的無非是將你引到一個隱蔽場所，三人一哄而上，胖揍你一頓，甚或給你留下點永久的記憶。而他們又清楚你的背景，不可能不忌憚安良堂的勢力，所以，他們一定是想著在你身上出完了胸中惡氣後便永遠離開金山。」

羅獵應道：「我明白了，他們在沒達到目的之前，是不會傷害艾莉絲的，若是安良堂驚動到了他們，他們只會藏得更深，而不會冒然行動。」

就在這時，值班的一名堂口弟兄帶著氣喘吁吁的西蒙神父出現在了大堂的門口。

「諾力，快，快跟我，去救，艾莉絲……」

羅獵又驚又喜，急切問道：「你找到艾莉絲了？她在哪兒？」

席琳娜從焦慮和悲痛的渾噩狀態中突然驚醒過來，撲向了西蒙神父，一把抓住了西蒙神父的衣領，帶著濃烈的哭腔質問道：「是不是你連累了艾莉絲，是不是馬菲亞黑手黨的人再一次找上了門來？」

十五年未曾相見，來到了金山，西蒙神父也只是遠遠地看過幾次席琳娜。當西蒙神父看到席琳娜撲來之時，已然是驚慌失措，待到席琳娜抓住了他的衣領，搖晃質問之時，西蒙神父更是無語凝噎。

董彪走上前去，勸住了席琳娜，並將西蒙神父帶到了座位上，並讓堂口弟兄為西蒙神父端來了茶水。「不著急，西蒙，坐下來先喝口茶水，然後慢慢說。」

回過神來的西蒙神父接過了水杯卻沒喝水，迫不及待道：「不是馬菲亞的人，是三張東方的面孔，我以為是中華人，但聽到了他們的口音，卻斷定並不是中華人。」

董彪不由跟羅獵交錯了眼神，彼此會心地微微點頭，長了副東方面孔又不是中華人，那麼必定是井滕一郎那三個混帳玩意。

席琳娜哭道：「你既然找到了艾莉絲，為什麼不救她回來？」

西蒙神父淒切道：「那三人都會功夫，而且身上還配有兵器，我赤手空拳，貿然行事，只會害了艾莉絲呀！」

羅獵道：「西蒙，你做得對，任何冒失行為都會帶來意想不到的後果，回來尋求援助才是你最正確的選擇。」

董彪像是想到了什麼，疑道：「西蒙，我派出去了那麼多弟兄，卻沒能查到蛛絲馬跡，你又是如何追蹤到艾莉絲的下落的呢？」

西蒙神父幽歎一聲，回道：「艾莉絲是一個聰明的孩子，她在遭遇不測之時依舊保持了冷靜，她沒有反抗，但偷偷地留下了一些痕跡。我在馬菲亞的時候，受過這方面的嚴格訓練，再加上一個父親對他女兒的那種特殊感覺，我捕捉到了艾莉絲留下來的這些微弱痕跡，找到了那三名東方人的藏身之地。」

席琳娜怒道：「你不配做艾莉絲的父親……」

董彪打斷了席琳娜的怒火，道：「現在不是你們兩人爭論的時候，等救出艾莉絲後，我會將你們二人請到一塊，到時候，你們二人可以隨意爭吵甚至是廝打。但現在，我們最應該做的是營救艾莉絲的各項準備。」

羅獵道：「彪哥，既然西蒙找到了艾莉絲的下落，那麼是不是把放出去的兄弟收回來呢？」

董彪淡淡一笑，擺了下手，道：「不必，外面鬧點動靜出來，才會讓那三個混帳玩意更加老實。咱們現在要做的第一件事就是吃飯，只有吃飽了肚子，才會有足夠的力氣去教訓那三個不知死活的混帳玩意。」

西蒙神父央求道：「諾力，我想請你向董先生為我求一把手槍，我要親自宰了那三個惡徒。」

董彪稍一猶豫，從懷中掏出了一把左輪，扔給了西蒙神父，並道：「他們三人，咱們也是三人，算下來也不能說咱們以多欺少，只是西蒙，你有多少年沒用過槍了？我對你的槍法深表懷疑，夜晚視線不好，我勸你還是慎用手槍，以免流彈傷及艾莉絲。」

席琳娜驚疑道：「傑克，你是打算只帶著諾力和西蒙去解救艾莉絲嗎？為什麼要冒這麼大的風險？你手下可是有幾百名兄弟的啊！」

不等董彪開口，羅獵搶先解釋道：「席琳娜，我們是去救人，不是去殺人，幫手多了不見得就是優勢，有我有傑克，已經足夠了。」

西蒙神父跟道：「是的，諾力說得對，救人的最佳策略是出其不意，而不是在乎人多人少。」

後廚重新煮了四大碗麵端了上來，嗅到了麵的香味，羅獵的肚子頓時咕嚕嚕叫喚了起來。知道了艾莉絲的下落，又有彪哥在身邊，羅獵的心踏實了許多，吃起麵來，也是格外的香。西蒙做好了晚餐卻沒來得及吃，這會也是餓得慌，但他並不知道董彪的手段如何，因而對艾莉絲仍舊有所擔心，吃起麵來，卻是猶猶豫豫。席琳娜仍舊沒能從對西蒙的怪罪以及對艾莉絲的擔憂中走出來，面對著一碗熱氣騰騰的麵，只顧著流淚而不肯拿起筷子。

羅獵和董彪一碗麵吃了個底朝天，那西蒙卻才吃了一半，「上帝啊，原諒我吧，我並不是想浪費糧食，我只是救女兒心切，等我救了艾莉絲回來，我一定把剩下的半碗麵吃完。」西蒙神父在胸前劃了個十字，然後便要推碗起身。

董彪道：「不著急，西蒙，你安心吃麵，咱們有的是時間。」

西蒙神父搖了搖頭，道：「多耽擱一分鐘，艾莉絲便要多受一分鐘的罪。」

羅獵反駁道：「不，西蒙，從另一個角度看，若是時機不對，咱們早一分鐘行動，那麼艾莉絲就會多一分危險。」

董彪向羅獵投來讚賞的目光，跟道：「沒錯，那三個混帳玩意此時的警惕性尚處在高位，咱們這時候很難找得到他們的破綻。但人在高度警覺下極易疲勞，待堂口兄弟鬧騰一陣子無功而返的時候，他們便會放鬆下來，而咱們的機會也就隨之而來了。」

西蒙年輕時跟著馬菲亞組織可是沒少幹過這種綁架勒索的活，正如董彪所分析，職業綁匪作案的心理過程尚且如此，更不用說那三個業餘的東方面孔了。

重新拿起了筷子的西蒙神父卻看到了幾乎連筷子都沒拿起過的席琳娜，猶豫再三，還是關心了一下：「席琳娜，你還是吃一點吧，我向你保證，一定將艾莉絲救出來。哦，是不是你不會用筷子呢？」

席琳娜幽歎一聲，卻沒搭理西蒙神父。

董彪見狀，不由笑道：「羅獵，是不是該你出場的時候了？一個是你老丈人，另一個是你丈母娘，他倆的事情，你可不能裝看不見。」說這話時，董彪換做了中文，西蒙神父自然聽不懂，只是聽到了開頭的羅獵二字，不由得向羅獵這邊看了一眼。席琳娜略懂中文，但什麼是老丈人，什麼又是丈母娘，卻也是一頭霧水，朝著羅獵看了眼後，幽幽歎了口氣，重新垂下頭來。

羅獵微微一笑，算是答覆了董彪，然後起身來到了席琳娜面前，道：「席琳娜，我能理解你此刻的心情，但是，你更要明白，這碗麵你吃了或是不吃，對解救艾莉絲都起不到作用，相反，當艾莉絲知道你因為她而吃不下飯的時候，一定會很傷心，再若因不吃東西而生了病，那麼艾莉絲會更加悲痛，你是一個好母親，一個偉大的母親，我想，你是不會讓艾莉絲傷心的，對麼？」

席琳娜仍舊沒有作答，但默默地拿起了筷子。

董彪遠遠地衝著羅獵豎起了大拇指來。

待西蒙神父吃完了麵，董彪吩咐堂口弟兄取來了金山地圖，撿了張桌台鋪開了，招呼西蒙神父道：「西蒙，地圖能看得懂麼？如果可以的話，我希望你能標出那三個混帳玩意的藏身地來。」

西蒙神父應道：「好的，我願意嘗試。」

地圖不怎麼細緻，因而西蒙神父無法在地圖上標注出具體的位置，只能是大概的圈了一個圈。「沒錯，就是這兒，距離唐人街並不太遠，最多也就是兩公里的距離。」

羅獵看了一眼，不禁搖頭疑道：「這兒離唐人街那麼近，井滕一郎這貨是被我打傻了還是怎麼的？怎麼能選這兒藏身呢？」

董彪模仿道：「你們中華人不是說燈下黑嗎？我井滕一郎可是借鑒了你們中華人的寶貴財富……」學了兩句，連自己也憋不住了，笑出了聲來，再道：「他選這兒也算是處心積慮了，他做了被咱們識破的準備，你看，他選的這個地方可是他住所的反方向，而且，從這個地方向南，只不過幾百米的距離便是一條河，他若是在河上準備了一條船的話，那將是擺脫咱們的最佳路線。」

羅獵點頭應道：「聽你這麼一說，那井滕一郎還算是有點頭腦哈，可惜了，他居然遇到了西蒙這個幹綁架勒索的職業玩家，也真是活該他倒楣。」

西蒙神父連忙解釋道：「我必須要澄清一下，我確實做過幾次綁架案，但我從來沒有傷害過人質，真的，一次都沒有過，而且，我非常尊重我的人質。」

董彪拍著西蒙神父的肩膀大笑道：「好吧，西蒙，在這兒沒有人把你當成壞人，你無需解釋什麼，不然的話，會越描越黑的。」開過了西蒙神父的玩笑，董彪轉而向羅獵問道：「定個標準吧，諾力，你說咱們是送他們見上帝還是給他們留個終身紀念呢？」

羅獵道：「我覺得送他們見上帝有些便宜他們了，西蒙，你認為呢？」

西蒙神父面色肅然，先在面前劃了個十字架，然後道：「上帝不喜歡看到他們，諾力，傑克，我的意思是讓他們永遠站不起來，再也不能害人就夠了。」

第五章

無比的恨意

在拳台上，遭受了羅獵重擊且腕關節嚴重扭傷的井滕一郎
對羅獵自然生出了無比的恨意，
這不單是因為羅獵打翻了他在國王搏擊俱樂部的飯碗，
更因為他認為羅獵在拳台上太過陰險，是利用奸計才贏了他。
因而，絕不可能咽下這口氣的井滕一郎決定要報復羅獵。

夜漸深，風漸起，烏雲漸漸聚攏。

董彪出了門，不由仰望天空，輕歎一聲後，交代羅獵、西蒙二人稍候，便一頭鑽回了堂口大樓。也就是兩三分鐘，董彪扛著他那杆毛瑟九八重新出現在了羅獵、西蒙二人的面前。

羅獵不禁問道：「彪哥，你拿長槍做什麼？咱們不是說好了不要他們的命麼？」

董彪指了指天空，無奈歎道：「月黑殺人夜，風高縱火時，不是我董彪不願意放他們一條生路，是老天爺不答應啊！」

羅獵撇嘴笑道：「這兒是美利堅合眾國，只有上帝，哪來的老天爺啊？」

董彪道：「只要心中有，上帝的身旁便是老天爺，若是心中沒有，就算上帝翹了辮子，那老天爺也不會現身。」

堂口兄弟已經將車子開到了樓門口，那西蒙神父聽不懂董彪、羅獵二人的中文對話，於是便早早地上了車，坐在了駕駛的位置上。董彪扛著槍隨即過來，衝著西蒙擺了擺手，示意他讓開駕駛位。

西蒙神父不服氣，道：「我會開車，我的車技不見得就比你差。」

董彪冷笑道：「就算你的車技比我好，那我問你，這方圓五公里之內的路況你都熟悉嗎？哪兒有道坎，哪兒又有個坑，你都知道嗎？不開車燈，你能保證你能平安抵達目的地嗎？」

西蒙神父愣了愣，頗為無奈地搖了搖頭，跳下了駕駛位，坐到了後排座上。

董彪呵呵一笑，坐到了駕駛位上，拍了下副駕的座位，示意羅獵坐過來，然後發動了車子，打開了車大燈，踩下了油門，呼嘯而去。

後座上的西蒙神父慍味十足道：「傑克，你很不誠實，你不是說不能開車燈嗎？」

董彪反詰道：「我說過嗎？我只是問你不開車燈你能不能確保平安抵達，這跟我的選擇有什麼關聯麼？諾力，你來評評道理，西蒙他是不是無理取鬧呢？」

羅獵噗哧一聲笑開了，換了中華話道：「見過不講理的，卻沒見過你這麼不講理的。」轉而再用英文對西蒙神父道：「西蒙，傑克他說的可是實情，他的確沒說過不能開車燈。」

西蒙神父吃了個啞巴虧，只能歎息道：「好吧，傑克，是我誤解了你，我向你道歉。」

董彪呵呵笑道：「洋人就這點可愛，講道理，一就是一，二就是二，就算耍流氓也是明著來，不像咱們中華人，還懂得笑裡藏刀口蜜腹劍。」

羅獵跟著笑道：「彪哥，你這是在誇洋人還是在損洋人呢？」

西蒙神父在後排座上應道：「當然是誇讚。」

在金山生活了二十餘年，董彪對這邊的天氣變化規律相當的熟悉，正如他所預料那樣，烏雲很快便將月亮遮擋了個嚴嚴實實，而風則更緊了，眼看著就要迎來一場暴風雨。

兩三公里的路程對汽車來說也就是五六分鐘的事情，快到了西蒙神父畫出的那個圈圈的所在地，董彪停下了車，熄了火。「不遠了，咱們換兩條腿走過去吧！」說罷，扛著長槍跳下了車，走在了最前面。

「傑克，你慢一點。」西蒙神父追了上來，頗有些不滿道：「難道你就不需要我的指引嗎？」

董彪哼笑一聲，回道：「說實話，真不需要！唐人街周邊五公里範圍內，哪兒有棵樹，哪兒又長了棵草，我董彪如數家珍，看到你在地圖上畫的那個圈，我便已經知道了他們三個的藏身之所。若不是看在你曾經做過馬菲亞的份上，而且我也的確很好奇馬菲亞成員到底有怎樣的身手，我都有可能不帶你來這兒。」

羅獵也跟了上來，拍了下西蒙神父的肩，笑道：「西蒙，做為朋友，我必須奉勸你一句，別在傑克面前逞能，不會有什麼好結果的，這世上只有一個人能降服他，這個人絕不是你西蒙，也不是我諾力，而是湯姆，濱哥。」

西蒙神父歎息道：「我並沒有打算在傑克面前逞能，上帝可以為我作證，我只是認為我應該在前面帶路。」

董彪道：「我尊重馬菲亞，他們能在東海岸成為一方霸主，必然有他們的過人之處。可是，西蒙，你已經脫離馬菲亞快二十年了，當初在馬菲亞學到的技能本事還保存了多少呢？天這麼黑，視線那麼差，且不說因為看不清路而摔著了，萬一那三個混蛋玩意開了點竅，在半路上設了個暗哨，西蒙，你能覺察到嗎？」

西蒙如實作答道：「我不敢保證。」

董彪得意笑道：「所以嘛，你還是乖乖走在後面好了。」

西蒙無言反駁，只好放慢了腳步。

羅獵卻趕緊了兩步，走到了董彪的身旁，悄聲用中文問道：「彪哥，要是他們真的設了暗哨，你能覺察到嗎？」

董彪歎道：「彪哥要是能有那個本事，早就上天跟楊二郎幹一場了，說不定就能撈一條哮天犬回來燉著吃。」

羅獵道：「那要是他們真設了暗哨該怎麼辦呀？」

董彪側過臉來，驚詫道：「羅大少爺，你會問我這種問題？你手上的飛刀是吃素的嗎？布蘭科兄弟倆可都是死在你的飛刀之下啊！再多殺一個人有問題嗎？」

羅獵被懟得心服口不服，強道：「要是暗哨距離太遠，我的飛刀也搆不著啊！」

董彪歪著脖子看著羅獵，撇嘴道：「要是離得太遠，那暗哨也看不到咱們呀！」

羅獵仍舊不服，再強道：「就咱們這般大搖大擺還說著話，那暗哨還不是幾十米外就能覺察到咱們了？」

董彪的肢體動作更加誇張，端著長槍，貓下了腰來，還做了個噤聲的手勢，道：「那咱們可以閉上嘴貓下腰來呀，對麼，羅大少爺？」

剛把羅獵懟了個啞口無言，那西蒙神父又趕了上來，悄聲道：「傑克，我感覺路線不對，你是不是走錯路了？」

董彪沒好氣地回道：「廢話！停車的地方距離他們的藏身地點只有兩百米，咱們說話間已經走了一百多米，這要是按你說的路線，我還敢這般大搖大擺麼？我這是在繞道啊，西蒙神父，咱們得兜個大彎，兜到他們的退路上才能保證神不知鬼不覺地出現在他們身後，懂不？」

也許是有心也許是無意，但董彪懟完了西蒙懟羅獵，懟完了羅獵再懟西蒙，得到的結果卻是那二人挨了懟之後反倒是放鬆了不少。羅獵還好說一些，畢竟曾經歷過類似陣仗，但那西蒙綁人頗有經驗，救人卻是頭一遭，上車的時候便緊張得不行，下車的時候更為過之，但挨了這通懟之後，明顯地放鬆了下來。

兜了大半個圓圈，董彪終於不再輕鬆，向身後二人做了個手勢後，極為小心地團起了身子，緩步向前摸去。

一百米外，便是西蒙神父跟蹤過來探查到的井滕一郎的藏身地，閒置了三年多的兩幢四五層高的爛尾樓。

正如董彪之分析，藏身於這兩幢爛尾樓之中的井滕一郎以及他的兩個跟班嘍囉並沒有做好綁架艾莉絲的準備，甚至，連綁架艾莉絲的念頭都是因一時衝動而產生。

在拳台上，遭受了羅獵重擊且右臂肘關節脫臼腕關節嚴重扭傷的井滕一郎對羅獵自然生出了無比的恨意，這不單是因為羅獵打翻了他在國王搏擊俱樂部的飯碗，更因為他認為羅獵在拳台上太過陰險，是利用奸計才贏了他。因而，絕不可能咽下這口氣的井滕一郎決定要報復羅獵。

三人一拍即合，於是在第二天午時便帶著各自的傷勢，喬裝打扮了一番，來到了唐人街。就在午時那場陣雨欲來之時，這仨貨看到了手挽手的羅獵和艾莉絲。井滕一郎當時的念頭是對羅獵發起偷襲。

只是太不湊巧，就當他們準備動手的時候，一輛轎車駛了過來，載走了羅獵和艾莉絲。

但這仨貨並沒有放棄，而是在唐人街上耐心地等了下來。夏季的唐人街，綠樹成蔭，不少商家都在道路兩側擺放了茶座，過往人們可以住腳小憩，也可以安心地喝茶聊天，而那仨貨經過喬裝打扮後，在路邊茶座上待了一下午也沒引起唐人街上商家的注意，也正因如此，那董彪派出去打探消息的兄弟差不多都是一無所獲。

快七點鐘的時候，這仨貨已經放棄了襲擊行動，可就在他們返程的時候，迎面看到了董彪的車子駛來，而且，還停在了距離他們僅有二三十米的路口上。下車的只是那個跟羅獵手挽手的洋女郎，而羅獵則坐在車上從他們的面前呼嘯而去，那一瞬間，綁架了那個洋女郎逼迫羅獵獨自一人前去解救的念頭在這仨貨的心中同時生成。

隨即，這仨貨便追上了艾莉絲，就在距離席琳娜住所僅有五十米之遠的小巷中，三把刀同時逼住了一點武功都不會的艾莉絲。

艾莉絲沒有呼救，也沒有反抗，完全遵循了井滕一郎的指令，這使得那仨貨頗有一些成功感，從而放鬆了警惕。

那仨貨將艾莉絲包夾在中間，像一群過路遊客一般向唐人街之外走去，而此時，天色將見黑，路上行人熙攘且匆忙，因而，也沒有人發覺到異常。但聰明的艾莉絲很冷靜地不小心崴了腳，並借機將鞋子上的裝飾品扯了下來，丟在了路面上。那仨貨做賊心虛，在大街上還要故作輕鬆，因而並沒有發現艾莉絲的這個小動作。而西蒙，便是通過這一點，辨別出了艾莉絲被劫走的方向。

在唐人街的一端，那仨貨逼迫艾莉絲上了一輛馬車，他們事先並沒有準備好藏身之所，只是本能反應，要往自己住所的反方向而去，於是，便在兩公里之外看到了這兩幢廢棄的爛尾樓。下馬車的時候，「崴了腳」的艾莉絲很不方便卻又極為靈巧地蹭掉了另一隻鞋子上的裝飾品。

業餘就是業餘，永遠也無法具備職業的素養，那仨貨只是認為將從市區租來的馬車打發回市區也就安全了，卻根本沒想到一個十五年前的職業選手僅是根據艾莉絲丟下的兩個鞋子裝飾品便跟蹤到了此地。

井滕一郎並不認為羅獵以及他背後的安良堂能那麼快地找到他們。而他們，只需要等到夜深人靜的時候安排一個人在唐人街上隨意找一家商鋪留下個給羅獵的字條，以艾莉絲為要脅要求他一人前往某個地方也就算完事了。

好不容易等到了夜深時刻，天卻變了，風起雲湧，眼看著一場暴風雨就要來臨，這種情況下，誰還樂意前去唐人街送出要脅信息呢？那就只能繼續等，反正金山這種夏季海濱氣候，雨說來就來說走就走，多等一會也沒什麼大不了。

結果……

董彪摸到了爛尾樓的邊上，停了下來，打著手勢詢問西蒙神父那仨混帳玩意的具體藏身點，西蒙已然忘記了路上被懟的事情，重新緊張起來，以手勢回應了董彪。董彪點了點頭，然後招呼羅獵過來，附在羅獵耳邊，以極為輕微的聲音道：「給我五分鐘的時間，讓我找到一個合適的狙擊位置，然後你和西蒙左右包抄過去，視線不好，咱們不能冒然發起攻擊，你倆摸過去之後，先點團火照明，有我手中的這杆寶貝，我可以確保艾莉絲安然無恙。」

羅獵點頭應下了。

董彪像一隻狸貓般悄無聲息地竄了出去。

羅獵在心中默數了三百個數，然後招呼了西蒙神父，分為兩個方向，向西蒙神父探查到的那仨貨的藏身點摸了過去。

那仨貨也是配合，眼見著風雨即來，想等風雨停歇後再去唐人街，於是便圍繞著捆住了手腳的艾莉絲各找了個地方躺下睡了，其中還有一人打起了不小的鼾聲，這可是給董彪指明了最精準的方向。同時，也告訴了董彪，這場解救艾莉絲的行動，對他來說，也就是一場遊戲，莫說身後還有兩個幫手，即便是他一人，也可輕而易舉地幹掉這三個蠢貨。

此刻，天公作美，居然打起了閃電，電光下，近在咫尺的董彪將那仨貨的位置看了個清清楚楚，距離那麼近，根本用不上他那杆毛瑟九八，再說，步槍子彈貴過了左輪子彈不少，董彪雖然大方，卻懂得節儉，於是便收起了長槍，掏出了懷中左輪。

只是，他惦記著後面的羅獵和西蒙，一個是艾莉絲的男友甚或可以說是未婚夫，而另一個則是艾莉絲的親生父親，因而，董彪決定還是等一等，把這個功勞讓給羅獵和西蒙才是最佳結果。放鬆到了比開車兜風還要放鬆地步的董彪甚至倚在下風頭的牆角處點了根香煙抽了起來。

一根煙抽完，借助閃電之光看到了羅獵和西蒙已然摸了過來，董彪隨手在地上摸了幾個碎磚塊，揚手丟了過去，雖然分辨不清那仨貨誰是誰，但認定其中一人的位置，將碎磚塊丟在那人的身上，董彪還是有著十分的把握。幾乎是同時，羅獵點燃了一個火球，也扔了進去。

被碎磚塊砸中的正是井滕一郎。

陡然驚醒，井滕一郎翻身坐起，卻見一道寒光迎面射來，虧得井滕一郎反應極快，迅速翻身，一個懶驢打滾之勢堪堪躲過了羅獵那柄原本就沒打算取他性命的飛刀。同時，西蒙手中左輪砰砰作響，同時驚醒過來剛剛站起的安倍近山以及朴什麼玩意的腿上各中了一槍。

羅獵一柄飛刀將最先起身的井滕一郎逼地滾遠了數米，而另外二人各挨了一槍後依然失去了攻擊力，於是便飛身躍過磚牆，來到了艾莉絲的身邊。

艾莉絲極為淡定，對著羅獵美美一笑，道：「諾力，我就知道你會來救我的。」

羅獵不及反應，先抖出一柄飛刀，割斷了艾莉絲手腳上的捆綁布條，然後才道：「我只是個幫手，真正找到你救了你的是西蒙。」

董彪幾塊碎磚塊丟出之後，隨即又點了一個火球扔了過去，然後翻身躍過半人高的磚牆，站到了井滕一郎的面前，卻不正眼瞧他，而是旁若無人的再點了一根香煙。那井滕一郎還以為有逃走的機會，可剛有動作，董彪的槍便響了，只是沒往井滕一郎的身上招呼，打在了井滕一郎的面前。

「在我抽煙的時候，你最好別動，因為影響了我抽煙，會惹得我發火，而我一旦發火，便會要了你的小命。」那董彪斜倚在磚牆上，悠閒地抽著煙，話雖然是衝著井滕一郎說的，但目光卻是看著羅獵、西蒙那邊，至於能監視到井滕一郎的動作，以及他如何能保證得了手槍射擊的準度，只有鬼才知道他是怎樣做到的。

脫離了馬菲亞近二十年的西蒙仍舊保持了良好的職業水準，他一槍一個廢掉了安倍近山以及朴什麼玩意的各一條腿之後，卻沒有著急向艾莉絲靠攏，而是冷靜地握著槍，監視著蜷縮在地上痛不欲生的那二位。

艾莉絲的手腳恢復了自由，立刻擁抱了羅獵，同時將嘴唇貼向了羅獵的嘴唇，便在熱吻即將開始之時，不知趣的董彪卻重重地咳嗽了一聲，同時嚷道：「少爺，公主，咱們能分點場合麼？」

羅獵不禁耳根一熱，只得離開了艾莉絲的懷抱。

那董彪又道：「西蒙，虎威猶存嘛！」

西蒙神父歎了口氣，回道：「你說得很對，我有十五年沒拿過槍了，本來是可以打中他們兩個的腳踝，可開槍的一瞬間，我還是猶豫了。」

若是一槍打在了腳踝上，那麼中槍者的這隻腳便要永遠作廢，弄不好，還要以截肢的醫療手段來拯救生命。但打在了大腿上的傷害可就一般了，只要沒傷到動脈，便不可能出人命，而且，這條腿將來最多只是瘸了。

董彪笑道：「看來，還是上帝感化了你。」

羅獵牽著艾莉絲的手來到了井滕一郎身邊，那貨忌憚董彪手中的左輪，伏在地上不敢動彈。羅獵輕歎一聲，挪步數米，撿起了剛才發射落空的飛刀，擦拭乾淨了，收回到刀套中，並道：「井滕一郎，你我之間原本是武者之間的切磋，你若是心有不服，完全可以等傷養好了再來挑戰我，可你卻做出如此卑鄙下流的事情來，你讓我怎能輕饒了你呢？」

董彪跟道：「就是，人家倆跟班都挨了一槍，這主犯也不能吃虧是不？」說著，將手中左輪遞給了羅獵。

羅獵正欲接槍，卻被艾莉絲攔下：「諾力，不要……我不想看到你出手傷人。」

董彪輕歎一聲，轉而對西蒙神父道：「西蒙，那只能是由你來懲罰主犯嘍？」

艾莉絲仍舊不依，道：「西蒙，他們已經輸了，就放過他們吧。」

謙讓和拒絕間，自然出現了注意力上的偏差，伏在地上的井滕一郎抓住了這稍縱即逝的機會，一躍而起，翻過了齊腰高的磚牆，向黑暗中奔去

董彪一個側步，抓起了自己的寶貝長槍，同時氣罵道：「奶奶個熊！那就不能怪老子心狠手辣了。」話語間，已然端起了長槍，只瞄了一眼，便扣動了扳機。

「砰——」清脆的槍聲刺穿了夜風的呼嘯，十多米遠處，只剩下一個黑影的井滕一郎踉蹌倒地。

「諾力，艾莉絲，你們猜，彪哥打中了那傢伙的什麼部位了？」董彪收起長槍，習慣性地衝著槍口吹了口氣，再對西蒙神父道：「西蒙，你也跟著猜一把，猜對了，彪哥請你喝酒。」

艾莉絲心善，不忍看到這一幕，董彪開槍之時，艾莉絲甚至下意識地捂上了雙

眼。羅獵將艾莉絲攬在懷中，回答道：「彪哥這一槍應該是打中了井滕一郎的靈魂，你看，那貨已經是魂飛魄散了。」

董彪不由一怔，隨即笑道：「你這瞎扯的水準還真是高明啊，彪哥居然無言反駁。」

西蒙神父道：「距離遠，視線差，從把握性上講，傑克，我猜你打中的應該是他的後背。」

董彪呵呵一笑，回道：「我就知道我說錯話了，應該說猜不中請你喝酒，這不，白白浪費了一個找人陪喝酒的機會了？好了，不扯淡了，這老天爺算是給咱們面子，憋到現在還沒落下雨來，咱們也不能不領情，趕緊回去上車吧。」

來時是兜了一個大圈從後面摸過來的，但回去卻不必麻煩，徑直穿過面前一片空地，上了路，再走個兩百來步便到了停車地點。看到汽車黑影的時候，羅獵終於憋不住問道：「彪哥，你那一槍到底打中了井滕一郎的什麼部位了？」

董彪呵呵一笑，道：「陪不陪我喝酒？願意陪，我就告訴你，不願意陪，哪兒涼快哪兒待著去，少來煩我。」

西蒙神父道：「肯定是後背，我敢打賭，賭一美元。」

董彪來到了車子旁，拉開了車門卻沒著急上車，而是倚在車頭上點了根香煙，抽著煙，斜眼看著已經坐在了後排座上的西蒙，冷冷道：「我說西蒙，你是不是老糊塗了？胡猜也就算了，不知死活還要打賭我也不跟你計較，可你這麼不懂事非得要把人家少爺公主給分開是幾個意思呢？」

西蒙神父愣了下，忽地反應過來，連忙從後排座上跳了下來，圍著車子兜了半圈，上到了副駕的位子上。

董彪叼著煙，先放好了寶貝長槍，然後才上車打著了發動機。「西蒙，記住了啊，你欠我一美元！」

西蒙神父聳肩笑道：「沒有驗傷，就不能評判誰輸誰贏。」

董彪踩下了油門，同時冷笑道：「西蒙，這是上帝傳授給你的耍賴技能嗎？」

不管真假，西蒙神父好歹在神父的位子上做了有十年之久，董彪的這句話，多少都帶有戲謔調侃上帝的意味，這使得西蒙神父頗為尷尬，一時間不知該如何應對。坐在後排座上的羅獵或許是出於有心，及時插話道：「彪哥，你就告訴我嘛，你那一槍，到底打中了井滕一郎的什麼部位？那什麼，只要你答應不把我灌醉，那我陪你喝酒就是了。」

董彪已經將車子調好了頭，一腳將油門踩到了底，車子發出了震耳的轟鳴，速度陡然提升，巨大的慣性以及路面不平造成的顛簸，使得車上的另外三人同時向後仰倒再被顛飛摔落，急忙抓緊了扶手，屏住了呼吸。

「刺激不刺激？」董彪大聲吼道。

只有艾莉絲做了回應：「刺激！」

董彪再吼道：「再來一次要不要？」

還是艾莉絲的回應：「要！」

可是，董彪卻鬆開了油門，減緩了車速，苦笑道：「還是算了吧，弄壞了車子又得挨濱哥的罵。」

羅獵總算鬆了口氣，道：「彪哥，我都答應陪你喝酒了，就告訴我答案唄！」

董彪呵呵笑著，用中文回道：「喝酒不盡興，腦子有毛病，盡興就得醉，不然是犯罪。你小子不樂意被我灌醉，那叫哪門子陪我喝酒呢？」

羅獵中了董彪的激將，豪氣大發，冷哼一聲道：「你當我真的怕你呀？誰把誰灌醉還真不好說呢！」

眼看羅獵已經上套，董彪不禁暗自偷樂，可就在這時，西蒙神父突道：「我猜到了，傑克，你那一槍應該不是打在了他的後背上，而是打在了他的下肢上，很有可能便是他的腳踝。」

董彪大笑道：「西蒙，恭喜你，你猜對了，必須陪我喝酒，還有你，羅大少爺，咱們仨回去就喝，不盡興不喝醉，誰都別想去睡覺。」

車子很快駛到了堂口，在路上的時候，羅獵已經告訴了艾莉絲，說席琳娜還在堂口等著她，因而，車子尚未停穩，艾莉絲便跳下車，向堂口飛奔而去，同時呼喚道：「席琳娜，席琳娜，我的媽媽，你聽到艾莉絲的呼喚了嗎？」

席琳娜聞言，亦是飛奔出來，在堂口門口處，母女倆擁抱在了一起。

車上董彪歎道：「若是能再加上一個西蒙，那可就完美了。」

西蒙神父露出了笑容來，回道：「不，傑克，這樣已經足夠完美了，我並不奢望能與她們母女破鏡重圓，我只希望她們能健康，安全，快樂。」

董彪跳下了車，拿起了寶貝長槍，扛在了肩上，招呼羅獵和西蒙道：「你倆跟我上樓來喝酒，誰要是敢耍賴，我董彪一定將他扔酒缸裡浸泡三天！」在路過那相擁而泣的母女倆的時候，董彪又冷哼一聲，吩咐道：「趕緊回家吧，到家再哭也來得及，那誰，開車送她們回去。」

羅獵跟道：「艾莉絲，席琳娜，已經是下半夜時間了，你們還是趕緊回家吧。彪哥上了酒癮了，我得去陪他喝酒，不然的話，他瘋起來真會咬人的。」

董彪走在了前面，卻聽到了羅獵的話，果然站住了腳，轉過了身，露出一臉的凶相，並呲牙模仿了兩聲野獸的低吼。

羅獵和西蒙進了二樓董彪的房間，董彪已然拿出了三只高腳酒杯和一瓶威士忌，一邊倒酒，一邊說道：「你倆不用緊張，彪哥不是酒鬼，辛苦了大半個夜，直接睡肯定睡不踏實，咱們隨便喝兩口，有點意思才好睡覺。」倒好了酒，董彪分別端給了羅獵和西蒙神父，又對西蒙神父道：「那種場合，我要不把你強行帶上樓來，你說你得有多麼的尷尬。這樣多好……」董彪喝了口酒，點了支煙，愜意道：「你倆要不要也來上一支？煙酒不分家，只有煙和酒，才是男人最可靠的朋友，至於女人嘛，就那麼回事，你說對不對啊？西蒙。」

西蒙神父拒絕了董彪遞過來的香煙，並搖頭道：「不，傑克，我不能認同你的觀點，你可以不相信愛情，但我卻相信。」

董彪手指西蒙笑道：「你個假神父……在你向上帝宣誓的時候是怎麼說的？你不是承諾過終身不娶嗎？」

西蒙神父尷尬道：「此一時彼一時，那時席琳娜帶著艾莉絲離開了我，我找了她們整整五年，找遍了洛杉磯的每一條大街小巷，我以為這輩子再也見不到她們了……」

董彪打斷了西蒙神父，道：「所以，你便向上帝撒謊說你這輩子可以做到終身不娶，西蒙，你是個騙子，一個可愛的騙子，我真為席琳娜和艾莉絲感到高興。來，讓我們同乾此杯，向上帝懺悔。」

西蒙神父無奈舉杯，同時嘟囔道：「我並非是存心欺騙上帝，在我向上帝宣誓的時候，我真是真心的，只是，當我再見到艾莉絲的時候，我才改變了主意。」

羅獵走過來跟西蒙碰了下杯，道：「不管怎樣，西蒙，勇敢一些，就像今晚你開槍那樣，果斷而堅定，我想，席琳娜一定會被你再次征服的。」

董彪跟著歎道：「諾力說得對，一個男人在面對喜歡的女人時，就要果斷堅定，可不能學濱哥，稍一猶豫，結果便打了二十年的光棍。」

羅獵嘿嘿一笑，道：「彪哥，你說的恐怕不是濱哥，而是你自己吧？」

董彪兩眼一瞪，喝道：「那又如何？是我又能怎樣？反正我跟濱哥都是同命相連，四十歲了，還沒有個婆姨給咱生個一男半女的，想想就覺得悲催。」唏噓過後，董彪轉而對著西蒙神父道：「西蒙，說真的，你還有個艾莉絲可以去疼愛，看得我董彪真是眼紅啊！」

西蒙神父將杯中酒一口喝盡，然後主動給自己又倒了一杯，並舉杯向董彪和羅獵示了意，道：「你們的好意，我都懂，我說過，我會對席琳娜重新展開追求的，我一定可以做得到讓艾莉絲開開心心毫無壓力地叫我一聲父親的。」

董彪一口悶掉了小半杯威士忌，聳了下肩，將目光對向了羅獵，似笑非笑道：「小子，你呢？你打算什麼時候將艾莉絲娶過門來呢？」

羅獵大方回道：「艾莉絲的最大夢想就是能牽著父親的手走進婚禮殿堂，所以，你問的問題並不取決於我，而是取決於西蒙。」

風驟然停歇，閃電雷鳴逐漸密集，憋了很久的暴雨終於襲來。頗有些反常的是這場暴雨的持續時間相當之長，從黎明時分，一直下到了臨近午時。

懲處了那三個賤人回到堂口的時候，已是深夜一點多鐘，再喝點小酒聊了會天，待羅獵睡下的時候，已是凌晨三點多了。下雨天涼快，聽著雨聲睡得舒坦，再加上酒精的作用，羅獵這一覺，睡得可真是實在，直到了該吃午飯的時候，才起床下樓。

樓道口走廊下，董彪和吳厚頓二人擺了一張小桌台正在喝茶。

「早啊，彪哥，早啊，吳先生。」習慣於起床後運動一番的羅獵看著外面的密集雨絲，頗為無奈地搖了搖頭，只能留在走廊中做幾下踢腿拔筋出空拳的動作。

董彪笑道：「你還好意思說早？你也不看看這都幾點了？」

羅獵立刻改口道：「晚安啊，彪哥，晚安，吳先生。」

董彪被嗆得直瞪眼，可瞪了兩下，卻沒能憋住，終究笑出了聲來。吳厚頓向羅獵招了招手，並將桌台旁一張矮凳向外拉了下，示意羅獵坐下來喝茶，同時道：「方才聽董二當家的說，你拜了老鬼為師父？」

羅獵坐了下來，接過董彪遞來的一盞茶，飲啜了一口，回道：「可惜，我資質平平，沒能學到師父的絕技。」

吳厚頓笑道：「非也，非也，入盜門一行，明面上，靠的是十根手指上的功夫，這話倒是不假，手上的功夫不到家，自然入不得門上不了道，但若是想成為盜門行家，單是靠指上功夫卻是遠遠不夠。你師父老鬼便是個典型，他的飛刀絕技可不亞於他十指間的絕活，你啊，也算是因禍得福嘍，這世上能拜老鬼為師並學到他飛刀絕技的人並不多，據老夫所知，你應該是第三個人。」

羅獵道：「三個人？除了大師兄和我，還會有誰？」

吳厚頓道：「這第三人嘛，恐怕連董二當家的也不知道，對嗎？」

董彪點頭承認，道：「我結識鬼叔雖有六年時間，但相處甚少，對他來美利堅之前的事情更是不甚瞭解。」

吳厚頓一聲歎息，感慨道：「故人已去，不提也罷，老鬼兄的大徒弟老夫也不甚瞭解，只是聽過一些江湖傳說罷了。」

羅獵道：「聽吳先生的意思是說我大師兄並不是師父的大徒弟，是麼？」

吳厚頓微微搖頭，道：「可以說是，也可以說不是，老鬼兄收下的第一個徒弟被老鬼兄逐出了師門倒是真事。」

董彪為這二人斟了茶，道：「不遠扯了，吳先生，羅獵，咱們還是把話題收回來吧，當前最緊要的事情便是那枚玉璽，至於鬼叔過去的故事，你盡可以去問你大師兄，他可是比誰都要清楚。」

但羅獵的好奇心卻未能得到滿足，繼續向吳厚頓問道：「吳先生除了十指上的功夫之外，還有什麼絕技呢？我想，你能跟我師父齊名，就一定另有絕技。」

吳厚頓哈哈大笑，笑罷，喝了口茶，道：「老夫哪有資格跟老鬼兄齊名？所謂南無影北催命，不過是江湖人說著順口響亮而已。盜門近五十年來，能真正稱得上鬼手的人物，只有你師父一人。」

董彪再為吳厚頓斟了茶，同時道：「吳先生過謙了，江湖人既然將吳先生與鬼叔並列，那麼吳先生必然有過人之處。羅獵，你聽好了，吳先生之所以被尊稱為南無影，不單單是因為他善於隱藏身分，更因為他練就了一身絕世輕功，據說，可以做到踏雪無痕。」

吳厚頓又是一通大笑，道：「也就是翻個牆上個樹的三腳貓功夫，哪裡有踏雪無痕那麼玄乎呢？再說，南方幾乎見不到雪，老夫即便想練，也缺乏條件基礎嘛。」

羅獵肅容道：「怪不得昨日吳先生敢說只要是你盯上的人，就不會再存在秘密，我當時還以為是先生說大話，原來是有一身絕世輕功做保障啊！」

董彪飲了茶，站起了身來，伸了個懶腰，道：「差不多該去吃午飯了吧，你們爺倆要是沒聊夠那就接著聊，我是餓得不行了。」

吳厚頓跟著也站了起來。

羅獵連忙將自己面前的茶水喝掉，跟著那二人去了飯堂。

人的生物鐘就是那麼奇怪，晚上十點鐘睡下，早晨六點鐘起床，八個小時的睡眠對羅獵來說已經足夠保證第二天一整天的充沛精力，但換做了凌晨三點鐘睡，上午十一點多起，同樣是八個小時的睡眠，那羅獵在吃午飯的時候居然是哈欠連連。

「沒睡醒啊？」董彪見狀，調侃道：「要不要先睡一會再吃？」

羅獵苦笑道：「什麼呀，昨晚就不該聽你的，什麼喝幾口酒再睡才會睡得踏實，我喝了酒睡覺總感覺睡不醒。」

吳厚頓笑道：「老夫給你說件事，你聽了，保管不再犯睏。」

羅獵來了精神，剛想把身子探過去，卻不爭氣地又打了個哈欠。

吳厚頓頗為神秘道：「剛才喝茶時，老夫便要跟二當家的說，卻被老鬼兄的事情給打岔了。一句話，咱們想要的寶貝，很可能今天夜裡運抵金山。」

羅獵陡然一驚，果然不再有打哈欠的感覺，急切問道：「吳先生如何得知？為何昨日不說？」

吳厚頓呲哼一聲，顯然對羅獵的這句問話有些不快，但念在羅獵乃是年輕後輩不太會說話的份上，僅是瞥了羅獵一眼也就作罷了。「昨晚你們挺忙，可老夫也沒閑著，老夫歸來之時，你們二位正跟一名叫西蒙的神父喝酒來著呢。」

董彪也是一驚，脫口道：「要說先生昨晚出去時我安良堂突遇變故而疏於防範沒發覺到先生的行蹤也就罷了，可先生回來時，我安良堂麻煩已去，各項防範歸於正常，而先生仍舊能自由出入，視我安良堂數十兄弟的防範為無物……」

吳厚頓淡淡一笑，道：「莫非二當家以為老夫所說乃是妄言不成？」

董彪抱拳施禮，回道：「董彪不敢，董彪只是想說……」或許是董彪久說英文而疏落了中文，竟然一時語塞，想不出合適的詞彙來表達他的驚歎。

羅獵接道：「雖難以置信卻又不得不信，只道先生一身本事驚為天人。」

董彪連連點頭，道：「對，就是這個意思，就是我想說的話。」

吳厚頓直言不諱道：「這倒不是老夫有多高明，而是你安良堂的防範漏洞百出，也罷，看在你二當家的能主動給老夫增加兩成報酬的份上，等此事完成後，老夫便指點你安良堂一二好了。」

董彪連忙抱拳施禮，道：「那就有勞先生了，董彪在此先行謝過。」

吳厚頓擺了擺手，道：「凡俗禮節，還是少來為好，省得老夫到時候念到你二當家的好，不忍心多拿你的錢。還是趕緊吃飯吧，吃完飯再踏踏實實睡上一覺，今晚上，可是得有咱三個熬眼的時候呢。」

正埋頭吃飯，一堂口兄弟給董彪送來了一封電報，董彪看了眼，然後不動聲色地揣進了懷中。

電報是曹濱發來的，內容很簡單，只是告訴董彪，他還得在紐約多待個十來天。算下來，曹濱在紐約的時間已經快半個月了，若是以出發時間計算，曹濱離開堂口已經有二十多天了。自金山安良堂成立以來，這十多年間還是曹濱頭一遭離開堂口超過二十天。董彪並不知道紐約那邊究竟發生了什麼事情，但他無需多想便可清楚判斷，一定是那邊出了大事，否則的話，濱哥絕對不會滯留那麼長時間。

董彪的判斷準確無誤，紐約那邊確實出了大事，顧浩然於二十二天前遭遇了暗殺。

顧浩然遭遇暗殺的當天，總堂主便向曹濱發來了電報，電報上並沒有多說什麼，只是交代曹濱以最快的速度趕去紐約。因而，曹濱出發的時候，董彪並不知道紐約那邊到底發生了什麼，還以為是總堂主有什麼特殊任務需要親自向濱哥交代一番。

待曹濱趕到紐約的時候，才知道了顧浩然遭人暗殺的事情，好在暗殺者的那一箭沒能射中顧浩然的要害，且紐約的醫療水準非常之高，顧浩然僥倖保住了一條性命。紐約的堂口可以說是整個安良堂最大且最重要的一個堂口，其堂主被刺，這對安良堂來說絕對是不可接受的事情，因而，做為總堂主最為信任欣賞的曹濱，自然就要擔負起追查兇手的責任來。

射中顧浩然的那支箭應該是來自於印第安人的工藝，尤其是箭鏃上淬毒的手段以及箭杆所採用的材質，都表明這杆箭確實來自於印第安部落。可是，安良堂和印第安部落從未有過交集，更談不上恩怨，因而，只能判斷是暗殺者借助了印第安的兵刃對顧浩然下的手。

曹濱隨即排查了近三年來跟紐約安良堂有過摩擦的各方勢力，但得到的結果均是徒勞，因而，他只能一次次延長自己在紐約的滯留時間，除非追查到了真正的元兇。

「大明，再往前追溯三年，將堂口的記錄拿來給我。」給董彪發去了電報，曹濱叫來了趙大明。

趙大明的雙眼佈滿了血絲，為了追查刺殺顧先生的元兇，他已經有二十多天沒睡過一個安穩覺了。「好的，濱哥，我這就去找。」

趙大明二十年前隨父母偷渡到美利堅合眾國，那時候他才九歲多。父母來到美利堅後便染了重病不治身亡，趙大明成了一個流落街頭備受欺辱的孤兒。是顧浩然收養了他，供他吃穿，送他上學，還親手教了他一身好本事。雖然顧浩然從未提過認趙大明為義子，但在趙大明的心中，顧先生便是他的再生父親。

不多會，趙大明便捧來了一摞冊簿。

這是安良堂的一個規矩，堂口每天發生的事情，都要有書記官記錄在案，大到和別的什麼勢力團夥發生了火併，小到某個堂口弟兄值崗時偷懶被罰，均按日期一條條記錄清楚。

曹濱一邊翻看著這些冊簿，一邊對趙大明道：「大明，再把顧先生遇刺時的情況說一遍給我聽，說的時候，你也再想想，看還有什麼細節被疏漏了。」

趙大明略一沉吟，道：「出事那天是七月十四號，要是按咱們的黃曆應該是六月初九，一大早，顧先生便帶著我和大輝二人開車去了太平洋船運公司談生意，生意談得挺好，船運公司的洋人經理還要留我們吃飯，可是濱哥你也知道，洋人做的西餐，顧先生連一口都吃不下，因而我們就婉拒了洋人經理。開車回來的路上，顧先生特意要大輝繞個道，帶著我們小哥倆去了唐人街的信記海鮮酒樓吃飯，顧先生心情很好，還小酌了兩杯，就在吃過飯後，大輝將車子開到了酒樓門口，顧先生準備上車的時候，這杆箭便射過來了。」

雖然已說過好多次了，但每次說到這兒時，趙大明的臉上都會充滿了內疚。「我聽到了箭的破空聲，覺察到了危險，顧先生也聽到了箭音，感覺到了危險，顧先生要往後躲閃，可我卻從後面撲向了顧先生，兩股力道一抵消，顧先生便沒能躲過那支箭。都怪我，我要是不忘前撲，或是再多用點力氣，可能顧先生就不會中箭了。」

曹濱面若沉水，雙眼盯著冊簿，道：「在酒樓吃飯的時候，有沒有覺察到什麼異常？別急著回答我，想一想再說，比如，有個店堂的夥計換成了生面孔？再或者，那酒樓掌櫃的有些神色異常？」

趙大明認真地思考了片刻，應道：「濱哥，你讓我想過好多次了，我真的想不出有什麼異常，我也問過大輝，他也是毫無覺察。」

曹濱點了點頭，道：「這也正常，若是真有異常的話，老顧他一定能覺察得到。對了，那家信記酒樓老顧他經常去嗎？」

趙大明道：「剛好是海鮮時令的時候去得多一些，一個禮拜可能會去個一次兩次，過了時令去的就不是那麼多了，一兩個月都不見得去一趟。」

曹濱吁了口氣，道：「那地方我查看過多次，總體上講，並不適合暗殺，尤其是用弓箭這種武器。酒樓門口便是街口，街口風大，箭的準度保證不了，而且那個時間點正是人多的時候，更容易出現意外。照此推理，偶然誤傷的可能性並不能排除。」

趙大明道：「是啊，濱哥，跟咱們安良堂結過仇的各方勢力，咱們都排查過了，沒發現他們有嫌疑啊！說不定，還真有可能是誤傷呢！」

曹濱微微搖頭，道：「不能排除也得排除！大明，如果咱們將刺殺老顧的兇手假定為一名高手中的高手，那麼，所有的疑問不就都有了答案了麼？沒錯，街口隙風且人多雜亂，確實不適合以弓箭來暗殺，但咱們反過來想，如此地點，老顧和你們哥倆不一樣會掉以輕心嗎？此消彼長，因而對那兇手來說，沒討到便宜卻也沒吃了虧。」

趙大明道：「若是按濱哥推測，那兇手必然對顧先生跟蹤已久，可是，我們根本沒有覺察到啊！」

曹濱道：「不單是你們這幫弟兄沒有覺察到，就連老顧恐怕也是沒能覺察到，所以，我才會揣測那兇手很有可能是此道中的頂尖高手。」

趙大明道：「那會不會是內機局的殘留分子呢？」

曹濱緩緩搖頭，道：「不可能，內機局是毀滅在我曹濱和董彪的手上，他們若想尋仇，也理應找我金山堂口才對。」

趙大明像是忽然想到了什麼，卻又不敢太確定，鎖住了雙眉，定住了目光，嘴巴微微張開，一副欲說還休的樣子。

曹濱依舊在流覽著冊簿，卻發覺到了趙大明的異樣，於是道：「大明，你是不是想到了什麼？沒關係，儘管說來。」

趙大明道：「我在想五年前的一件事，那一次，我們哥幾個幹掉了八名內機局的鷹犬，另外還有一個比較特殊的人物……」

曹濱流覽冊簿的速度很快，短短十來分鐘，便翻完了三厚本冊簿，他合上了最後一頁，打斷了趙大明，道：「你說的那個人叫那鐸，是嗎？」

趙大明道：「濱哥，你說有沒有可能是那鐸家的什麼人前來報仇呢？」

曹濱哼笑道：「那鐸乃是官宦子弟，如今大清朝風雨飄搖，他的父親祖父正在為未來而憂心忡忡，哪還會有心思前來美利堅報仇啊？另外，大清朝除了內機局之外就算還有那麼幾名頂級的殺手，又或是什麼人請了個隱身江湖的頂級殺手，他們來到這美利堅之後，也不會選擇印第安的這種弓箭。一方水土養一方人，就像老顧來了美利堅快三十年了仍舊吃不了西餐一樣，那些個高手也用不慣印第安的弓箭。」

趙大明深吸了口氣道：「聽濱哥的意思，那刺殺顧先生的兇手一定是洋人咯？」

曹濱道：「是不是洋人不敢說，但一定是在美利堅生活了好久的人。好了，這些卷冊我都看過了，你先收回去吧，然後陪我去醫院看看老顧。」

顧浩然所中那一箭傷在了右側胸口，單純的箭傷並不嚴重，但要命的是那箭鏃上淬了毒。若是胳臂腿中了淬了毒的箭，還能以束緊傷口上端肢體阻礙血流的方法來延緩毒性發作，但胸口中箭卻無法及時施治，只能儘快送往醫院。也虧得離唐人街不遠處便是紐約最好的一家名叫瓦爾哈拉的醫院，也虧得顧浩然的命大，雖然連續昏迷了二十天，但最終還是被醫生從死亡線上拉了回來。對曹濱來說，這段時間以來唯一的好消息便是顧浩然已經脫離了危險，今早晨從醫院傳過來的消息說，醫生已經允許顧浩然可以吃一些流質飲食了。

和趙大明一樣，老顧對這場暗殺也提供不出什麼有價值的線索，再有，剛從連續昏迷中醒過來，顧浩然的思維根本就處在混沌狀態中，連正常說話都有些費勁。

「老顧，你就安心養身體吧，堂口那邊有大明撐著，這小夥很棒，你大可放心。還有，一天查不出元兇是誰，我曹濱便會留在紐約一天，咱們兄弟兩個就別說客氣話了，你好好休息吧，我去跟醫生們打個招呼，表示下感謝。」曹濱拍了拍顧浩然的手背，然後跟趙大明示意了一下，一塊出了病房，去了顧浩然的主治醫生的辦公室。

曹濱先向那主治醫生詢問了顧浩然的病情以及將來的影響，那主治醫生回答道：

「顧先生所中的毒是血液性的，主要症狀是凝血，病程中非常凶險，但他挺過來之後，倒不會留下多少後遺症，不過，他的各個臟器的功能都會因此受損，所以，等痊癒後，他更應該注重自己的身體，要保持最健康的生活方式，不要抽煙，也不要喝酒，或許，他還能夠獲得一個滿意的壽命。」

曹濱向那醫生感謝道：「幸虧您醫術精湛，我代表病人向您再次表示感謝。」

那醫生連連擺手，謙虛道：「哦，不，事實上，我們並沒有對挽救病人做了多大的貢獻，我可以明確地告訴你，他所中的毒是印第安人最常用的一種毒，名叫幽靈箭毒蛙之毒，用這種毒淬在箭頭上，若是中箭部位為四肢的話，或許還有活下來的希望，但若是像你朋友那樣是胸口中箭的話，是不可能救下來的。」

曹濱疑道：「可是，我的朋友卻活下來了，這難道是奇蹟嗎？」

那醫生搖頭笑道：「當然要感謝上帝，是他賜予了奇蹟出現，而這個奇蹟則是那個箭頭上淬的毒並不多，或許是淬毒的時候出現了紕漏，也或許是那箭頭被人清洗過，不然的話，你的朋友是不會有活下來的可能的。」

「被人清洗過？」曹濱登時愣住了。

印第安人做事嚴謹，不可能在淬毒的時候出現紕漏。那麼，剩下來的唯一可能便是這杆箭在射向顧浩然之前，被清洗過箭鏃上的毒液。

倘若這個判定可以成立的話，那麼只能說明刺殺顧浩然的那個殺手並不想要了顧浩然的性命。

既然殺手並不想要了顧浩然的性命，那就說明，此次暗殺並非是尋仇。

第六章

真假難辨

吳厚頓歎道：「對方既然能趕製出這枚贗品來障老夫的眼，

就說明他們已然覺察到了老夫的存在。

既然如此，老夫以為再也沒有機會得到那枚真品了。

董二當家的，老夫臉面盡失，無顏繼續叨擾，就此別過！」

回到了堂口，曹濱將自己關進了房間，苦思冥想，反覆推理。

「篤，篤，篤。」三聲敲門聲打斷了曹濱的思緒，這使得他很是惱火。這若是在他自己的堂口，但凡交代過他需要安靜思考問題的時候，即便是天塌下來，董彪也會在門外擋著，絕對不會影響到他的思緒。可這畢竟是在別人的堂口，曹濱也只能忍著心中一口鬱悶之氣，收起了思緒，應道：「進來吧。」

趙大明推門而入，手中拿著一張紙片，來到了曹濱面前，低聲道：「濱哥，金山那邊的電報，咱們去醫院的時候就發過來了。」

電報自然是董彪發來的，一如既往地以英文的方式表達了中文的意思，而這樣的內容，也只有曹濱能夠看得懂：有無影相助，玉璽有戲，今晚開始行動。

看過電報內容，曹濱不由愣住了，這倒不是因為對董彪有所擔心或是反對董彪的決定，而是因為他隱隱覺察到了顧浩然被刺的幕後真相。

「大明，請留步。」曹濱叫住了正要退出房間的趙大明，問道：「半年前剛入春的時候，紐約不是舉辦了一場文物博覽會麼？當時還據說可能會展出大清朝的開國玉璽，那段時間，你們都做了些什麼？哦，大明，你不必多慮，我只是隱隱感覺到這場針對老顧的刺殺可能跟那枚玉璽有關聯。」

趙大明邊回憶邊道：「咱們原本對那場展覽會並沒有什麼興趣，是孫先生來了紐約，跟顧先生見過了面，顧先生才對那場展覽會有了興趣。我們確實做了些事情，當時還打算請濱哥您和彪哥過來幫忙，可後來知道了內機局的人找上你們堂口，而您和彪哥要留在家裡趁這個機會滅掉內機局，所以就沒跟您開這個口。我們弟兄們對顧先生交代的這種事並不拿手，顧先生在這種事上也沒什麼經驗，要是鬼叔還在的話，或許還有機會，可鬼叔早就離開美利堅了，一時半會也聯繫不上，所以，我們也只能是看了看，沒敢有什麼正兒八經的行動。」

曹濱不由踱起步來，並自語道：「對，這件事上，不能忽略了孫先生的作用。」

趙大明又補充道：「對了，濱哥，那場展覽會上並沒有展出那枚玉璽，後來聽說，是在展出前的晚上，那枚玉璽被人偷走了。我一直在想，我們弟兄們連試都不敢試一下的事情，人家卻輕而易舉地做到了，可以說偷走那枚玉璽的人肯定是個最頂尖的高手，恐怕連鬼叔都沒法相比。」

曹濱突然定住了，呢喃道：「連鬼叔都無法相比……這世上能有老鬼無法相比的高手麼……」沉思片刻，曹濱雙眼忽地閃出亮光來，吩咐道：「給董彪發電報，讓他去電話公司等電話。」

此時年代，電話屬於絕對的稀有資源，尤其是能開通長途通話功能的電話更是緊俏。而安良堂雖然有錢有關係，但畢竟長著一張黃顏色的臉，論社會地位，怎麼著也得排在白色洋人之後，而洋人們的電話安裝申請都已經排到了猴年馬月，那麼安良堂也就只能打消了裝電話的念頭，轉而在黑市上花高價購買了電報機，偷偷摸摸地以私人電報的形式來解決即時溝通的需要。

一個小時後，曹濱和董彪終於在各自所在地的電話公司通上了長途電話。董彪詳詳細細地將昨日的事情，包括花錢撈人，痛扁吳厚頓，審訊時發現蹊蹺從而辨認出吳厚頓的真實身分，再到吳厚頓說出的有關那枚玉璽的內幕資訊等等，全都向曹濱述說了一遍。這一通彙報，足足有四十多分鐘，曹濱只是聽，不時地嗯啊一聲表示線路仍舊暢通，待到董彪終於彙報完畢了，曹濱深呼吸了兩下，卻沒直接做出評判。

「濱哥，是不是我做錯了什麼？」曹濱這邊的沉默使得數千里之外的董彪有些沉不住氣。

曹濱再沉默了幾秒鐘的時間，回道：「不是你做錯了什麼，是我這邊想到了什麼。阿彪，老鬼曾經跟我聊到過無影的故事，此人甚是孤傲，歷來都是獨來獨往，只談生意不談感情，你說的這個人能有這等本事，應該是無影本人無疑，而他願意跟咱們合作，對咱們來說，確實是個機會。你可以充分地信任他，他只是圖財，不會貪圖那枚玉璽。」

董彪應道：「我知道了，濱哥，對了濱哥，你那邊是不是出什麼大事了？要不要咱們這邊調些好手過去幫忙？」

曹濱輕歎一聲，道：「老顧遭人暗算了，還好，性命總算是保住了，慢慢恢復也能恢復個差不多，但幕後元兇是誰卻始終找不到頭緒。阿彪，做好你自己的事情，這邊的事，暫時不需要你操心。好了，就說這麼多，電話費還真他媽不便宜！」

曹濱說完，也不等那邊董彪有什麼反應，直接掛上了電話。

趙大明隨即迎了上來，掏出了錢夾，結了電話費的帳單。「濱哥，你那邊是不是也出事了？」趙大明問著話，同時遞上來一個保溫杯。

雖然是聽得多講得少，但曹濱還是感覺到了口渴，不由向趙大明投來一抹讚賞的目光後，打開保溫杯，喝了兩口茶水，並回應道：「確實出了點事，不過倒是好事，大明，這兒不是說話的地方，咱們抓緊回堂口，我需要一個安靜的地方好好捋一捋思維。」

回到了堂口，曹濱再一次將自己關進了房間。

一盞茶水擺在面前已然涼透，一根雪茄夾在手上燃出了長長一截的灰燼，而曹濱則雙目微閉，像是睡著了一般。

直到夜幕降臨，曹濱才走出了房間，來到了大堂上。

趙大明立刻迎了上來，關切問道：「濱哥，您餓了嗎？我這就給您安排飯菜。」

曹濱面帶微笑，擺了擺手，道：「先不用麻煩，我還不餓。大明，你為什麼不著急問我得出了什麼結果了呢？」

趙大明不好意思笑道：「說心裡話，濱哥，我是真想先問來著，可就怕太冒失了。」

曹濱撿了張椅子坐了下來，並招呼趙大明坐到了他的身邊，道：「我總算是梳理出了一些頭緒，但不敢確定，大明啊，你年輕，腦子活絡，幫濱哥驗證一下梳理結果的可能性吧。」

趙大明道：「大明哪有這個能耐？濱哥您說，大明跟您學習。」

曹濱淡淡一笑，道：「中午在醫院時，老顧的主治醫生說，那箭鏃上淬的毒並不多，或許是淬毒的時候出了紕漏，也或是那箭鏃被人清洗過，對這事，你怎麼想？」

趙大明道：「那杆箭來自於印第安部落確定無疑，洋人沒踏上這塊土地的時候，印第安人或許會在淬毒的時候出些紕漏，但如今，他們的生存空間那麼小，不可能在賴以生存的武器製作上再出現紕漏。所以，我傾向於那箭鏃真的被刺殺者清洗過。」

曹濱鼓勵道：「接著說，你還想到了什麼，一口氣全都說出來。」

趙大明道：「刺殺者刺殺顧先生之前對箭鏃做了清洗，那麼就表明刺殺者並不希望顧先生中箭身亡，或者，顧先生被送進醫院經過搶救勉強保住了性命正是那個殺手所希望見到的結果。」趙大明不經意和曹濱的目光交錯了一下，感覺到了曹濱的鼓勵態度，於是，繼續說了下去：「我猜測，那殺手之所以這麼做，目的便是想分我們的心，擾亂我們的注意力，從而抓住機會，對我們實施毀滅性的打擊。」

曹濱道：「從常理上講，你的推測很有道理，但問題是，紐約安良堂在老顧被刺後的一兩天內確實分了心，甚至還一度出現了混亂，可對方卻沒有發起攻擊，白白浪費了這個機會。因而，你最後的推斷並不成立。」

趙大明道：「大明願聽濱哥點撥。」

曹濱道：「你前面的分析我都認同，只是最後一點稍有偏差，對方並沒有打算對我們實施進一步打擊，他們想要的結果僅僅是讓我們分心。更深一步講，他們最理想的目的便是將我從金山調動來紐約。」

趙大明驚道：「調虎離山之計？」

曹濱微微點頭，道：「他們有沒有把我當成虎不敢說，但這段時間內，他們一定不希望在金山看到我。」

趙大明愣了下，不由問道：「濱哥，你說的他們，想到是誰了麼？」

曹濱緩緩地出了口氣，沉聲道：「如果我沒有猜錯的話，他們便是盜走那枚開國玉璽的人。」

接著，曹濱將電話中董彪彙報的那些情況說給了趙大新聽。「一旦有適當的利潤，資本就膽大起來。如果有百分之十的利潤，它就會被到處使用，有百分之二十的利潤，它將活躍起來，有百分之五十的利潤，它會鋌而走險，為了百分之一百的利潤，它敢踐踏一切人間法律，若是有百分之三百的利潤，它將敢於犯下任何罪行，甚至冒著絞首吊死的危險，甚至會鼓動暴亂和戰爭。這是五十年前德國一位偉大的思想家做出的論著，而這幫商人，以搶劫來的開國玉璽為交換條件，換取那一船煙土在大清朝的銷售權力，其利潤又何止三倍啊？」

趙大明若有所思道：「我明白了，濱哥，他們一定是擔心咱們安良堂可能會阻礙他們，所以才以刺殺顧先生這種方式來干擾咱們的視線。」

曹濱歎道：「沒錯！對這枚玉璽最為上心的無非就是大清朝廷還有孫先生他們，事實上，這雙方對搶走玉璽的那幫人均構不成怎樣的威脅，能威脅到他們的，只有咱們安良堂。他們想必對老顧和你們頗為熟悉，又有近半年時間的運籌帷幄，所以，當他們準備開始行動的時候，能輕易刺殺了老顧，從而蒙住了咱們的雙眼，並將我調出金山，希望我還在像一隻無頭蒼蠅一樣為追查幕後元兇而一籌莫展之時，借道金山，將那一船煙土連同玉璽一道運出美利堅。」

趙大明疑問道：「濱哥，我有一事想不明白，你說，他們為什麼不選擇從紐約港出海呢？這樣豈不是方便了許多？」

曹濱笑道：「那是一船煙土啊！大明，在美利堅合眾國做煙土生意可是重罪啊！紐約是美利堅的心臟部位，監管督查的相當嚴厲，但在金山便不一樣了。我推測，這幫人中，一定有金山某方勢力的參與。」

趙大明急切道：「那麼咱們該如何應對呢？濱哥，就算咱們連夜出發，日夜兼程開車去追，恐怕也來不及阻止他們了哦！」

曹濱冷笑兩聲，道：「入春時的那場博覽會，必然招來了各方勢力的虎視眈眈，你們兄弟們雖然沒動手，但畢竟關注了。我想，這正是引起他們警覺的原因。熟悉安良堂的人都知道，只要是安良堂想做成的事情，一定會不惜一切代價，他們如此計畫並成功實施，確實可以達到擾亂我安良堂的目的，只可惜，他們漏算了另一個重要人物。」

趙大明接道：「此人便是您剛才提到的那位號稱南無影的盜門高手？」

曹濱點頭歎道：「此人與你鬼叔齊名，自出道以來，做下大案無數，但少有人能見過他真實面目。催命無影之名，原本取自於這二人姓氏諧音，可那無影，卻沒有人能確定他到底是姓吳還是武又或是鄔。」

趙大明道：「如此說來，那吳厚頓之名也是假的咯。」

曹濱道：「那是自然，連姓氏都無法確定，那名字又豈能為真？不過，這並不重要。重要的是，無影最擅長的便是隱藏他的盜門高手身分，他若是要藏起來，沒有人能找得到，他若是盯上了誰，決不能被發覺。那幫人以為藏得很深，卻沒想到，早已被無影洞穿了一切，他們更沒想到的是無影居然會主動找到了咱們安良堂。」

趙大明撓了撓後腦勺，問道：「濱哥，你方才說那無影少有人能見到他的真實面目，這就說明他喜歡獨來獨往單人作案，那他為何又要跟咱們聯手呢？」

曹濱道：「兩個原因吧，一是對手有些棘手，無影單幹的把握不大，第二個才是主要的，那玉璽若是落在了無影手中，如何脫手換成金錢卻是個不小的難題，而他知道咱們對這玉璽頗為上心，和咱們聯手，咱們拿貨他拿錢，一舉兩得又何樂不為？」

趙大明道：「聽濱哥這麼一說，我算是全明白了。濱哥，接下來咱們該怎麼做呀？得到那枚玉璽固然重要，但為顧先生報仇也一樣重要啊！」

曹濱輕歎一聲，道：「這還僅是推測，真相究竟如何，現在還不能定論。況且，無影雖然追查到了那幫人的陰謀，卻始終未能確定他們的身分。」

趙大明道：「那還不簡單麼？以濱哥在金山的實力，查到那船煙土的所屬主人並不難，而這船煙土的所屬主人必是刺殺顧先生的幕後元兇。」

曹濱再歎一聲，道：「說是這麼說，但我相信，那船煙土的所屬方的登記名稱一定是假的，是一個根本不存在的公司或是商行。那幫人做事縝密，不會在這方面上露出破綻來的。」

趙大明道：「那濱哥您的意思是先將玉璽拿到手，然後從長計議？」

曹濱微微一笑，道：「或許，等咱們拿到了玉璽，那幫人便會主動暴露身分。」

趙大明點了點頭，露出了會心的笑容，道：「我知道該怎麼做了，濱哥，首先，咱們在紐約把動靜鬧大一些，造成咱們仍在迷局中尚未走出來的假像。其次，我這邊立刻選派好手，秘密前往金山潛伏下來，等著那幫人不惜暴露身分而向您的堂口宣戰。第三，也是最關鍵一點，我想給您製造一場意外，讓您不得已去醫院陪顧先生住上幾天。」

曹濱微微一怔，隨即呵呵笑了起來，點著趙大明的額頭，道：「你小子，怪不得老顧那麼喜歡你！好吧，你是主，我是客，客隨主便，我聽你安排。」

探照燈的光柱撕破了夜幕，剛剛爬過一道高坡的火車發出了歡快的長鳴聲。

半年前，一位橫空出世的飛刀英雄在這條線路上手刃一名並活捉兩名火車劫匪後，便再也沒有發生過火車搶劫案件。有了安全保證，人們再也不需要繞道而行，因而，從紐約至金山的這條火車線路的需求量大幅度增長，使得鐵路運營方不得不臨時增加了兩班列車。

同樣是因為安全有了保證，超級富豪們在乘坐這條線路的列車時不再需要偽裝成窮人，他們向鐵路運營方提出了要求，希望能在列車上添掛私人車廂。

黛安・萊恩便是這樣的超級富豪，雖然沒有幾個人知曉這位年僅二十一歲的妙齡女郎的財富從何而來，但只要出得起錢，鐵路運營方才不會管貴賓的財富出自何方。

「漢斯，再過一個小時，我們就可以抵達金山了，如果一切順利的話，明天下午五點鐘之前，我們的巨輪便會迎著夕陽的餘暉駛入浩瀚的海洋。」黛安穿著一襲銀色低胸長裙，香肩半露，腰身緊束，更是襯托出了曼妙身材。「只要我們的貨船駛入了大海，那麼就再也沒有什麼可以阻止我們的成功。而你，在整個過程中起到了至關重要的作用，我想，你在組織中的地位會大幅提升的。祝賀你，漢斯。」黛安舉起了酒杯，和面前坐著的一個男人碰了下杯。

這位叫漢斯的男人穿著一身黑色的西裝，寸許長的頭髮梳理得油亮，鼻樑上還架了一副金絲邊的眼鏡，若是不看面龐長相的話，沒有人會認為他是一名中華血統的男人。「黛安，不可掉以輕心，我們即將抵達的金山才是這個計畫中最為關鍵的一環。」漢斯和黛安碰過了杯，用嘴唇輕觸了杯中的紅酒，微微一笑，道：「在金山的十九個小時，將會是我們最危險的時刻。」

黛安發出了銀鈴般的笑聲，道：「不，漢斯，你不必恐嚇自己，金山最厲害的人物已被你騙去了紐約，至今還在雲霧中呢，就算他突然明白了過來，也來不及了。」

漢斯放下了手中酒杯，拿起了桌上的一包香煙，點上了一支，站起身立在了車窗前，緩緩地抽了一口再將煙霧吁了出來，沉聲道：「曹濱確實是中了我的調虎離山之計，可是，他的兄弟，那個叫董彪的傢伙卻還在。」

黛安再一次爆發出銀鈴般笑聲來，「那只是一名槍法還算不錯的莽漢，漢斯，你是不是太高估他了呢？」

漢斯緩緩搖頭，道：「是的，董彪給所有人的印象只不過是一名槍法不錯的莽撞漢子，可那僅僅是他的偽裝，或者說，是因為在他的身邊還有一個更厲害的人物，他才不需要展示出他真實的一面。但我卻能感覺得到，當曹濱不在的時候，他一定會變成另外一個董彪。」

黛安不屑道：「那又能如何？曹濱至今還被蒙在鼓裡，那董彪又能看清楚我們設下的迷局嗎？」

漢斯轉過身來，默然搖頭，深歎了一聲後，道：「我不知道，黛安，從理論上講，安良堂並不掌握我們的計畫，可是，我卻始終有一種隱憂，我總是感覺在平靜的水面下已經是暗流湧動。」

黛安笑道：「還是因為你那天產生的幻覺嗎？」

漢斯道：「不，黛安，那絕不是幻覺，那是真真切切的身影，而且，他在我的身邊出現了不止一次。」

黛安道：「可是，我們動用了那麼多的人力，浪費了那麼長的時間，卻根本沒發現你所說的那個身影。」

漢斯道：「黛安，你用了浪費這個詞，我很遺憾。這枚開國玉璽，是唯一能打動並說服清朝政府的物品，沒有它，我們的貨物就只能通過東印度公司銷售到中華去，可若是以這種方式的話，我們的利潤將縮減百分之九十。我們不能冒險，我們必須尋求百分之一百的安全，所以，這三個月的時間絕不是浪費。」

黛安聳了下肩，露出了笑容，道：「好吧，我收回我剛才的話，並向你道歉。但我仍舊認為，你的計畫已經足夠完美，你不應該再有如此擔心。」

漢斯抽了口煙，緩緩吐出，凝視著嫋嫋升騰的煙痕，微微搖頭道：「不，黛安，在中華有一句古話，叫小心行得萬年船，所有翻船的事故，都跟大意有關。黛安，我必須坦誠地告訴你，離金山越近，我便越是忐忑，那種隱憂便越是強烈，所以，我決定啟動B計畫。」

黛安不甘心地凝視著漢斯，頗為無奈地苦笑道：「漢斯，你當然有權力改變計畫，但我想提醒你的是，執行B計畫你會很辛苦，很危險。」

漢斯淡淡一笑，道：「這二十年來，我又有哪一天不是在跟辛苦和危險打交道？黛安，請你相信我，我一定能將玉璽安全送到貨輪上。」

黛安將酒杯中紅酒一飲而盡，道：「我當然相信你，漢斯，也請你放心，我一定嚴格執行你制定的B計畫。」

漢斯點了點頭，摁滅了手中的煙頭，轉身去了車廂後部的臥房，等再出來時，形象已然大變，油亮的髮型不見了，鼻樑上的金絲邊眼鏡也不見了，一身筆挺的西裝變成了鐵路工人的制服。

黛安笑道：「漢斯，若是換個場合，我可能真認不出來你了。」

漢斯道：「若不是時間緊迫，我想，我更應該化妝成一名洋人員警的樣子。好了，黛安，將玉璽交給我吧。」

黛安來到了車廂一側，打開了壁櫥，卻現出了一個隱形的保險櫃，打開保險櫃，黛安拿出了一只木匣子來。

漢斯接過那只木匣子，放進了工具包中，然後繫緊了袋口，囑咐道：「如果你遇到了特殊情況，不管對方是偷還是搶，你需要做足了保護你手中那枚假玉璽的姿態，但沒必要冒受傷的危險，懂麼？」

黛安道：「漢斯，你已經交代過很多次了，這些話，我已經能夠倒背如流。」

漢斯點了點頭，深吸了口氣，然後去了車廂的後門，打開車門，消失在黑暗中。

黛安露出了一抹意味深長的微笑，再為自己倒了杯紅酒，斜倚在酒櫃旁，黛安搖晃著酒杯，叫道：「庫里，接下來，將由你來扮演漢斯的角色。」

庫里應聲現身，卻是跟之前的漢斯一樣的髮型，一樣的金絲邊眼鏡，一樣的筆挺的黑色西裝。「哦，迷人的黛安，我等這一刻已經等了很久了。」庫里走到黛安的面前，一隻胳臂貼著黛安的耳鬢扶在了酒櫃上，凝視著黛安的雙眸，唏噓道：「如果能夠和你共度良宵，哪怕只有一次，我都願意為你去死。」

黛安露出了迷人的微笑，微微閉上了雙眸，並將雙唇緩緩送出，卻在庫里尚未作出反應時，突然抬起右腿膝蓋，頂在了庫里的襠部。

庫里登時慘叫，雙手捂著襠部，一連後退了數步。

黛安蔑笑道：「庫里，你真是沒用，這只是一個小小的教訓，若是漢斯還在這節車廂中的話，恐怕此刻你已經成了一具屍體。」

庫里捂著襠部，痛苦不堪，道：「哦，迷人的黛安，你怎麼對我都可以，但就是不要提到漢斯，他是個魔鬼，他不會滿足你的。」

黛安笑道：「那你就能滿足我嗎？」

庫里揉著幾下，痛楚似乎緩解了許多，臉上也有了一絲笑意，道：「當然，迷人的黛安，我保證，一次可以做到半個小時。」

黛安咯咯咯笑開了，道：「如果上了船，你還沒死的話，我倒是可以試試你是不是說大話，但現在，你必須老老實實地扮演好漢斯的角色。」

庫里終於可以直起了腰來，搖頭道：「哦，天哪，迷人的黛安，你知道那個魔鬼留給我的人皮面具戴上去有多痛苦嗎？還有，他那副中華人的長相真令我噁心。」

黛安倏地一下變了臉，空著的一隻手中不知怎麼的就多出了一把小巧的手槍，並指向了庫里。「庫里，火車最多還有半個小時就要到站了，如果你毀了漢斯的計畫，我想，你會死得相當難看。」

庫里舉著雙手，聳了下肩，發出了無奈的一聲歎息，轉過身回到了剛才出來的那間車廂臥房。

半個小時後，火車抵達了金山車站。

黛安・萊恩挽著幾乎跟漢斯一模一樣的庫里的胳臂，緩步走出了車站。

「沒錯，就是他們！」車站出口處的路邊上，偽裝成三名華人勞工的吳厚頓、董彪以及羅獵或盤腿坐著或半躺在了一堆大包裹小行李之中，靠著一個大包裹半躺著的吳厚頓抽著煙低聲說道：「那男人手中拎著的皮箱中，八成可能就裝著那枚玉璽。」

盤腿坐在吳厚頓身邊的羅獵道：「我怎麼看著那男的長相像是個中華人呢？」

吳厚頓呵呵笑道：「誰也沒說他是個洋人啊！」

躺在另一側的董彪也湊了過來，道：「怎麼著？吳先生，咱現在就動手麼？」

吳厚頓呲哼了一聲，道：「那對男女的前後左右至少有八名保鏢，各個身上都藏著傢伙，而且，此刻屬於他們警覺性最高的時候，絕不是咱們動手的良機。」

董彪道：「你不早說，早說的話，我把堂口兄弟全都叫來，管他是八名保鏢還是十八名保鏢，一樣都得把東西給老子乖乖叫出來。」

吳厚頓冷哼道：「那就不叫偷，叫搶了，毀了老夫的名聲也就罷了，要是失了手沒搶到，你安良堂恐怕就會惹上大麻煩嘍！」

董彪翻了下眼皮，笑道：「開個玩笑而已，當什麼真啊？」

說話間，那對男女已經上了前來迎接的車輛，車子隨即調了個頭，便上了路，絕塵而去。

吳厚頓鎖住了眉頭，輕輕地倒吸了口冷氣，道：「他們的保鏢為什麼沒有跟上呢？難道，他那口皮箱中並沒有裝著玉璽？」

羅獵稍顯緊張道：「先生，咱們要不要跟上去？再晚恐怕就追不上他們了。」

董彪呵呵一笑，道：「那輛車是酒店的專用車，至於是哪家酒店，恐怕吳先生早就是心中有數了。」

吳厚頓笑道：「沒錯！看來今天夜裡，威亨酒店可能會很熱鬧。」

羅獵道：「那咱也沒必要在這兒繼續待著呀？」

吳厚頓道：「不待著能咋辦？挑著背著這些包裹行李地趕火車去？這個點了，哪還有火車？這不分明是露破綻給人家嗎？」

董彪跟著解釋道：「他們很有可能留下一人暗中觀察，咱們要是沉不住氣的話，就會被人看出問題來的。」

吳厚頓道：「閑著也是閑著，趁著這點時間，咱們安排一下接下來的行動。」

董彪從口袋中摸出了一副撲克牌，三人圍坐一圈，一邊打著牌，一邊聽著吳厚頓的安排。「那男的手中拎著的皮箱中有沒有那枚玉璽並不重要，因為，咱們動手的時候，那枚玉璽一定會在他的房間中。威亨酒店的房間門鎖對老夫來說形同虛設，即便他從裡面上了插銷，也一樣擋不住老夫。還有，任憑他如何警覺，也防不住老夫的迷香，所以，對咱們來說，便只剩下了最後一個問題。」

羅獵隨手丟了張牌下去，並接道：「那對男女住在幾號房間。」

吳厚頓點頭應道：「沒錯，只要掌握了這一點，那麼，那玉璽便將屬於你安良堂的了！」

董彪道：「怎麼才能搞到那對男女的房間號呢？要不，直接用槍逼住酒店吧台侍者的頭？」

吳厚頓呵呵一笑，甩出兩張牌出去，道：「這正是老夫必須要尋求幫手的地方，你們兩個可以偽裝成警察局密探……」

董彪噗嗤一聲笑了出來，道：「你家警察局會用中華人做密探？就我倆這長相，還能扮出個洋人模樣來？」

吳厚頓拍了拍身後的包裹，道：「有老夫在，任何結果都有可能產生。」隨後，從懷中取出了一張疊得整整齊齊的紙張，交給了董彪，接著安排道：「這是那男女二人的畫像，你就說，他倆是你們盯梢已久的江洋大盜，如果還問不出實情，那就乾脆拔槍逼問得了。問出之後，用手勢告訴老夫，你倆不用管老夫在哪，總之，老夫一定能看到你的手勢。」

夜深人靜之時，威亨酒店的大堂走進了一老一少兩位洋人，年紀大的那位向迎過來的保安出示了證件，年紀輕的那位向保安提出了要求：「我們在辦案，希望你能夠配合，帶我們去酒店總台。」

酒店保安不禁一怔，總台吧台就在正前方不過十來米處，只要是長了眼睛的人都能看得到，為何還要自己帶過去呢？

便是這稍稍的猶豫已然引發了那年紀大的便衣員警的不快，直接拔出槍來，冷言喝道：「我再重複一遍，我們是在辦案，請你配合。」

那保安顯露出無奈神色，只好親自將這二位帶到了總台吧台邊上。

「唰——」年紀大的便衣員警向總台的侍者展示出了疑犯畫像，冷冷道：「這二人涉嫌偷盜、殺人等多項罪名，我們已經調查多日，有情報顯示，他們於今晚入住了你們酒店，請配合我們辦案，查找出他們所入住的房間號。」

畫像很細緻，也非常逼真，那侍者一眼便認出了這二位客人，憑著記憶回應道：「如果我沒有記錯的話，應該是住在九樓的豪華套間，具體房間號……」一邊說著，那侍者一邊查找著登記資料：「嗯，找到了，是九〇八號房間。」

年紀大的那位隨即向年紀輕的那位做出了一個九〇八三個數字的手勢，同時道：「詹姆斯，你即刻回警局向警長彙報，我留在這兒守著。」轉而再對那保安及侍者道：「你們二位最好待在原地不要動，一旦離開了我的視線，我將視你們在向嫌犯通風報信。」

保安和侍者禁不住打了個激靈，老老實實地待在了總台後面不敢隨意走動。年紀輕的那位便衣員警聳了下肩，摸了下鼻子，呲哼了兩聲，轉身走出了酒店大堂。

躲在大堂角落中的吳厚頓看到了手勢，認定了房間號，隨即消失在樓道中。五分鐘後，酒店大樓的天台上現出一人影來，那人影背了一捆繩索，先將繩索的一端繫在了腰身上，再將繩索丈量出合適的長度，打了一個套，套在了天台上的一根鐵柱上。那人影試了下繩索捆綁的牢靠性，然後溜到了天台邊上，翻身下去，順著樓梯的一根排水管道，來到了九層的一間窗戶外面。那人影停了下來，拿出了一把金剛鑽，在窗戶玻璃上挖了一個手腕粗細的洞來，隨後又從懷中掏出了一根長管，伸進了那個洞口，同時將嘴巴對準了長管的另一頭，往洞口中吹了幾口氣。

之後，那人影收好了長管，取了一塊巴掌大小的紙片，用唾液濕了四邊，貼在了那個洞口上，然後雙手交替上攀，回到了天台上。

不一會，酒店九樓的走廊上來了一個侍者裝扮的人，那人徑直來到了九〇八號房間的門口，掏出了兩根鋼絲，捅進了鎖眼中，往上一條再往下一撥，騰出一隻手來，擰轉了門鎖把手。門鎖雖然應聲而開，但房間裡的人卻在房門裡面上了插銷。不過，這並不能阻擋了那人，只見他拿出一柄超薄的刀片，輕輕插進了門縫中，撥開了房門插銷。整個過程，也就是十秒鐘的樣子。

那人用濕毛巾遮住了口鼻，然後進了房間，隨手將房門關好，並膽大妄為地打開了房間燈光。套間客廳中的沙發上，熟睡著一個三十來歲的男人，那男人身旁的茶几上，便放著那口黑色的皮箱。皮箱上了鎖，進到房間的那人只得再次拿出了兩根鋼絲來，打開了皮箱，那人卻歎了口氣，微微搖了下頭，然後將皮箱重新鎖上，並復原到原來的位置。

那人環視了客廳一圈，沒有發現他的目標，只能手拿兩根鋼絲打開了臥室房門。進到臥室中，那人沒再開燈，而是借助客廳的燈光觀察了一下房間。臥室的裝修很豪華，天花板上墜著的是產自於法國的水晶吊燈，地面上鋪著來自於波斯灣的羊毛地毯，偌大一張英倫皇家式樣的鐵架床上安臥著一位俏佳人。那俏佳人的香枕之旁，赫然擺放著一只木匣子。

那人的臉上閃現出邪魅的笑容，上前取了那只木匣，正要退出臥房之時，又折回身去，將木匣放在了床頭櫃上，兩隻手伸向了那俏佳人的嬌軀，上下遊走……

年紀稍大的那位便衣員警掂著手槍抽著煙，立在總台吧台前看著那侍者和保安，連著點到第四根香煙的時候，酒店大堂外傳來了兩聲汽車喇叭聲。

「是我們的援軍到了，我要出去迎接，你們兩個最好放老實些。」說罷，這老兄收起了手槍便走出了酒店大堂。

大堂門口，那年輕便衣已經開著車等著了。待那年長便衣跳上車，車子立刻疾馳而去。

「吳先生，怎麼那麼久？比咱們約定的時間足足長了一根煙的功夫。」那年長便衣扯下了偽裝，正是安良堂二當家董彪。

吳厚頓於後排座上尷尬笑道：「那，那什麼，他們倆個藏東西挺有一套的，便多費了點時間。」

董彪信以為真，點了下頭，問道：「貨驗了沒？別忙半天整了塊破石頭回來。」

吳厚頓道：「是玉璽不假，但真偽難辨，老夫畢竟不是這方面的行家。不過，他倆的房間裡，也就這麼一個玩意，想必也假不了。」

董彪道：「這事好辦，等回到堂口，用它蓋上一個印，比對一下也就知道了。」

半年前，許公林造訪金山安良堂時，已經留下了有關這枚開國玉璽的詳盡資料，包括外形尺寸，材質重量等，還附帶了一份影印的印章。有了這些資料，辨別玉璽的真贗應該不是一件難事。

從市區回堂口的路況相當不錯，又處在夜深人靜之時，路上幾無干擾，羅獵開足了馬力，不過二十來分鐘，便回到了堂口。

董彪帶著吳厚頓和羅獵徑直來到了二樓曹濱的書房，先找出了那些有關玉璽的資料，然後從吳厚頓手中接過了木匣子，取出了那枚玉璽。燈光下，那枚玉璽透射著柔和的淡淡綠光。

「我怎麼感覺有些不對勁呢？這資料上說的這枚玉璽是用漢白玉雕刻而成，這漢白玉怎麼會透著綠光呢？難道是我的眼睛出了問題？」董彪將那玉璽拿在手中，反覆掂量觀摩，雙眉不禁鎖成了一坨。

羅獵急忙拿來了一張白紙，鋪在了書桌上，再轉身去書櫃尋來了一盒印泥。「彪哥，也可能是燈光的緣故，還是先蓋個印章吧，若是印章能完全吻合的話，那就不會有問題。」

董彪聽從了羅獵的建議，先將玉璽擦拭乾淨了，然後蘸了印泥，在白紙上蓋了一個印章。那邊，羅獵已經從一疊資料中找出了那張玉璽印章的影印件，董彪一手拿著一張，迎著燈光開始比對。

只看了兩眼，便不住地搖頭。「吳先生，我想，咱們這一夜算是白忙了。」

吳厚頓跟著探過頭來，順著董彪指點的地方看了幾眼，不禁搖頭歎氣，呢喃道：「失手了，果然失手了，看來，對方還真是高手啊……」

羅獵道：「那咱們現在趕緊去把這假玉璽放回原處，或許對方並不能發覺到。」

吳厚頓歎道：「對方既然能趕製出這枚贗品來障老夫的眼，就說明他們已然覺察到了老夫的存在。既然如此，老夫以為再也沒有機會得到那枚真品了。董二當家的，老夫臉面盡失，無顏繼續叨擾，就此別過！」吳厚頓倒是乾脆俐落，隻字不提傭金報酬的事情，轉身便要離去。

董彪叫道：「吳先生且慢，董彪以為，咱們還有機會！」

吳厚頓怔了下，站住了腳，卻未轉過身來，道：「老夫明白，連夜查清楚那艘貨船，想辦法混上船去。可是，二當家的，你想過沒有，即便在船上能夠順利得手，可那浩瀚海洋，你我又如何脫身回來？」

董彪面帶微笑，頗為輕鬆道：「但凡遠洋輪船，都備有救生用的小艇，咱們儘快下手，只要那船駛入大海並沒有多遠，咱們完全可以划著小艇安然返回。」

吳厚頓緩緩轉身，道：「董二當家，那將不再是偷竊，而是在搏命，老夫雖一把年紀了，卻還沒活夠呢。」

董彪沒理會吳厚頓，繼續說他的：「你想啊，月光皎潔，繁星四射，我們三個划著小艇，蕩漾在海波之上，海風輕柔地吹來，若是運氣好的話，還能捕捉到一兩條大魚，咱們在小艇上生堆火，一邊划著船，一邊烤著魚，等吃飽了肚子，這船也就靠上了岸邊。」

吳厚頓擠出了兩個字來：「瘋子！」

董彪呵呵笑著，伸出了兩根手指，道：「兩萬美元的酬勞，吳先生，你是不是可以考慮一下呢？」

吳厚頓回以一笑，道：「你就算再翻一倍，若是沒命消受，也是徒勞。」吳厚頓說完，輕歎一聲，舉步再往外走。

董彪再次叫住了，道：「吳先生雖然失手，但為我安良堂提供了消息，我當以重金感謝。」董彪從口袋中掏出了一疊美元，上前兩步，將錢塞到了吳厚頓的手中。

黛安從昏睡中醒來，第一個反應便是伸出手去摸一下放在枕邊的那只木匣子。摸空之下，整個人陡然一驚，從床上彈起，再去尋找那只木匣子，又哪裡見得到影蹤。「庫里，庫里？」黛安一連叫了數聲，才得到了客廳中庫里的回應。「夜裡你偷偷溜進了我的房間，是麼？」

庫里揉著惺忪睡眼，推門而入，道：「黛安，我向上帝發誓，我只是在夢中睡在了你的身邊。」

黛安看了眼臥房的門，不禁驚出了一身的冷汗。她分明記得，昨晚睡前是鎖上了房門的，可是，庫里居然不費氣力地便推開了房門……黛安來不及多說什麼，穿著睡衣便衝去了外面的客廳，先查驗了套房的外門並未發現異樣後，終於在窗戶的玻璃上看到了那個手腕粗的洞口。

黛安萊恩跌坐在客廳的沙發上，雙手抱住了頭，顯得異常痛苦。

庫里不明就裡，跟了出來問道：「黛安，你怎麼了？是我做錯了什麼嗎？」

黛安悲愴道：「玉璽丟了，我們玩完了，那船貨只能是爛在手中了。」

庫里先是一驚，隨即笑道：「黛安，咱們拿著的不過是一個假貨，丟了就丟了，只要漢斯那邊是安全的，我們的計畫就能夠順利完成。」

黛安怒道：「你知道什麼呀！我懷疑漢斯有異心，所以，早就將真假玉璽掉了包，此刻漢斯手中的玉璽是假的，而我們丟掉的玉璽才是真的。」

庫里也愣住了，磕巴道：「你，你，怎麼能對漢斯有懷疑呢？他雖然是個惡魔，長相也挺讓人噁心，可他對公司的忠誠，卻是無人能比。」

黛安帶著哭腔嚷道：「我知道我錯了，可是，你的埋怨和我的認錯能起到什麼作用呢？真玉璽被人偷了，我們就無法取得這船貨物在中華的銷售權，而只有中華才能為我們帶來豐厚的回報。庫里，我們完了，我們辛苦了半年多，到最後仍一無所獲，反而讓公司白白損失一大筆錢，即便老闆是我的父親，他也不會原諒我的。」

庫里愣了會，呢喃道：「或許，漢斯還會有辦法，黛安，你應該相信漢斯，他一定有辦法力挽狂瀾的。」

黛安哭道：「不，他會殺了我的，我毀了他籌畫半年的計畫，還連累他要接受公司的懲罰，哦，上帝啊，我都做了些什麼呀？我為什麼要懷疑漢斯的忠誠呢？」

庫里看了下時間，歎了口氣，道：「按照B計畫，我們將在一個半小時後在船上和漢斯相見，黛安，在沒見到漢斯之前，我希望你不要放棄，振作起來，好麼？」

黛安哽咽道：「我做不到，我不敢去見漢斯。」

庫里勸慰道：「不敢見也得見，黛安，眼下只有漢斯才具有翻盤的能力，我們必須儘快見到漢斯，哪怕多爭取到一分鐘的時間，對漢斯來說，也是多了一分的希望。黛安，我們必須立刻出發，我們醒來的時間已經晚了，從酒店到港口還有不短的路程，我們沒時間耽擱下去了。」

根據漢斯制定的B計畫，不管兩路人馬遇上了怎樣的意外，只要人還在，還能有行動的自由，那麼，必須在第二天中午十二點之前登上貨輪。而黛安和庫里因為夜間吸入了吳厚頓的迷香而導致第二天醒來的時間已經到了上午十點多鐘，連趕慢趕，待黛安和庫里登上貨船時，比預定的時間還是晚了十五分鐘。

漢斯已經換去了鐵路工人的裝扮，此刻，正以一身休閒裝等待著黛安和庫里的到來。黛安登上船來，一見到漢斯，便紅了眼眶：「漢斯，對不起，我辜負了你的計畫，我弄丟了那枚玉璽。」

漢斯面若沉水，道：「這個結果在我的預料當中，黛安，你不必過於自謙，現在，我很想知道整件事情的過程。」

黛安哭訴道：「漢斯，過程還重要嗎？我弄丟的玉璽才是真品啊！」

漢斯沉下了臉來，道：「黛安，在出發前，你父親一再叮囑，這個項目由我負責，你只是配合。現在，我命令你，立刻將丟失玉璽的過程告訴我！」

黛安硬撐著整理了一下情緒，將昨晚的事鉅細靡遺地說了一遍。

漢斯的面龐中閃現出了一絲不易覺察的微笑，他點頭應道：「他終究還是輸給我了！黛安，你做得很好，我說過，你們只需要做出保護玉璽的姿態，並不需要為之冒險，你出色的完成了我的指令。」

黛安苦楚道：「可是，漢斯，你拿走的那枚玉璽是假的，我留下的才是真品，我必須承認，是我對你的多疑才造成了整個計畫的失敗，漢斯，是我連累了你。」

漢斯冷冷笑道：「黛安，我知道你受過最為嚴格的訓練，可是，那些訓練只是表面上的能力，你父親將你交給我，其目的無非就是想讓你多一些江湖歷練。黛安，雖然我很慶幸你能對我產生懷疑，但我還是要明確地告訴你，若是你能影響了我的計畫，那我就不是你父親所倚重的漢斯了。」

黛安驚道：「漢斯，你在說些什麼？難道說你早已經看破了我的計畫？」

漢斯掏出了香煙，慢吞吞抽出了一支，叼在了嘴上，再拿出火柴，轉過身遮住海風，點燃了香煙，愜意地抽了一口後冷哼道：「我並不知道你有什麼計畫，我能做到的僅僅是不允許別人影響到我的計畫。所以，黛安，你丟掉的不過是一枚贗品，而真品已經被我帶到了船上。」

黛安驚喜道：「你是說在我對真品及贗品調包後，你再次調包了回來？」

漢斯抽了口煙，漫不經心道：「我的年齡可能是有些大了，很多事記得並不清楚，我已經想不起來你是否曾經違背過我的計畫，我唯一可以確定的是我從火車上拿走的那枚玉璽，才是真真正正的真品。」

黛安露出了嫵媚的笑容，道：「謝謝你漢斯，我懂得你的好意，請你相信我，經過這一次的教訓，我不會對你再有任何懷疑。」

漢斯道：「這並不重要，黛安。事實證明，我的感覺是對的，在我身邊多次出現猶如幽靈一般的那個人影真實存在。便是他，在你們房間的窗戶上挖了個洞，吹入了他的獨門迷香，只要稍微吸入一絲就會陷入沉睡，他迷昏了你倆，然後從容不迫地盜走了玉璽。現在最關鍵的是那枚贗品玉璽能不能騙得了他，或者說，他需要用多長時間才能識破我們的騙局……如果，他已經識破了，那他會做出怎樣的反應呢？是放棄，還是堅持？假若要堅持下去，他的下一步行動又將會是怎樣的呢？」

黛安道：「他不可能追到船上來吧？」

漢斯抽了最後一口煙，然後將煙頭彈飛，道：「他得到了那枚贗品，就應該知曉我已經覺察到了他的存在，以他的個性，從不做沒有把握的事情，所以，我並不認為他會繼續堅持下去。可是，誰又能說得準呢？萬一他真的和安良堂的曹濱或是董彪扯上了關聯，或者是被誘惑，也或者是被逼迫，總之，他改變主意也不是不可能。」

黛安道：「如果是這樣，難道我們不應該集中人手將輪船徹底清查一遍嗎？」

漢斯再點上了一根香煙，緩緩搖頭道：「沒有作用的，黛安，輪船那麼大，他若是想藏起來的話，我們再增添十倍的人手也找不到他的。他是我所見識過最擅長隱身的人，沒有之一。不過，同樣是因為輪船那麼大，我漢斯要是藏起一個什麼東西，他也一樣找不到。」

黛安道：「漢斯，我聽你說話的口吻感覺你似乎對那個盜賊頗為熟悉，是嗎？」

漢斯點了點頭，卻沒有直接回應黛安，默默地抽了幾口煙，才緩緩說道：「天下能有這般身手的人，唯有與我師父齊名的南無影，吳喧。這倒不是看不起你們洋人，這只是事實，於盜門一行，你們洋人中也有高手，但同他相比……」漢斯不禁搖了搖頭，輕歎了一聲，又接著說道：「五年前，我與他曾有過一次切磋，可那一次，我卻是完敗。我沒想到，五年後再次與他相遇，希望這一次，我能扳回一局，甚或可以終結了這個傳奇。」

吳厚頓終究沒拿董彪的錢，空手而去。

董彪看著吳厚頓離去的方向，搖頭苦笑，道：「這又是何苦呢？你拿了我的錢同樣可以拒絕我啊……」

羅獵換了個位置到了書桌前，比對著那兩個印章，疑道：「彪哥，我怎麼就看不出來不一樣的地方呢？」

董彪走過來指點道：「做這塊贗品的工匠模仿水準確實很高，但他卻模仿不出玉璽的自然損傷，你看右下角，真品玉璽可能被失手摔過，右下角豁了一塊，而這枚贗品雖然也做出了豁一塊的仿造，但手工所致與天然傷痕卻還是有著明顯的差異。」

羅獵在董彪的指點下終於看到了破綻，開心道：「這玩意還真是有意思呢！若非咱們提前掌握了真玉璽的相關資料，一時半會還真辨不出真偽來，虧了那一萬兩千美元的傭金倒是小事，讓那幫人將煙土運去了中華不知道又得害苦了多少個家庭。」

董彪道：「可不是嘛！就算咱們不再盯著那枚玉璽，也得想個轍毀了那船煙土才是。怎麼著，羅大少爺，想不想跟彪哥玩一把刺激的？」

羅獵打了個哈欠，淡定回道：「不就是上船麼？多大事呀！不過，彪哥，不是我給你潑冷水，沒有吳先生的幫忙，就憑咱們兩個，上了船也偷不來那枚玉璽。」

董彪哼笑道：「不試試，怎麼就知道偷不來呢？要是真沒機會的話，那就放棄玉璽，直接將船炸了，讓那玉璽連同那船煙土沉入海底，永遠無法拿出來害人！」

羅獵的雙眸閃現出異彩，頗為興奮道：「我在想，那船爆炸的時候，一定會很壯觀。可是彪哥，咱們有足夠的炸藥麼？你可別告訴我等到天亮了就會有炸藥了，咱們要是不能在天亮之前混上船去，那最好還是打消這個念頭，搏命沒問題，但送命可划不來。」

董彪道：「少爺是越來越成熟了哈，好吧，那彪哥就帶你去開開眼。」

第七章

最後一招

如果不是對那玉璽還存有幻想，此時炸船將是最好的時機。
然而，在董彪心中，那枚玉璽的份量遠大於這船煙土，
因而，不到萬不得已，他絕對不會考慮這最後一招。

出門上車，一路疾馳，董彪將羅獵帶到了一個四四方方的建築面前。

「這幢樓是五年前才開始蓋的吧？」下了車，羅獵打量了一下四周環境，記起這兒便是五年前他和安翟的棲身之地，也是在這兒，他認識了師父老鬼。

「沒錯，五年前剛動工，光是挖地下室便挖了整一年，大前年才建好的。」董彪一邊回應著羅獵的問話，一邊走上前叩響了鐵門上的門環。叩擊聲有著獨特的節奏，不消多說，這肯定是在向裡面的人表明了自己的身分。

果然，裡面傳出了回應：「是彪哥？」

董彪應了聲：「嗯，是我！」

鐵門應聲打開，裡面兄弟揉著睡眼問道：「這麼晚了，彪哥這是要……」

董彪回道：「帶羅獵來開開眼，順便弄點炸藥回去。」

那兄弟看上去挺面生，但對羅獵似乎又很相熟，他衝著羅獵很隨意的點了下頭，鎖上了鐵門，然後前面帶路，穿過了一條只有十來步深的走廊，來到了另一扇鐵門旁，那兄弟拿出了一把鑰匙，打開了鐵門上的一把鎖，然後退到了一旁。董彪跟著拿出了另一把鑰匙，打開了鐵門上的另一把鎖。那扇鐵門，才算是真正被打開。

鐵門後是一條通往地下室的樓梯道口，下到了地下室中，董彪打開了燈。羅獵禁不住倒吸了口冷氣，至少有二十平米的一間地下室中，擺滿了各式武器。

「怎麼樣？少爺，開眼不？」董彪指了指隔壁，道：「那邊還有兩間跟這邊一般大的地下室，裡面的貨只比這邊多可不比這邊少。」

羅獵蔑笑道：「有什麼了不起？除了槍就是子彈，連門炮都沒有。」

董彪在一旁的貨架上拿起了一個帆布包，走向了地下室的另一端，同時笑道：「少爺就是少爺，口氣可真是不小，行了，別愣著了，彪哥可沒心思陪你鬥嘴，趕緊挑選幾把趁手的手槍吧。」

羅獵抖出了一柄飛刀，敲著擺放槍械的貨架，道：「彪哥，你覺得在船上能用得到槍嗎？真要是走到了非得用槍的時候，還不如直接跳海呢。」

董彪裝滿了一帆布包的炸藥，走回來再拿了一只包，開始往裡面拾掇手槍及子彈，並道：「那你就不懂了吧，即便是只能跳海逃命，那麼在跳海之前，咱也得幹掉幾個墊背的。」

羅獵幽歎一聲，道：「實際上，我現在想得最多的是咱們如何才能上得了人家的貨船，船舷那麼高，從海面上肯定是爬不上去的……」

董彪搶道：「難不成你還打算大搖大擺從舷梯甲板上船？」

羅獵道：「所以我才會犯難嘛！」

董彪笑了聲，走過來，將裝滿了各種短槍及子彈的帆布包掛在了羅獵的脖子上，然後對那守衛弟兄道：「防水的玩意呢？爬船的玩意呢？兄弟，有點眼色好不好啊？」一轉而再對羅獵道：「彪哥說了，讓你開開眼，你以為只是這些槍械嗎？」

羅獵能想到的用來爬船的工具無非就是繩鉤，然而，那種巨輪的船舷距離海面至少也得有個五六米之高，而人在水中漂浮的時候根本使不上力道將繩鉤扔上船舷，同時，那船身與海面之間還有個角度問題，更是增加了扔繩鉤的難度。

守衛這間倉庫的兄弟指了指頭頂，回應董彪道：「彪哥，你要的那些玩意都放在二樓呢，等你們上去後，鎖了鐵門，我去拿來給你就是。」

董彪再檢查了一下兩只帆布包，覺得並沒有什麼被落下了，於是便拎起了其中一只，招呼道：「那行吧，咱們就準備出發好了。」

從地下室上來，鎖上了鐵門上的兩把鎖，董彪沒有停留，徑直走出這間倉庫，將帆布包放在了車上，羅獵緊跟過來，稍有些吃力地將裝滿了短槍和子彈的帆布包放在後排座上。董彪隨即靠著車門點了根煙。

只抽了兩口，那守衛兄弟便扛著一捆什麼玩意走了過來：「彪哥，這是油布囊，我怕有漏氣的，所以多拿了兩只給你。爬船的鐵杆你需要幾個？我拿了兩個過來。」

「爬船用的鐵杆？什麼樣的？拿來給我看看。」羅獵禁不住好奇，連忙從車子的一側繞了過來。

董彪先檢測了油布囊，挑了兩只放在了車上，然後轉過身來，呵呵笑道：「不會玩了吧？來，彪哥教你。」

那守衛兄弟扛過來的是一捆一米見長的粗細不均的鐵管，羅獵拿起了其中的兩根，卻根本搞不懂使用方法，只得無奈地交給了董彪。董彪說是教，其實更要做的是檢驗工具的可靠性，因而，並沒有向羅獵解釋什麼，而是手腳麻利地將一根根鐵管按照次序相互套在了一起，最細的一根鐵管的另一端則是一個三角鐵鉤。

羅獵不由疑道：「這鐵管和鐵管之間就這麼虛套著，也吃不上力啊……」剛說出了疑問，就見到那守衛弟兄遞上了一把螺栓螺母來，羅獵凝目再看，那鐵管相互套接處果然有個黑黝黝的洞眼。

董彪在那兄弟的幫助下一一上好了螺栓，並拿到了倉庫牆邊試了兩把，並對跟過來的羅獵道：「神奇不？二十年前，我跟濱哥便是靠著這玩意神出鬼沒偷了無數艘貨船，原以為再也用不上它了，只是捨不得丟才留了下來，沒想到今天派上了用場。」

羅獵幫忙拆卸這杆爬船神器，同時感慨道：「濱哥就是厲害，居然能想出這種辦法來。」

董彪斜來一眼，並呲哼一聲，道：「彪哥就不厲害了嗎？這玩意，是彪哥的發明創造好不啦？」

羅獵吐了下舌頭，陪笑道：「彪哥當然是更厲害，不說別的，單就槍法，濱哥一定比不上彪哥。」

董彪搖了搖頭，將拆卸好的爬船鐵杆捆在了一起，放到了車上，不無感慨道：「要說遠處狙擊，我或許比濱哥強那麼一點點，但要說近戰槍法，濱哥即便蒙住了雙眼，我董彪都沒把握能贏得了他。他玩槍，和你玩飛刀一樣，感覺到了，單憑動靜聲響，也能中個八九不離十。」

羅獵跟著上了車，謙虛道：「彪哥可別拿我跟濱哥比，就我那點本事，還差得遠呢！」

董彪發動了汽車，掉了頭，駛向了海港方向，剛出了唐人街片區，董彪猛然驚道：「壞了，忘了件最重要的事情。」

羅獵思索了下，道：「沒忘記什麼呀？」

董彪呵呵一笑，問道：「你餓不？」

羅獵一時不解，下意識回道：「不餓啊！」

董彪再問道：「那等天亮了之後會不會餓呢？等到了中午，會不會餓呢？」

羅獵隨即明白了董彪的意思，苦笑道：「餓就餓著唄，再回去拿吃的恐怕也來不及啊！」

董彪嘿嘿一笑，按了下喇叭，道：「好久沒吃過生魚肉了，待會下海的時候，彪哥給你捉一條大魚上來，保管你小子能吃個痛快。」

羅獵登時作嘔，回道：「你可拉倒吧，我寧願餓著，也絕不吃那玩意。」

夕陽就像是害羞的女孩一般紅了臉，投向了大海的懷抱。餘暉染紅了天邊的雲彩，海面映射著金色的光芒，波光粼粼，猶如一片片金色的龍鱗。

一艘滿載貨輪迎著夕陽，劈風斬浪駛向了大海深處。

貨輪甲板上堆滿了貨物，僅有船頭及船尾處稍有空地。漢斯很會享受這難得的好天氣，在船首駕駛艙前的甲板上擺了一張桌子，泡上了一壺好茶。黛安看上去心情很是愉快，放著桌邊的椅子不坐，站到了船首最前端，舒展著雙臂，微微昂起了頭顱。海風吹起了黛安的長髮，夕陽的光芒穿過了長裙，隱隱現出曼妙胴體。

漢斯安坐不動，雙眼微閉，似乎，這一足以令全世界男人為之血脈噴張的景象對他來說卻是毫無作用。

「漢斯，我們成功了，是嗎？」黛安終於轉過身來，婀娜移步走到了漢斯面前。

漢斯仍舊閉著雙眼，低沉回道：「現在說成功還為時過早，若是今夜安然無恙，明日天明之時，或許我們可以喝上一杯慶祝的香檳。」

黛安俯下身，雙手撐在桌面上，盯著漢斯嫵媚笑道：「在我們打開香檳慶祝之前，我想問你一個問題，漢斯，你是不喜歡女人嗎？」

漢斯睜開了雙眼，平靜地看了眼黛安，慢吞吞拿起了桌上的香煙，點上了一根，一口煙霧吐出，漢斯沉聲道：「這個問題和工作有關嗎？」

黛安將上身傾了過去，嘴貼在了漢斯耳邊，口吐幽蘭，輕聲道：「當然有關。」

漢斯淡定自若紋絲不動，回道：「即便有關，我也拒絕回答。」

黛安咯咯笑著，撐住了桌面的雙手突然鬆開，整個人便向漢斯的懷中投了過來。漢斯反應極快，單手伸出，攬住了黛安的香肩，同時彈起身形，將黛安轉了半圈，放在了自己剛才安坐的椅子上。「黛安，小心一點，摔傷了會影響工作。」

黛安現出了慍色：「漢斯，你真不知趣，我懷疑你根本就不是個完整的男人！」

漢斯面若沉水，冷冷道：「看在你父親的面子上，我不想和你計較，否則的話，就憑你剛才的那句話，我就可以將你扔進海裡餵鯊魚！」漢斯在抽了口煙，將煙頭扔在了甲板上，伸出腳來碾滅了，然後轉身離去。

從駕駛艙中，閃出了庫里的身影，此時，他已無需再假扮漢斯，從而恢復了真身形象，雖然看上去仍舊有漢斯的影子，但要比漢斯年輕英俊。「黛安，你要怎樣才肯死了對他的那顆心呢？我早就說過，漢斯他是不會滿足你的，或者，他根本沒有能力滿足你，黛安，我才是你最需要的那個男人，只要給我一個機會，我一定能讓你體會到什麼是難以忘懷。而且，你說過，只要上了船，我還活著，你會給我一次機會的，是嗎？」

黛安冷冷地看著庫里，直到他將嘴巴閉上了，才回道：「難道你就不擔心被漢斯發現了而殺了你麼？」

庫里向前兩步，若無其事道：「這船那麼大……而漢斯只長了一雙眼睛……」

黛安咯咯笑道：「船是足夠大，可船上卻有很多人，他們因比爾・萊恩先生的囑託只效忠於漢斯，庫里・湯瑪斯先生，請問你又能瞞得過漢斯那雙眼睛嗎？」

庫里再往前走了兩步，來到了黛安的身邊，伸出手搭在了黛安的肩上，輕輕揉搓著，道：「黛安，只要你願意，即便被漢斯發現了，我心甘情願接受他任何處罰。」

黛安笑著將庫里的手撥到了一邊，然後站起身來，拋下了一個媚眼，翩然離去。那庫里沒有得到明確的答覆，不免與原地稍有一愣，而黛安走出了幾步後，忽地站住了，半轉過身，向庫里勾了下手指。庫里見狀，心中大喜，連忙快步跟上。

遠洋貨輪的貨物裝載很是講究，不管甲板下的船艙還是堆放在甲板之上，首先要保證的便是貨物的固定，不然的話，當巨輪遇到了風浪而產生晃動，固定不到位的貨物會被直接甩進大海中去。尤其是堆放在甲板上的貨物，不單要固定牢靠，還要做好防水措施，因而，這些貨物在堆放的時候只能是分成若干個單位，而單位之間，均保留著一米半左右的緩衝間隔。

黛安沿著船舷走到了船體的中間，忽地站住了，向身後尾追而來的庫里飛去了一個秋波，然後閃身進入到了貨物單位的緩衝間隔中去。

庫里連忙跟上……

黛安十五歲的時候初嘗人事，品會到了其中的美妙，打那之後便一發而不可收。從紐約一路過來，黛安已有近十天的饑渴積累，這期間，她多次示意漢斯，怎奈那漢斯始終不為所動，終究令黛安失去了耐心。

貨輪開足了馬力追逐著夕陽，怎奈夕陽去意堅決，加快了下沉的速度終於墜落在海面之下，夜色緩緩籠罩了過來，天空中的星痕已然依稀可見。饑渴了近十天的黛安終於滿意地走出了那貨物單位的緩衝間隔。

「庫里，你真棒！」夜色掩蓋了黛安面龐中的紅暈，但說話間的氣息卻暴露了她剛剛經歷的激情過程。

庫里不無驕傲道：「我說過，黛安，我會給你一個難以忘懷的經歷的。」

黛安攏了下長髮，道：「如果不是到了晚餐的時間，如果不是擔心被可惡的漢斯所懷疑，我真想再來一次。」

庫里道：「迷人的黛安，我願意隨時為您效勞。晚餐後，那漢斯不會在外面待多久的，等他回到了自己的房間，你可以隨時敲響我的房門。」

黛安咯咯笑道：「早知道你那麼優秀，昨晚在威亨酒店的時候我就不該浪費，天哪，誰知道我當時是怎麼想的……庫里，現在你讓我知道了你的優秀，那麼，你就會有足夠的機會來證明你更加優秀。好了，我們不能再耽擱時間了，我們必須儘快讓漢斯見到我們。」

貨船出港前採購了大量的食材，因而，出港後的第一個晚餐相對來說還算是豐盛，只是就餐環境稍微差了一點，貨船上的船員以及漢斯的手下共有五十餘人，而餐廳卻只有十來個平米的面積。好在是輪換就餐，每一輪前來就餐的人也就是十多個。

在餐廳中，黛安萊恩和庫里見到了漢斯。漢斯已經差不多吃完了，見到黛安和庫里走來，微微抬了下頭，招呼道：「你們來得正好，我有事要跟你們說。」

雖然有些不怎麼情願，但黛安和庫里還是坐到了漢斯的對面。

「我想，我還是忽略了一個重要的問題。我說過，貨船那麼大，只要是我漢斯要藏起的東西，任憑誰也找不到。沒錯，至今我還會堅持這個觀點，但是，我卻忽略了他們的另一個目的。」漢斯推開了面前的餐盤，點上了一支香煙，接著說道：「他們既然得不到那枚玉璽，就很有可能轉換目的，只要能阻止了我們這艘貨船順利抵達港口，那麼，對他們來說，也是一樣可以得到滿足。」

黛安道：「漢斯，我不知道你究竟在擔心什麼，現在貨船已經航行在了大海上，他們又有什麼辦法能阻止我們呢？」

庫里跟道：「是的，漢斯，我也感覺到你有些草木皆兵了，且不說他們還有沒有能力阻攔我們，就說這目的，我相信，沒有人願意做這種損人不利己的蠢事。」

漢斯平靜如初，只是輕歎一聲，道：「當初我感覺到有人在盯著那枚玉璽的時候，你們同樣不肯相信，但事實證明，你們錯了。若不是我早有準備，那枚玉璽已經到了別人的手上。現在的情況同之前如出一轍，我已經明顯感覺到了危險，而你們卻仍舊渾渾噩噩。黛安、庫里，不管你們怎麼想，這計畫的負責人是我漢斯，你們必須遵從我的指令。」

庫里聳了下肩，回道：「那當然，漢斯，我只是發表一下我個人的看法，但對您的指令，我一定會無條件執行。」

黛安道：「那你需要我們怎麼做呢？」

漢斯抽了口煙，若有所思地盯著天花板呆了片刻，然後道：「他們唯一能阻止我們的辦法便是炸船。貨船最薄弱的地方就是輪機艙，若是輪機艙被炸，那我們只能是相互擁抱沉入海底。因此，庫里，你必須親自帶隊，死死地守住了輪機艙。黛安，你也不能閑著，你需要帶領其他的公司員工，對整艘貨船進行一次徹底的清查。要像清洗地毯一樣，必須做到毫無死角。」

庫里很不情願，但在漢斯的嚴詞指令下卻只能點頭同意：「漢斯，我說過，對您的指令，我一定會無條件執行，但我想知道，你打算給我分配多少名人手呢？」

漢斯回道：「我們人手並不充裕，庫里，我只能給你分配四名手下。」

黎明時分，董彪、羅獵二人爬上了這艘貨輪。此刻工人們剛把貨物固定完畢，而屬於貨主方的二十餘人正忙活著驗收，因而，給了董彪、羅獵足夠的可乘之機。

如果不是對那玉璽還存有幻想，此時炸船將是最好的時機。然而，在董彪心中，那枚玉璽的分量遠大於這船煙土，因而，不到萬不得已，他絕對不會考慮這最後一招。二十年前，還不到二十歲的董彪夥同剛滿了二十歲的曹濱偷了不下一百艘貨船上的貨，對這貨輪的結構自然是相當的熟悉。二十年歲月竄梭而逝，新建造的貨輪先進了許多，但主要結構卻沒發生根本的轉變。董彪領著羅獵，輕車熟路地來到了這艘貨輪的輪機艙隱藏了起來。

輪機艙是輪船的最要害部位，但同時也是整艘船環境最為惡劣之處。船隻停泊在海港時，鍋爐處於熄火狀態，這輪機艙的環境還勉強可以藏身，但等到貨輪準備起航，兩名負責燒鍋爐的船員重新點燃了蒸汽鍋爐後，整個輪機艙響徹著震耳欲聾的轟鳴聲，再加上鍋爐散發出的熱量，整個輪機艙充斥著噪音熱浪，甚是讓人痛苦不堪。

那兩名鍋爐工船員重新點燃了鍋爐，再加足了煤炭，然後撿了塊空地坐了下來，拿出了晚餐準備享用。可剛吃了兩口，後脖頸突遭重擊，連悶哼一聲尚未來得及，人便已經昏厥了過去。董彪、羅獵二人手腳麻利地扒去了那倆鍋爐工船員的服裝。

換上船員服，取出繩子將那二人捆成了粽子，並堵上了嘴巴，然後扔進了煤倉中。董彪、羅獵二人相視一笑，拿起那二位留下的晚餐繼續享用。幾乎是一整天粒米未進的這二人吃得是格外的痛快。

鍋爐中的煤炭燃燒得非常快，剛加完沒多久，那火勢便減弱了下來。駕駛艙中的輪機長明顯感覺到了輪船的動力不足，打來了質問電話。鈴聲陡然響起，嚇了羅獵一個激靈，而董彪不慌不忙，接了對講電話，回道：「正在加煤加水，動力馬上提升。」輪機艙中噪音震耳，對講電話中能聽得到回應就很不錯了，哪裡還能分辨得出接電話的人已經換做了他人。

董彪熟練地打開了一排四個鍋爐的爐門，撿了把鐵鍬扔給了羅獵，令道：「別閑著了，趕緊幹活唄，不然就會被發現咯。」

羅獵看到地上還有一把鐵鍬，而董彪卻似乎無視，不由問道：「你不幫著一塊加煤嗎？」

董彪拍了下羅獵的肩，指了指鍋爐，笑道：「單是加煤還不夠，還得加水，要不，咱倆換換？」

羅獵呆傻地看了那四只鍋爐兩眼，無奈地搖了搖頭，這又不是在爐子上燒水，那羅獵又怎知道該如何往鍋爐中加水。

但加水卻是簡單至極，只需要將通往鍋爐的一個閥門打開就可以了。

正揮著鐵鍬出著苦力的羅獵看到了，不禁嘟囔道：「彪哥，你這不是坑人嗎？」噪音下，董彪原本是聽不清羅獵嘟囔的啥，但他看見羅獵的嘴唇翕動，還是準確地猜到了羅獵的不滿，於是大聲笑道：「沒錯，加水是簡單，可是，加多少水才合適，你知道嗎？」

羅獵不吭氣了，只得埋頭苦幹。

加完了水，添足了煤，總算能停下來喘口氣，這時候，輪機艙中湧進來了五個男人。董彪瞥了羅獵一眼，微微點了下頭，意思是告訴羅獵要鎮定，不用管他們。羅獵心領神會，也是點了下頭。那五個男人甚是傲慢，根本無視董彪和羅獵的存在，湧進來之後便四下散開，這裡彎腰用手電筒照上一下，那裡埊腳用手中鐵棍敲上兩下，一遍檢查過後，其中四人向另一人分別彙報道：「庫里，沒發現異常情況。」

庫里抱怨道：「漢斯總是這樣，謹小慎微。可他卻不知道，他不過是動動嘴而已，但我們卻要辛苦流汗，到頭來也不過是落了個徒勞。」

另一人跟道：「庫里，你說得對，但看在錢的份上，我們最好還是執行漢斯的所有指令。」

庫里聳了下肩，撇嘴道：「誰說不是呢！我們效忠的是比爾·萊恩先生，既然萊恩先生指定了漢斯負責這個計畫，那麼我們也只好聽命於他。」

又有一人道：「庫里，漢斯將我們四人分配給你，負責輪機艙的守衛，但黑夜如此漫長，我們總不至於全守在這兒吧？」

庫里道：「你這個問題提得很好，我想，你們當然沒必要全都耗在這兒，不過，我就慘了，漢斯對我的要求是到明天天亮之前，必須親自守在這兒。好吧，我遵守漢斯的指令，但你們並沒有這個必要。這樣好了，約克，賽亞，你們兩人先回去休息，夜裡一點鐘過來替換詹姆斯和唐瑞德。」

庫里一邊安排，一邊帶著人向輪機艙外走去，邊走邊摸出了香煙來。可是，叼上了一支後卻發現自己身上沒帶火柴。「我說你們幾個，沒見到我要抽煙卻找不到火柴嗎？」那四名手下紛紛拍了拍自己的口袋，做出了很無辜很無奈的樣子，其中一人回道：「庫里，漢斯要求值崗的時候不能抽煙，說船上裝的貨物是易燃品，見不得煙火，所以，我們連火柴都不敢帶在身上。」

庫里站住了腳，轉過身來，對著董彪、羅獵喊道：「嗨！你們兩個過來一下！」

董彪回應了一個手勢，示意噪音太大，自己聽不清楚，並借助打手勢將臉上抹了兩把煤黑。庫里理解了董彪的手勢，放棄了叫喊，叼著煙，向董彪招了招手。

董彪立刻小跑了過來，稍顯卑微道：「先生，你是在叫我嗎？」

庫里從嘴上拿下了香煙，頗有些慍色道：「看不懂什麼意思嗎？我要抽煙，卻沒有火柴。」

董彪訕笑著從口袋中掏出了火柴，為庫里點上了火。

庫里點上了火，不由得打量了董彪一眼，光線不算明亮，那董彪臉上又抹了兩把煤黑，庫里並未看出端倪來。「你們有沒有發現什麼異常情況呀？」庫里隨口問了一句，既是下意識的問話，又是向對方顯示自己雇主高貴身分的有意之為。

董彪點頭哈腰回道：「各項儀表均顯示正常，沒見到什麼異常資料。」

庫里被這種答非所問的回答嗆地一怔，隨即擺了擺手，道：「一切正常就好，你回去工作吧！」

待董彪回到了羅獵身邊，庫里帶著四名手下已然走出了輪機艙。

羅獵拍著胸口道：「可把我給嚇到了，彪哥，你身上沒帶槍，離我又那麼遠，多危險啊！」

董彪點了支煙，若無其事道：「他們並不知道我們已經上了船，過來搜查，不過是奉了那個叫漢斯的命令，所以，咱們根本沒什麼危險。」

羅獵道：「那個漢斯看來就是他們的頭，彪哥，咱們要是能活捉了那個漢斯，說不準就能拿到玉璽了。」

董彪衝著羅獵豎起了大拇指來，讚道：「英雄所見略同。」

只是這麼一會兒，那鍋爐中的火勢又弱了下來，這次董彪沒再討巧，而是跟羅獵一人包了兩個鍋爐，添上了煤炭。「彪哥，咱們什麼時候行動啊？」那鍋爐消耗起煤炭來就像是饕餮一般，貪得無厭且永無止境，羅獵早就不耐這種無聊的鏟煤運動。

董彪道：「輪船上燒鍋爐的船員一般四個小時換一班，咱們倆才做了一個小時，我想，還得再堅持至少三個小時才有機會。」

羅獵皺眉疑道：「為什麼？為什麼非得等到下一班燒鍋爐的來接班呢？」

董彪道：「只因為下一班鍋爐工前來接班時，標誌著貨輪已進入到夜間航行模式，那時候船速會降到現在的一半，船速越慢，越有利於咱們划著救生艇逃命。」

羅獵哀歎道：「好吧，算你有理！可是，還得要等三個小時啊，我真的是不想等下去了，彪哥，依我說，咱們還不如直接將船炸了算了呢！」

董彪笑吟吟回道：「咱們那麼辛苦地摸上了船來熬到了現在，卻只是炸船跑掉，那豈不是虧大了？」

羅獵稍顯不快道：「那枚玉璽就這麼重要嗎？」

董彪停下了鐵鍬，插在了煤堆上，拄著鐵鍬把，道：「彪哥並不相信迷信，但彪哥卻知道信仰的力量有多強大，對那些迷信的人們來說，國脈龍脈一說便是他們心中的信仰，若是能當著天下人的面毀了那枚開國玉璽，必將能讓眾多的迷信之人對大清朝失去了念想和希望。羅獵，你想啊，如此一來，不單能助了孫先生事業以一臂之力，而且，還能讓咱們國家少流多少的血，少死多少條命啊！」

羅獵愣了下，回道：「好吧，本少爺承認被你說服了，那咱們就繼續燒咱們的鍋爐吧。」

黛安聽從漢斯之命，帶著近二十名手下將整艘貨船清查了一遍，結果自然是一無所獲。這個結果彙報給了漢斯，但仍舊沒有打消掉漢斯的擔憂。「今夜至關重要，黛安，命令公司所有的員工，打起精神，徹夜巡查，不能給無影留下任何機會。」

黛安很是不快，道：「無影，無影，這世上哪有連個影子都沒有的人呢？我帶著人已經將這艘貨船翻遍了，就算是隻老鼠都沒有躲藏之地，又豈能藏下個人呢？」

漢斯冷笑回道：「黛安，我知道你為什麼會發牢騷，我只希望你能犧牲一個夜晚的時間，今夜若是能安全度過，那麼，從明天開始，你可以和庫里隨意快活。」

黛安嘴角抽搐了一下，但隨即便恢復平靜，「漢斯，我不明白你在說些什麼。」

漢斯吁了口氣，回道：「你明白也好，不明白也罷，我想說，我並不想剝奪你追求快樂的權力。我只要求今夜所有人都能打起精神來，而你和庫里是能力最強的兩位，我必須依仗你們，所以，我不希望你們二人因為別的事而影響了大局。」

黛安嘴角輕揚，顯露出輕蔑神態，以掩蓋自己內心的慌亂。「漢斯，事實上我認為大局已定，而你，只是草木皆兵庸人自擾罷了。」

漢斯淡淡一笑，道：「但願你的評價是正確的。黛安，我也很希望能夠證明我的謹慎是多餘的，但我不能以此為理由而放鬆下來。或許，等到明天日出之後，這一切都將發生改變，我可以放下我的謹慎，好好享受陽光海風還有你迷人的微笑。但今夜不能，不單我不能，你們任何一個人都不能！」

黛安聳了下肩，微笑回道：「漢斯，你是頭，你說了算，我答應你，今夜一定會遵照你的指令，打起精神，帶著所有的員工徹夜巡查每一個重要的地方。」

漢斯欣慰點頭，並感慨道：「這一船煙土足足有兩千噸之多，以大清朝的煙土市價來計算，將達到一億兩千萬銀元的價值，如果我們能順利脫手的話，你的父親，比爾・萊恩先生，將成為美利堅合眾國最富有的紳士，而我們，也將成為百萬富翁，再也不必為生計而奔波忙碌。黛安，如此重要的大事面前，我又豈能掉以輕心？即便是百分之九十九的把握也不足夠啊！」

黛安面帶愧色，道：「我明白，漢斯，我真的明白，我向你保證，今天夜裡我一定會拿出百分之百的注意力來。」

漢斯道：「我相信你，黛安，你有這個能力。只要能安全度過今夜，我一定會犒賞你，你想要怎樣都可以。但現在，你必須行動起來。」

調動起了黛安的積極性，漢斯回到了自己的艙室，輕輕地關上了門，從裡面上了鎖，然後踩著床面敲開了艙頂的一塊通風板，從洞口中掏出了一只木匣子來。漢斯不動聲色地打開了木匣子，裡面卻空空如也，漢斯毫無驚慌之色，拿起桌板上的一只茶杯，甩乾淨了裡面的殘水，放進了木匣子中，然後關上了木匣子，再從床頭拎過來一個背包，將裝了茶杯的木匣子放進了背包中。

整理好了背包，漢斯再從床下拖出了一只皮箱，打開皮箱，裡面除了幾件換洗衣物外似乎別無它物。但拿去了那數件換洗衣物後，皮箱赫然現出了一個夾層。夾層中，整齊碼放著十二柄飛刀和兩個刀套。極為巧合的是，漢斯藏刀的方式居然和羅獵如出一轍，也是將刀套綁在了兩個前臂上。

雖是仲夏氣節，但海洋深處的夜晚頗有些涼意，漢斯從艙門後的衣架上取了件風衣穿在了身上，然後背起了背包，打開艙門門鎖，消失在了走廊盡頭。

積極性被調動起來的黛安換了平跟皮鞋和一身緊身衣，將十九名手下分成了九組，前八組各兩名成員，分別守在了甲板上及甲板下的八個重要部位，剩餘三人則由她親自率領，沿不規則路線四處巡視。

一圈下來，貨船毫無異樣。兩圈下來，整艘船安靜如初。兩個小時巡視下來，包括黛安在內，所有人都出現了疲態。

這似乎是漢斯的漏算之處。

公司派給他的這些員工都是經過嚴格訓練的，若是單論精力及體力，這種強度的巡查持續一整夜原本沒什麼大礙。可是，漢斯將自己的緊張情緒傳遞給了黛安，而黛安不自覺地又將這種緊張情緒強行帶給了那十九名手下。若真是面臨強敵威脅也就罷了，問題是，所有人的潛意識中並不認同漢斯，因而，這種不過是由語言刺激的作用而產生的緊張情緒在長時間的安靜平穩狀態中不由得消失殆盡，隨之而來的便是滿滿的懈怠。

躲在暗處默默觀察著這一切的漢斯卻不由得露出了一絲笑容來。

這並非是漢斯的漏算，而是他的故意之作。單憑這點人手，是無法將無影從藏身之處逼出來的，這一點，從他可以輕易躲過多次巡查便可結論。而藏著的無影要遠比現身出來的無影可怕得多，因而，他必須製造出破綻來，方可引出無影的現身。

手下出現了懈怠情緒，黛安自己也無法再提振起精神來。身為比爾・萊恩的女兒，黛安並不是一個嬌生慣養的女孩，她十歲開始，便被父親送去了專門的機構練習搏擊槍械等殺人技能，從十六歲開始便參與公司的各種任務，五年間立下無數功勳。

但這次任務跟黛安之前的任務卻完全不同，整體上說，可以用詭異二字來形容。除了半年前在紐約以假扮員警的方式輕鬆拿下了大清朝特使之外，接下來的時間在漢斯的各種安排下，就像是跟一個鬼魂博弈。即便是在威亨酒店中弄丟了那枚贗品，仍舊未能引起黛安的足夠警惕，因為，上船之後，看到始終淡定自若的漢斯，黛安產生了一種錯覺，以為是漢斯在威亨酒店偷走了那枚玉璽，為的不過是證明他的英明。

同樣產生了懈怠情緒的黛安終於想到了庫里。漫漫長夜，若是不能找個法子來提提神的話，那種煎熬實在是難以承受。

「你們三個應該很疲憊了吧？」懷揣別樣目的的黛安難得地關懷了一下手下。

那仨手下不明黛安的用意，連忙強打起精神，回道：「我們沒問題，一定完成黛安小姐分派的任務。」

黛安面帶微笑，溫柔關切道：「疲憊是很正常的，別說你們，就算是我，也感到有些疲憊。這樣好了，你們三個跟固定崗的兄弟調換一下，讓他們在這兒等著我，我先到甲板下的船艙去巡查一遍，一個小時後回來會合。」

黛安是老闆的女兒，她的命令誰敢不聽。於是，那三名手下便去找固定崗哨的同事調換工作，而黛安一個人溜到了輪機艙。

看守輪機艙的庫里相對來說還算是輕鬆。輪機艙位於貨輪的最底層最深處，出入口只有一個，因而，守住了艙門便等於守住了輪機艙。庫里帶著兩名手下或坐或躺於輪機艙的艙門處，感覺到了遠處走來的黛安，慌忙站起身來。「黛安小姐？請問，黛安小姐有何指令？」庫里裝作一本正經的樣子，但心中的花花心思已然氾濫起來。

黛安道：「是漢斯的指令，他說有事要跟庫里商量。請吧，庫里。」

庫里心領神會且心花怒放，但表面上卻是不動聲色，聳了下肩，再叮囑了兩名手下一定要打起精神不得放過一隻蒼蠅隨意飛進輪機艙後，這才跟著黛安向來時的方向走去。

半個小時後，兩名換班的鍋爐工來到了輪機艙門口，留下來的那兩名守衛檢查了燒鍋爐船員的證件，將之放行進去了輪機艙。這二位也不知道是幸運還是倒楣，尚未覺察到異樣時，便遭了董彪和羅獵的重手，和前面兩位同事一般的命運，被捆成了粽子堵上了嘴巴，扔進了煤倉。

羅獵歎道：「彪哥，咱們是不是有些不太仁義啊，畢竟這些船員都是無辜的。」

董彪回道：「咱們已經夠仁義的了，沒直接要了他們的性命。咱們要是失敗了，他們四個自然能活下來，咱們要是達到了目的，那麼貨船爆炸沉海的時候，他們四個也能少一些惶恐。再說了，這條船上的所有人都知道所運貨物是害人匪淺的大煙土，但他們還要參與其中，還能說他們無辜嗎？」

董彪三言兩語解決了羅獵的心病，哥倆從煤堆中扒出裝著各色短槍及子彈的帆布包，全副武裝後，再將帆布包重新埋進了煤堆中。「艙門外會有守衛，咱們視情況而定，人少就放倒他們，人多就放過他們。」

艙門處也就兩名守衛，董彪一個眼神使出，兄弟倆同時出手。羅獵抖出一柄飛刀，直接扎進了離自己相近的一名守衛的心臟部位。而董彪則一掌擊在了另一守衛的後頸處，然後再將那廝的頭顱猛然一擰，只聽咔嚓一聲，那廝的脖子顯然已經斷裂。

「彪哥，咱倆是不是有些衝動了？不應該留個活口拷問一下漢斯所住的艙室在哪兒麼？」羅獵拔出飛刀，在那廝的身上擦拭乾淨了，收回到了刀套中。

董彪道：「問了也是白問，那漢斯肯定不會留在艙室中。」將這兩具屍身拖回到輪機艙，隨便找了個隱蔽地方藏了起來，董彪接道：「能逼漢斯現身的辦法只有一個，劫持了駕駛艙，將貨輪駛回港口去。」

羅獵問道：「咱們就兩人，劫持了駕駛艙，就算把那漢斯逼得現了身，接下來又該怎樣得到那枚玉璽呢？」

董彪應道：「你在明，我在暗，只要那漢斯現身，我就能控制住他，到時候，是要命還是要玉璽，就看他自己怎麼選了。」

羅獵道：「怪不得吳厚頓說你上船不是偷而是要去搏命，我算是領教了。」

董彪翻了下眼皮，道：「怎麼？你怕了？」

羅獵聳了下肩，回道：「怕倒不至於怕，就是覺得有些緊張，挺刺激的。」

兄弟二人再次出了輪機艙的艙門，來到了通向甲板之上的舷梯，董彪不敢再有言語，只能用手勢告訴羅獵，那舷梯上的出口處必然會有守衛。

出口處果然有兩名守衛守在了那兒，聽到了動靜，立刻掏出搶來，同時質問道：「什麼人？」

董彪淡定自若回應道：「船員，輪機艙燒鍋爐的，剛換了班，上來透透氣。」

同一時間，庫里低聲哼著一首聽不出什麼名堂的曲子回到了輪機艙的門口，出乎預料的是兩名手下居然不見了人影。「詹姆斯？唐瑞德！」庫里扯著嗓子喊了兩聲，仍舊是無人應答。庫里登時緊張起來，將身子貼在了艙門一側，並伸手從屁股後面拔出了手槍。

公司的規矩如此嚴格，那二人在庫里特意叮囑之後斷然不敢擅離崗位，即便是內急需要如廁，那也不應該同時離開。能解釋合理的理由只有一個，詹姆斯和唐瑞德一定是遭了敵人的暗算。

庫里驚而不慌，隨即判斷，敵人襲擊詹姆斯和唐瑞德，其目標必然是輪機艙。這一瞬間，庫里不由得對漢斯重新充滿了崇拜。正如漢斯所擔心，這船上果然藏了敵人，而且這敵人的目的分明是想炸了輪機艙。

崇拜歸崇拜，但庫里並不想做英雄，在尚未得知敵人虛實的情況下，他絕對不敢隻身一人衝進輪機艙。但情勢緊急，庫里無法再多想個人利弊，於是衝著輪機艙的艙門連開了三槍，以槍聲向漢斯發出了警示信號。

槍聲穿破了輪機艙的轟鳴，傳到了甲板上，躲在暗處的漢斯陡然一驚。只是一聲槍響，或許是某個兄弟走了火，但連著三聲槍響，那必然是出了問題。漢斯立刻現出身來，火速來到了通往甲板下的舷梯口，跟剛上到甲板的董彪、羅獵二人擦肩而過。

聽到了槍聲，董彪的心頭也是不禁一顫。

槍聲便意味著意外發生，此等意外，無非是守衛方發現了敵情，而這艘船上，所謂的敵人只有他跟羅獵兩個，因而，董彪判斷，一定是因為輪機艙那邊被幹掉的二人而露出了破綻。

漢斯和董彪、羅獵二人擦肩而過，起初並未產生疑心，但他的半個身子剛下到舷梯上時，突然意識到了問題所在。剛剛擦肩而過的那兩位船員，臉上身上盡是煤黑，想必是剛從輪機艙中出來。而槍聲響於甲板之下，雖無法立時判定出方位，但輪機艙如此重要，絕不可掉以輕心。

「站住！船員先生。」漢斯退回到甲板上，從懷中拔出槍來，指向了董彪、羅獵二人：「雙手舉過頭頂，慢慢蹲下！船員先生，請配合我的指令，不要逼我開槍。」

守護舷梯的兩名守衛同時舉起了槍來，分別對準了董彪、羅獵。

董彪立刻舉起了雙手，同時嚷道：「不要開槍！我們只是燒鍋爐的船員，我們是好人！」董彪以實際行動告訴了羅獵，雖然情況危急，但在沒搞清楚對方虛實之前，不宜冒然反擊。羅獵自然明白了董彪的用意，跟著舉起了雙手。

漢斯沉聲回道：「請放心，兩位船員先生，我當然不會隨意開槍，但你們必須向我證明你們真的是好人。」

其中一名守衛不經意地暴露了漢斯的身分，他獻殷勤道：「漢斯，要不要上去搜他們的身？」

董彪、羅獵等著的就是有人上前搜身，只要那人靠近了，董彪、羅獵便可閃電出手，拿下上前之人並以此人當成肉盾，任由那漢斯的槍法有多準，也是必敗無疑。

「不，你們不能上前，待在原地警戒，只要這兩位船員先生稍有不從，立刻開槍射殺。」漢斯陰沉地拒絕了那名守衛的殷勤，轉而再對董彪、羅獵道：「兩位先生，請你們雙手抱頭，慢慢蹲下來。」

只要是蹲下來，再想做什麼反擊動作就很難了，至少速度上不會像站著那樣迅猛。蹲下來還要雙手抱頭，那無異於徹底繳械投降。但直接反擊也不現實，對方有三人，而己方只有兩人，並且，他們二人還是背對著對方，雖然聽聲音可以辨別出對方的方位，但難保對方三人就不會移動。

兩難之下，董彪叫屈道：「先生，我們真的是船員……」對一般對手，這種狡辯拖延或許可以取得想要的效果，對手或是動怒，或是不耐煩，只要情緒稍有波動，對董彪、羅獵來說都是出手反擊的良機。

只可惜，他們面對的卻是漢斯。

「閉嘴！聽從我的命令，雙手抱頭，慢慢蹲下！」漢斯打斷了董彪的攪纏，喝道：「我數三聲，若不遵從指令，不管你是誰，我定會開槍，一，二……」

董彪只得雙手抱住了腦袋，緩緩蹲下。一旁羅獵，也無奈只能跟著蹲了下來。

便在這時，一細微破空聲襲來，那漢斯反應極快，一個側旋飛起身來堪堪躲過了那激射而來的暗器，只是，其身邊的一名守衛卻成了靶子，猛然捂住了胸口，驚詫地瞪大了雙眼，半張著嘴卻未及發出音來，便一頭栽倒在地。

董彪、羅獵抓住了機會，同時向兩邊滾開，翻身之時，董彪已然掏出搶來，向著漢斯連開了三槍，而羅獵的動作之快絲毫不亞於董彪，董彪槍響之時，他一柄飛刀已然出手，另一守衛尚不知發生了什麼，只覺得脖子處一涼，一口氣便再也吸不進來。

漢斯連續側翻，躲過了那道暗器，也躲過了董彪射來的子彈，但轉眼間優劣之勢逆轉，自己已成以一敵二之局面，且有一名暗器高手於暗中掠陣，漢斯不敢戀戰，翻身躍入了舷梯口中，不見了身影。

董彪自然知曉窮寇莫追的道理，於是將羅獵拖到了隱蔽處，並朗聲叫道：「吳先生，現身吧！」

舷梯口旁的一個貨物單位的頂端，躍下了一個身影來。「你們兩個，真是沉不住氣，毀了老夫的大事！」那躍下之人，正是吳厚頓。

羅獵道：「吳先生，現在不是埋怨的時候，咱們要儘快確定接下來該怎麼辦。」

吳厚頓道：「那漢斯絕非一般高手，老夫既然已經暴露，便再無機會得手，而咱們三人聯手，也絕無可能硬拚過他們。」

董彪乾脆俐落道：「那咱們就撤！總不至於偷雞不成蝕把米，再把自己小命給搭進去了。」

吳厚頓點頭應道：「董二當家確是識時務之俊傑，老夫佩服。」

羅獵也不願再多糾纏，於是急切問道：「船頭船尾？」

登船之前，羅獵和董彪便已經觀察過，這艘貨輪在船頭船尾處各懸掛了兩艘救生小艇。船頭處防衛薄弱，但因高度及船速影響而釋放救生艇的難度較大。船尾相對簡單，但因輪機艙處在船尾，想必那邊的防衛要稍微嚴密一些。

董彪毫不遲疑回應道：「當然是船尾。」

羅獵提醒道：「可咱們的爬船鐵杆子是藏在了船頭處。」

董彪已然拔腿向船尾這邊摸去，同時回應羅獵道：「那玩意還有個屁用啊？」

船尾一側，有兩名守衛在來回巡視，但對此三人來說，也不過就是稍微停頓一下。料理了那兩名守衛，董彪主導，另二人幫忙，將船舷上掛著的救生艇放了下來。

「你倆先下去，我去去就來。」放下救生艇後，董彪突然冒出了一句話來。

吳厚頓不禁一怔，道：「你還想著炸船？」

董彪道：「不弄點動靜來，這一趟豈不是白來了？」

羅獵道：「可咱們帶來的炸藥都放在輪機艙了，怎麼炸船呀？」

吳厚頓跟道：「是啊，此刻他們必然重點防衛輪機艙，不能硬來啊！」

董彪點頭笑道：「我當然不會硬來，我董彪雖不怕死，但也沒傻到主動找死。」

羅獵頗有些著急，道：「輪機艙只有那一道門，彪哥，別逞強好不好？」

董彪冷哼道：「誰說只有一道門的？行了，別耽誤時間了，你們只需要等我三分鐘，我若是沒回來，你們兩個立刻划船離去，不得猶豫。」撂下了這句話，董彪隨即貓著腰溜走了。

輪機艙確實只有一個艙門，但是，此艙門卻絕非是輪機艙的唯一通道。巨輪遠洋，需要消耗大量的煤炭，這些煤炭當然不能由工人們以筐或是斗之類的工具運到煤倉中，而是在船尾甲板上設計了一個裝填煤炭的通道。董彪便是順著這個通道滑落進了煤倉。

煤倉中黑不隆冬什麼也看不見，董彪只能憑著手感在煤堆中找到了那個裝滿了炸彈炸藥的帆布包。已然來不及安放這些炸彈炸藥，董彪只能是退而求其次，將這一包的炸彈炸藥同時引爆。接上了事先準備好的引信，董彪爬到了煤堆頂部，點燃引信後，以雙臂雙腿撐住了煤炭通道的兩壁，像一隻壁虎般一下下攀爬了上去。

羅獵和吳厚頓上了救生艇，本著提前做好一切準備的心理解開了救生艇的懸掛繩索，這顯然是一個昏招，巨輪前行劈出來的海浪立刻將小小的救生艇蕩漾到了一旁。羅獵、吳厚頓二人只得拚命划槳，以期不被巨輪甩下。

就在二人精疲力盡之時，巨輪船尾處現出一人影來，那人影只是稍一猶豫，便縱身飛躍下來。

「是彪哥！一定是彪哥！」羅獵陡然間恢復了氣力，奮力划槳。

董彪躍入水中，不等下沉之勢消盡便奮力蹬水，只因那海面深處的海水會因為巨輪駛過而產生補缺效應，稍有不慎便會被捲入船底而喪命。

浮出水面後，董彪辨清了方位，立刻向救生艇這邊游來，相距本就不遠，雙方又是傾盡了全力，因而，也就是數十秒鐘，董彪便被拖上了救生艇。「快，轉變方向，向外划！」幾乎累癱軟了的董彪上了救生艇不及喘上兩口氣便急匆匆吩咐了一句。

話音剛落，不遠處的巨輪船尾處爆出了一聲巨響。

羅獵和吳厚頓二人立刻向著反方向奮力划槳，而董彪也不願閑著，一時沒找到多餘的船槳，便趴在了艇邊上用雙臂死命地划水。好在那巨輪有著本身向前的速度，三人乘坐的救生艇迅速與巨輪拉開了距離。

那巨輪接著響起了一連串的爆炸聲，並騰起了巨大的火球。

「真他媽壯觀！」董彪躺在救生艇上，跟羅獵對了下掌，由衷讚歎道。興奮中的羅獵跟董彪對過掌後，禁不住心中好奇，不由問道：「彪哥，你是怎麼進到輪機艙的呢？」

董彪愜意地伸了個懶腰，懶洋洋回道：「有無影前輩在，彪哥自然是偷學了他老人家的無影無蹤大法了唄！」

吳厚頓不屑笑道：「董二當家可真是會說笑，老夫不過是身子輕巧善於躲藏，哪有什麼無影無蹤大法？羅家小哥，你也不必好奇，那輪機艙雖然只有艙門一條正常通道，但不排除還有其他運送物品的通道，老夫猜測，你家彪哥應該是鑽進了輸送煤炭的通道去了。」

董彪仰躺在救生艇上，向吳厚頓豎起了大拇指，讚道：「要不怎麼說薑還是老的辣呢，前輩就是前輩，什麼都瞞不過他那一雙老眼。」

吳厚頓感慨道：「董二當家雖然幹得漂亮，但終究還是可惜了那枚玉璽，這船一旦沉入了海底，那玉璽便永無再見天日的時候嘍！」

羅獵道：「那也不一定，說不定那漢斯便能帶著玉璽逃出來呢！」

董彪翻身坐起，看了眼遠處的船尾已然沉入海中而船首高聳著的巨輪，輕輕搖了下頭，道：「爆炸之時，那漢斯肯定在船艙中，即便他沒有絲毫猶豫，更沒受爆炸的影響，從船艙下面跑到甲板上，再放下救生艇，這時間……恐怕很難來得及。」

吳厚頓跟著補充道：「就算他能逃得了一條性命回來，也不可能隨身帶著那枚玉璽。老夫斷定他將玉璽藏在了船上的一個隱蔽處，只拿了一個空木匣子來誘騙我，突發緊急，他又哪裡來得及去取出那枚玉璽啊！」

羅獵笑道：「沉了海底最好，說實話，我還真有些擔心孫先生他們得到了這枚玉璽，你想啊，萬一當著天下人的面毀了這枚玉璽，會不會激發起那些大清愚忠們的逆反心理呢？原本是想著少流血少死人，可若是真激發出逆反心理了，只怕是好事變壞事，少流血少死人變成了多流血多死人了。」

吳厚頓歎道：「羅家小哥所言甚有道理，只是對老夫而言卻無意義。老夫自出道以來，幾乎從未失手，可在這枚玉璽上卻接連失手兩次，不能說不是一件憾事，或許，這也是給老夫提了個醒，該是退出江湖的時候嘍。」

董彪犯了煙癮，可摸出來的香煙早已被海水泡成了一坨，憤然丟進了海裡，再脫下了濕淋淋的上衣，打起了赤膊問道：「吳先生，那個漢斯，應該是個中華人吧？」

吳厚頓道：「你想問老夫的是不是他的來歷？」

董彪打了個噴嚏，回道：「有這個意思。」

吳厚頓茫然搖頭，道：「我和你一樣，對他也是知之甚少。說起來甚是慚愧，老夫跟了他近半年的時間，居然未能看出他的本門功夫來。」

董彪哼笑道：「那有什麼好慚愧的？你雖沒能贏了他，可也沒輸給了他，不像我董彪，還有羅少爺幫忙，卻混了個毫無還手機會的境界，說出去豈不是更丟人麼？」

羅獵頗有些不服氣，道：「那是因為咱倆太大意了。」

董彪肅容道：「大意不是理由！你看人家吳老前輩，什麼時候大意過？」

吳厚頓尷尬笑道：「老夫也有大意之時啊！那日被你倆暴打的時候，也是毫無還手之力吶。」

說笑間，那艘巨輪加快了下沉的速度，終於完全沉沒到了海面之下，並掀起了一波巨浪。只是，此三人的救生艇距離那沉船之處已有較遠的距離，巨浪波及來時已然失去了威力。

微微顛簸了兩下，羅獵突然感慨問道：「彪哥，你說那艘貨輪得值多少錢啊？我看船上的設備還挺新的，應該沒用多少時間吧？」

董彪應道：「值多少錢我可說不準，但我知道，就算是紐約顧先生的堂口也買不起一艘這麼大的貨輪。咋了？羅少爺，想做這行生意了不成？」

羅獵撇嘴道：「我哪會做什麼生意啊，我只是在想，這貨輪的所屬公司會不會因此而倒閉。」

董彪道：「倒不倒閉關你屁事啊？難不成他還能追查到咱們頭上來？」

羅獵解釋道：「不是啦，我是在想，如果他們倒閉不了，那就找機會再炸他一艘，誰讓他助紂為虐，要幫人運送煙土來坑害咱們同胞的。」

吳厚頓歎道：「羅家小哥哦，你這份心思聽上去挺不錯，可你想過沒，洋人那麼多，又有哪一個會在乎中華人的死活？想讓洋人們不去坑害中華人，只有一個辦法，那就是大清朝能夠強大起來，到那時，洋人們即便還想坑害，卻也沒那個膽量了。」

董彪冷哼一聲，翻著眼皮反問道：「那吳前輩以為大清朝還能強大起來麼？」

吳厚頓長歎一聲，卻未接話。

羅獵跟道：「濱哥說過，大清朝就像是一棵爛了根的大樹，而根爛了，那樹遲早都會死掉的。」

董彪憤恨道：「所以，這大清朝必須推翻，不然，我之國人永無抬頭之日。」說話間，光著膀子的董彪偷瞄了吳厚頓一眼。吳厚頓機械地划著船，未有任何反應。董彪再道：「可惜啊，有些人就是揣著明白裝糊塗哦！」

吳厚頓終於有了反應，他輕歎一聲，回應道：「董二當家的口上還是留點德吧！此等道理，老夫不是不明白，只不過，老夫生於大清，長於大清，自懂事以來，近五十年不無一日痛恨這大清朝的軟弱無能，然而，兒不嫌母醜，狗不嫌家貧，那大清，好歹也是老夫的家國。五年前，為了一份名單，老夫已然背叛了自己的家國，五年後，老夫死不悔改，仍與你安良堂聯手竊取那枚開國玉璽，也虧得連續兩次失手，不然，老夫真的是無顏面對家鄉父老啊！」

第八章

身無分文的窘境

老牛仔從吧台下拿出了兩只酒杯，又拎過來一瓶威士忌，一邊倒酒，一邊應道：「一杯十美分，兩杯二十美分，吃的東西在那邊，不過每個人需要多付二十美分。先結帳，再享用。」

董彪、羅獵這才意識到了身無分文的窘境。

吳厚頓的一番話道出了他內心中的矛盾和掙扎，事實上，遠在萬里之外的大清朝，和吳厚頓一樣，擁有著矛盾掙扎心理的人並不在少數，包括那些身著頂翎蟒袍的當朝官員。

天公還算作美，一夜只是微風。

風不大，浪不高，救生艇漂浮在海面上也就相當平穩，這三人經歷過船上的殊死相搏，又要拚死划船逃離險境，體力早已透支，因而在艇上不自覺地睡上了。睡的時間並沒有多久，也就是三四個小時的樣子，待太陽升起，也就陸續醒來。

便是這三四個小時的時間，大海洋流將他們遠遠地帶離了沉船地點，同時也使得他們迷失了方位。方位不等同於方向，夜有星辰，日有陽光，方向是不會錯的，但方位可就難以保證了。至少，他們所處的地方並不在航線之上，不然，也不會那麼久的時間也看不到一艘路過的大小船隻。

「你倆餓了麼？」董彪伸了個懶腰，打了個哈欠，雖然也意識到了方位不清楚的問題，但並沒有放在心上。

羅獵下意識地點了下頭。再看吳厚頓，雖未言語，但面上表情極為分明，他還不如董彪、羅獵二人，董彪、羅獵好歹也搶了船員的一頓晚餐吃了，而那吳厚頓卻是一整天真真切切的粒米未進滴水未沾。

「等著啊！」董彪脫去了褲子，光著屁股翻身落入了海中。不多會，重新露出海面的時候，手中已然捉到了一條尺半長的海魚。游到救生艇邊，董彪將魚先扔進了艇中，然後在羅獵、吳厚頓二人的相助下爬上了救生艇，也不忙著穿上衣服，先向羅獵伸出了手來：「刀，借你飛刀一用。」

羅獵抖出一柄飛刀，遞給了董彪。

董彪手腳麻利極為熟練地將魚開膛破肚清除了內臟，然後在海水中洗了下，再把海水甩乾了，切下了一截，先給了吳厚頓。吳厚頓接過魚肉，稍有猶豫，但還是放在了嘴邊咬下了一口。一晝夜不吃東西或許問題不大，但滴水未沾卻不是常人能受得了的，饒是吳厚頓這種高手，也絕難挺得過生理上的需求。而生魚肉，不單能提供熱量，還可以補充水分。

董彪切下來的第二塊魚肉遞給了羅獵。羅獵接的倒是順暢，可拿在了手中，卻怎麼都下不去口。海魚沒什麼毛刺，去了魚骨，便是大塊的魚肉，董彪將一大坨魚肉塞進了嘴裡，美滋滋咀嚼著，笑吟吟調侃羅獵道：「咋了？不餓是不？不想吃也別浪費，拿來給我吃。」

羅獵下意識地將魚肉遞了過去，可遞到了半截，又縮了回來。「我吃，誰說我不想吃？」羅獵說著，揪下了一塊魚肉，閉上了雙眼，屏住了呼吸，塞進了嘴巴裡。可只嚼了一下，喉嚨處便是一陣痙攣，控制不住地將口中魚肉嘔了出來。

董彪不由大笑，笑過之後，道：「你是受不了這種腥氣，這樣，嚼它的時候你別喘氣，可能感覺會好一些。」

羅獵可憐兮兮分辯道：「我是沒喘氣啊！」

吳厚頓插話道：「我也吃不得這生魚肉，嚼在口中也是直犯嘔，但咱們眼下卻只能靠它來續命，所以，再怎麼噁心，你都必須將它咽到肚子裡去！」

羅獵再揪下塊魚肉來，猶豫了一下，深吸了口氣，然後憋住了，將魚肉放進了嘴巴中，這一次，他沒有咀嚼，而是一閉眼硬吞了下去。自然又是一陣乾嘔，幸運的是，羅獵硬是忍了下來，沒有將那塊魚肉嘔出來。

艱難吞下了那塊魚肉，再休息了片刻，身子果真恢復了些許體力。可是，此時太陽已經高照，氣溫迅速升高，在毒辣陽光的熾曬下，人很快就有了要虛脫的感覺。

「沒水喝真不行啊！」董彪扔掉了手中船槳，仰躺在艇上，呆呆地看著天空中一片片的浮雲，沙啞著嗓子氣罵道：「這鬼天氣真他媽不講究，平時老子不需要的時候它說下就下，可老子想讓它下了，它居然給老子來了個直脖子乾曬。」

吳厚頓接下了董彪扔掉的船槳，慢吞吞划著，同時回道：「少動氣，少說話，保存體力，可不能倒在了上岸前的一分鐘。」

有了吳厚頓的忠告，三人都不再說話，起初還慢吞吞划幾下船槳，但茫茫海面，不知距離海岸尚有多遠，又慶幸洋流方向雖稍有偏差，但總算還是在往著陸地的方向，於是便乾脆放棄了划槳，任由救生艇隨著洋流漂浮。

熬到了中午時分，董彪再次下水，捉上來差不多大小的一條魚，這一次，羅獵不再艱難，三五下便將一大塊魚肉吞進了肚子裡。魚肉的汁液稍稍濕潤了乾涸的嗓子，羅獵憋不住地道：「彪哥，吳先生，咱們就這樣飄著也不是個辦法，我算過了，那貨輪就算一個小時能航行四十浬，五個小時也就是兩百來浬，從貨船離崗到咱們跳海，最多也就是五個小時……」

董彪細嚼慢嚥吃著魚肉，打斷了羅獵的分析，道：「我知道你想說什麼？倆字，沒門！」

吳厚頓跟著解釋道：「你家彪哥在等下雨，人沒有水喝，還要消耗體力，很容易出大問題的。」

羅獵抬頭看了看天，不由道：「可這響晴的天，什麼時候才能下雨呢？」

吳厚頓跟著抬起了頭來，道：「夏天往往會在午後變天，這海上的風雨說來就來，咱們並非完全沒有機會。」

董彪忽然翻身坐起，鎖眉凝目，靜止了片刻，道：「托吳先生的吉言，好像真有雨來。」

羅獵不屑道：「你就哄我吧，我又不是三歲小孩。」

吳厚頓跟著也是凝神靜氣了片刻，點頭應道：「這海風熱中夾雜著幾絲涼意，還別說，確實有些要下雨的意思。」

羅獵更是不屑，道：「吳先生，你怎不跟彪哥學好呢，反倒學著他一塊騙人？」

話音剛落，一道白光閃過，「吧嗒」一聲，一條拃把長的魚兒落在了艇上。再看海面，不時有魚兒高高飛起。

董彪不知為何，臉上居然閃現出一絲驚恐神色，自語道：「不會吧，老子只是要點雨水潤潤喉嚨，你沒必要給老子整來一場暴風雨啊！」

吳厚頓跟道：「魚兒的感應力比人強，剛才老夫就看到海面有異樣，還以為只是老夫老眼昏花所致，可就這麼一會功夫……」又一條魚兒斜衝著吳厚頓飛了過來，那吳厚頓伸出二指，準確地夾住了，然後扔回了海中，接著道：「就這麼一小會功夫，那魚兒便全都飛了起來，看來，咱們遇上的這場暴風雨應該不小啊！」

羅獵不由看了一圈的天際，不解道：「我怎麼就看不出有暴風雨要來呢？」

董彪毫不客氣立刻懟道：「等你看出來時，那暴風雨早就追到了屁股後了！」

吳厚頓苦笑道：「可早看出來和晚看出來又有什麼區別？咱們終究還是躲不過這場暴風雨了。」

董彪仰首道：「躲不過那就硬抗唄！大不了船翻人亡，死在這海裡倒也乾脆利索了，省得還得求人打副棺材。」

吳厚頓哀歎一聲，道：「看來，這大清朝是氣數未盡啊！但凡對那開國玉璽起了覬覦之心者，無一不死於非命，船上那些人如此，你我三人亦是如此，還有當初搶走了玉璽的法蘭西大兵，將玉璽賣給了法蘭西博物館之後不過半年便失足墜崖而亡……」

董彪蔑笑道：「吳先生不必喪氣，那暴風雨來臨，至少還要有兩個小時，這期間，誰又能保證不發生奇蹟呢？說不定就有那麼一艘漁船出現在咱們身旁呢！」

吳厚頓搖頭歎道：「老夫也希望有奇蹟發生，可是，你看這風已經起來了，留給咱們的時間哪還有兩個小時？再說，漁船上的人比咱們更瞭解這大海的脾氣，此刻，想必都開足了馬力回海港躲避風雨，誰又會向咱們伸出援手呢？」

董彪一時語塞，不知該如何回應。

羅獵突然站了起來，伸出雙手感應了一下海風的方向，並道：「我想到了一個辦法，或許可以幫我們躲過這場暴風雨。」

董彪拋來一個白眼，道：「那就說嘛，都什麼時候了，還不忘了賣關子？」

羅獵道：「咱們可以做一個船帆……」

董彪雙眼立刻冒出異樣的光芒，猛地一拍大腿，喝道：「好辦法！」

吳厚頓先是一個激靈，隨即又平淡下來，道：「說的倒是簡單，可咱們那什麼做帆啊？」

羅獵道：「咱們拿出一根船槳來做桅杆，再將衣服釘在桅杆上，兩邊拉扯開，這船帆不就做成了麼？」

吳厚頓黯然搖頭，道：「脫衣服倒不難，可拿什麼將衣服釘在桅杆上呢？」

羅獵雙手一抖，現出兩把飛刀，道：「用它不行麼？」

吳厚頓稍一怔，卻還是搖頭，並道：「即便能釘得上，但衣服不成整體，也兜不住風啊！」

這確實是個問題，羅獵一時想不到什麼好辦法來。

董彪卻嘿嘿一笑，咕咚翻入了海中，不一會便抱著一條兩尺多長的大魚露出了水面。「魚肉隨意，只留魚骨，那上面的粗刺剛好用來縫接衣服。」董彪將大魚扔到了艇上，然後一個猛子又紮進了海中。

風帆做好，一試之下甚為滿意，但三個大男人卻是光了身子，只剩下了兩條褲衩。豪放的董彪連褲衩都省了，就這麼全光著，立在了救生艇上，扯緊了風帆。

海風愈發緊烈，風帆被鼓成了大包，小艇的速度明顯加快。

雖然艇速遠低於風速，但相距風暴中心畢竟還有段路程，而此刻小艇距離岸邊也就是一百五十浬的樣子，因此，當風暴追來之時，已經能遠遠地看到海岸線了。

海風從嗚咽變成了呼嘯，再從呼嘯變為咆哮，雖已臨近海岸，那海浪卻只見勢增，人已無法直立於艇上，而那風帆，亦被狂風撕虐得不成樣子。董彪棄掉了風帆，拿過那只做桅杆的船槳，奮力划水。羅獵也從吳厚頓手中搶過另一隻船槳，與董彪並排，在小艇的另一側拚盡了全力。吳厚頓也不願閑著，趴在了艇舷上，將兩隻手伸進了海水中，快速擺動。

暴雨終於傾瀉而下，烏雲追過了頭頂，似乎觸手可及。閃電一道接著一道，或近或遠，或強或弱，每一道閃電後都緊跟著一聲炸雷，或在遠處，或在頭頂。

距離海岸只剩下了幾十米，然而，便是這僅僅幾十米的距離，卻猶如一道不可逾越的鴻溝，一波海浪將小艇往前送了十多米，可緊跟著退下來的海潮再將小艇遠遠地拋開。「跳船！游過去！」董彪果斷做出了決定。

吳厚頓遲疑道：「你們跳吧，老夫水性不佳……」

董彪將手中船槳塞到了吳厚頓懷中，喝道：「抱著它，我帶你游過去！」

羅獵也將手中船槳塞給了吳厚頓。

一個巨浪襲來，終於掀翻了小艇，所幸艇上三人已有準備，雖然落了水，卻也沒有分開。董彪右手羅獵左手，分別卡住了吳厚頓的左右臂，而吳厚頓則死死地抱住了兩隻船槳。「憋住氣，潛下去！」董彪大聲喝令，並率先沉入海面之下。羅獵亦緊跟著潛了下去。

海面上風疾浪大，但海面之下要平緩一些。一口氣憋盡，三人浮上來換口氣，然後再潛下去，數個來回之後，終於觸碰到了海灘。

再一波浪濤襲來，將三人送上了海灘。

「操你媽的老天爺想要老子葬身大海？沒那麼容易！」董彪光著身子，立在海灘上，放聲大笑。

羅獵平躺在海灘上，一邊喘著粗氣，一邊張大了嘴巴接著雨水。吳厚頓嗆了不少的海水，半跪在海灘上不住地嘔吐。

雨勢之大，羅獵僅是單憑一張嘴便喝到了足夠的雨水，感覺口渴緩解後，羅獵爬起身來，走到董彪身邊，道：「彪哥，要罵就罵上帝耶和華，美利堅的暴風雨肯定是他折騰過來的。」

吳厚頓吐盡了胃中海水，又以雙手接了些雨水喝了，舒服了許多，此刻嘿嘿笑道：「依老夫之見，咱們還應該感謝這場暴風雨呢，不然，那麼毒辣的太陽豈不是要將咱們三人曬成了肉乾？」

董彪哈哈大笑，手指天空道：「好吧！老子就不罵你個老東西了，但你大爺的給老子記住了，下次再這麼折騰老子，老子絕對要罵你個三天三夜。」

死裡逃生的興奮消退後，三人不禁泛起了難為。衣服被當做了風帆，而風帆早已經不見了蹤影，現代文明社會，赤身露體肯定不行。吳厚頓還好說一些，畢竟不那麼知名，丟了人大不了換個地方躲上一陣也就罷了，可董彪、羅獵卻不能，這要是被傳出了醜聞，安良堂的臉面可就折光了。

「要不……辛苦吳先生一趟？」天色昏暗，三人所在的海岸一側閃爍著點點燈光，很顯然，那邊應該有人居住。而董彪的話，含義甚為明晰，就是想讓吳厚頓去那邊給三人偷來幾件衣物。

吳厚頓面露難色，只穿著一件褲衩去偷東西，這對他來說卻是生平頭一遭，偷東西簡單，可這心理障礙卻難以克服。「這……」吳厚頓猶豫再三，也想不到其他什麼辦法，只得點頭同意：「好吧，看在你們二位救了老夫一命的份上，老夫就破例一次好了！」

吳厚頓隨即消失在了風雨中。

羅獵最為年輕，也最是不抗餓，董彪招呼他到了一塊岩石邊上躲躲風雨，剛坐下來，肚子裡就咕嚕嚕歡叫起來，那聲響，甚至蓋過了風雨聲，直追雷鳴。

董彪笑道：「想吃東西麼？」

羅獵點頭應道：「想！但生魚肉就算了。」

董彪回道：「這麼大的浪，你打死我，我也不會去給你捉魚！」

海邊從來不會缺乏食物，董彪在海灘上蹓躂了一圈，便拿回來好幾樣能吃的東西，先扔了個大貝殼給羅獵，然後又甩過來兩根海帶。貝殼裡的肉比生魚肉還要腥氣，羅獵毫不猶豫地將大貝殼丟還給了董彪，只是將海帶就著雨水洗了一遍，勉強吃下了一根緩解了腹中的饑餓。董彪一口一個，連吞了兩隻大貝殼，再以雙手接了些雨水喝了，頗為愜意地打了個嗝出來。「羅大少爺，這牡蠣啊，生吃才是最美，你啊，可不能那麼狹隘。」

羅獵不屑道：「蘿蔔白菜，各有所愛，本少爺就是不吃生，招你惹你了？」

董彪斜眼過來，叫嚷道：「喲，喲，喲，羅大少爺脾氣見長啊？都敢跟彪哥頂嘴了是不？」

羅獵知道董彪這是跟他玩笑，於是便毫不相讓懟了回去：「我就跟你頂嘴了，怎麼著吧？你有本事把我扔回海裡去？」

董彪噗嗤一聲笑開了，道：「彪哥可沒那個本事，更沒那個膽子。」

風雨中，氣溫驟降，光著身子且肚裡缺乏食物的羅獵禁不住打起了牙顫，董彪見狀，向前挺了下身子，示意羅獵貼到自己的身後來，便能少挨些風雨。

羅獵不願意，乾脆站了起來，以運動來抵禦寒冷。「彪哥，有個疑問我一直想問，就是沒來得及問。你說，咱安良堂儲存那麼多武器幹什麼呀？」

董彪道：「做虧本生意唄。」

羅獵踢了幾下腿，出了幾趟拳，並疑道：「做虧本生意？什麼意思？」

董彪道：「那個假孫先生，你還記得嗎？」

羅獵點頭應道：「當然記得。」

董彪道：「便是他，委託濱哥，為他們購置了這些武器，濱哥不願意收他們錢，還要再多搭錢幫他們偷運到國內，你說，這不是虧本生意嗎？」

羅獵不禁笑道：「這可算不上是虧本生意，甚至連生意都算不上。」

董彪感慨道：「你說得沒錯，這確實不能用生意來衡量。有那麼多人，為了心中的信仰，連命都不要了，咱們捐點錢捐點物，又能算得上什麼呢？就像你師父老鬼，明知道那場起義必然失敗，卻義無反顧衝在了最前面……只是，像鬼叔這樣的人還是太少太少啊！大清朝四萬萬漢人同胞，真正醒悟的又有幾個？」

提到了師父，羅獵難免有些傷懷，沉默了片刻，道：「但願那枚沉入海底的開國玉璽能帶走大清朝的國運龍脈，讓孫先生他們早一天能實現了理想中的共和。」

董彪長歎一聲，道：「難啊！哪有那麼容易的事情哦！」

正說著，遠處閃現出一個人影來，羅獵眼尖，先董彪一步看到了，不由驚喜道：「是吳先生回來了？他速度真快！」

那人影原本是朝著羅獵、董彪這邊而來，卻突然停住了腳步，稍一愣後，變了方向，向另一側快速移動過去。

羅獵疑道：「難不成是吳先生迷路了？」

董彪也看到了那個人影，只是天色昏暗，距離又遠，是否為吳厚頓根本看不清。不過，如此風雨之下，若不是吳厚頓，誰又會腦子抽風跑到這海灘邊上瞎蹓躂呢？

「不管他，老吳是個老江湖了，即便環境再怎麼陌生，也不會迷失方位的，最多迷糊一小陣，便能理清楚重新回來。」董彪說得輕鬆，但眉頭卻蹙成了一坨。

暴風雨狂虐了足足有兩個小時，似乎終於累了，雨勢減弱了許多，風也緩和了一些，就連天色都不像剛才那般昏暗。

便在這時，吳厚頓穿著一身海岸警衛隊的制服雨衣，扛著一個偌大的包裹，回到了羅獵、董彪身邊。「小心點，包裹裡有吃的，別弄掉了！」吳厚頓將包裹扔給了董彪，並從後背上抽出了一把雨傘，撐開遮住了那只包裹。「一幫子窮當兵的，老夫找了半天，也沒能找得到一毛錢。不過這漢堡的味道相當不錯，比起那生魚肉來，不知道好吃了多少倍。」

董彪、羅獵二人趕緊穿上了海岸警備隊的制服，並套上了雨衣，身上穿了乾爽的衣物，羅獵頓時止住了冷顫，愉快地拿出了漢堡，就著雨水，狼吞虎嚥起來。

「董二當家，羅家小哥，玉璽一事，已是終了，老夫習慣了獨行，又有古話說得好，天下沒有不散的宴席，今日風疾雨大，也頗為適合分道揚鑣，就此別過了！」吳厚頓將雨傘甩給了羅獵，抱起拳施了禮，就要轉身離去。

「等一下！」董彪先叫住了吳厚頓，然後加快了咀嚼，勉強咽下了口中食物，接著道：「方才先生回來的時候，可有迷失過方位？」

吳厚頓哼笑道：「即便是無星無月的夜間，老夫也不會認錯了方位，更何況這點風雨？」

董彪點了下頭，又問道：「那你在半路上可曾見過陌生人影？」

吳厚頓道：「倒是見到了一隊大兵返回兵營。」

董彪再點了下頭，換了個話題道：「無影前輩雖未能助我安良堂得到那枚玉璽，但大仁大義，安良堂永記銘心，若今後無影前輩有用得著我安良堂的時候，全美利堅各安良堂分堂口，報我董彪名號，要錢出錢，要人出人，絕無二話。」

吳厚頓再次抱拳，道：「吳某多謝董二當家抬愛，老夫為那玉璽而來，卻非為了錢財，之所以獅子開口，不過是想試探你安良堂決心。好了，此事已然了結，你我各不相欠。若是說老夫仍有愧疚，卻是因為羅家小哥。五年前，老夫迫於無奈，以卑劣手段騙了你的留學證件，不過是為了引起鬼兄的注意。待我再想將那證件歸還於你的時候，卻又突遭變故。不過今日看你已然成材，老夫也是頗為欣慰。」

羅獵回應了一個笑臉，道：「前輩不必愧疚，這樣也挺好，至少不會有讀書那般枯燥，還練了一副好身板。」

董彪跟著笑道：「就是，若是進了那洋學堂，還得留條牛尾巴在後腦勺上，哪有現在這麼帥氣？更別說認識艾莉絲了，對不？」

吳厚頓道：「多謝羅家小哥大度包容，若無它事，老夫告辭了！」

董彪、羅獵不便挽留，只得躬身相送。

「吃飽了沒？」待吳厚頓身影消失後，董彪問道。

羅獵一口氣吃了兩個漢堡，已經有些撐得慌，忍不住打了個飽嗝回道：「早知道就不吃那根海帶了，要不然，還能再吃半個。」

董彪將剩下的漢堡揣在懷中，道：「那咱們也走吧！」羅獵卻突現驚慌神色，只是一瞬，那驚慌又變成了失落，董彪見狀，關切問道：「咋了？突然丟了魂似的？」

羅獵歎了口氣，很是傷心道：「我的飛刀，還有刀套，全都落在救生艇上了。」

董彪蔑笑道：「我當是多大事呢，不就是幾把破飛刀嗎？等回去了，彪哥給你定製一套更好的。」

羅獵撇嘴道：「你知道什麼呀？那飛刀是師父送給我的。」

董彪撇嘴揚眉，道：「那又怎樣？那救生艇都翻了，難不成你還要下海去撈？」

羅獵沒接話，回應了重重的一聲歎息。

暴風雨似乎歇夠了，又來了精神，雖然沒恢復了鼎盛時的氣勢，卻也是狂風吹得人幾乎站不穩，暴雨淋得人睜不開雙眼。

董彪、羅獵跋涉在海岸上，深一腳淺一腳地漸漸遠離了大海。

風雨始終不願停歇，而天色卻逐漸暗淡，估摸著也不過是傍晚五六點鐘的樣子，但天色黑暗的卻像是已經進入了深夜。茫然間也不知道到了哪兒，一路上甚至沒尋得到一個能遮風擋雨的地方，這兄弟二人只能悶頭繼續前行。風雨中跋涉已是艱難，黑暗中前行更是消耗體力，便在董彪、羅獵精疲力盡之時，終於看到前方的點點燈火。

燈火處顯然是個小鎮。既然是個小鎮，那一定就有吃飯和睡覺的地方，董彪、羅玀一時興奮，全然忘記了自己乃是身無分文之人。

打起精神再堅持了十分鐘，兄弟二人終於來到了這個不知其名的鎮子，和美利堅大多數小鎮一樣，這個不知其名的小鎮也僅有一條主街道。這條街道並不長，五百步足以走上一個來回，或許是因為暴風雨的緣故，整條街道上，只有一家酒吧在開門營業。「嗨，夥計，先來兩杯威士忌。」進到酒吧，董彪徑直來到吧台，要了兩杯烈酒之後，又問道：「你們有吃的沒有？我和我兄弟已經有半天的時間沒吃過東西了。」

站在吧台內的酒保是一個上了歲數的老牛仔，身材高大威猛，臉上神情冷酷嚴肅。老牛仔從吧台下拿出了兩只酒杯，又從身後酒櫃中拎來一瓶威士忌，一邊倒酒，一邊應道：「一杯十美分，兩杯二十美分，吃的東西在那邊，不過每個人需要多付二十美分。先結帳，再享用。」倒完了酒，那位上了歲數的酒保向董彪伸出了手來。

董彪、羅玀這才意識到了身無分文的窘境。

「彪哥，還是算了吧，咱們沒錢。」一旁的羅玀小聲勸說著董彪。

董彪拍了拍羅玀的胳臂，示意他稍安勿躁，然後跟酒保商量道：「我們身無分文，能不能通融一下，先讓我們享用這些酒水和食物，等我們回到金山後，我會給你郵寄來十倍的費用。」

那上了歲數的老酒保使了個眼色，角落中一幫客人立刻站起了兩位，將酒吧的大門鎖上了，並亮出了兩把短刃。那老酒保更是過分，直接從吧台下面拿出了一把老掉牙的火槍，對向了董彪：「你們一進門我就看出來了，你們不是好人！好吧，我可以裝作沒看出來，但你們想在我羅伯特的地盤上吃霸王餐或是有其他什麼想法，卻是萬萬不能。」

董彪順從地舉起了雙手，淡淡一笑，回應道：「你叫羅伯特是嗎？我很困惑，羅伯特，你是如何看出我們不是好人的呢？難道我的額頭上寫了壞人兩個字？」

酒保羅伯特冷笑道：「據我所知，海岸警備隊並沒有招募黃種人的計畫，你們身上穿著的海岸警備隊的制服，不是偷來的便是搶來的！」

董彪心平氣靜道：「是這樣，我們遇上了海難，是海岸警備隊的人救了我們，給了我們這身衣服。」

羅伯特用槍口點著董彪，嗤笑道：「奸猾的黃種人，你們搶走了我們的工作，還要用謊言來欺騙我們……好吧，就算是海岸警備隊救了你們，但他們也不可能把制服送給你們的，夥計們，你們說，對這種滿口謊言狗屎一般的黃種人該怎麼處理呢？」

吧台一側，立刻站起了兩個牛仔，其中一個拎起了一只空酒瓶，而另一個則掏出了一把卡簧短刀。這二位甩著漫不經心的步伐，寫滿了一臉的不屑和鄙視，向董彪、羅獵二人逼了過來。董彪先是一聲苦笑，卻突然出手，抓起吧台上的一杯威士忌連酒帶杯擲向了羅伯特的面門，趁著羅伯特下意識躲閃的空檔，翻身躍過吧台，一把攥住了羅伯特握槍的手腕，一擰再一拉，便將火槍奪下。「住手！誰要是動一下，我就斃了這個老東西！」董彪左臂卡住了羅伯特的脖子，右手握槍，抵在了羅伯特的太陽穴上。

逼上來的那兩個牛仔登時愣住，但僅僅是一瞬，便爆出一聲嚎叫，分左右兩側，向羅獵撲了過來。羅獵單手搭在吧台上，雙腳發力，噌的一下躍上了吧台，順勢一腳飛出，踢在了那拎酒瓶的牛仔的面門上，身子半旋回來，再拎起吧台上的那半瓶威士忌，砸在了另一牛仔的腦門上。

整套動作一氣呵成行雲流水，得到了吧台後控制著羅伯特的董彪的一聲喝彩。同時，也徹底激怒了酒吧中其他的牛仔。

連同剛才去鎖門的兩個，總計六七名牛仔手持各種冷兵器，向吧台這邊逼了過來。

冒著風雨跋涉了數個小時的董彪不想打鬥，更不想殺人，於是，只能對著屋頂鳴槍示警，可是，扳機扣下，那火槍只是吧嗒一聲空響，並無子彈射出。

「窩靠！」董彪低吼一聲，以槍把重重地擊在了羅伯特的太陽穴上，然後將那把老掉牙打不響的火槍當做了暗器砸了出去，同時躍出吧台，迎向了那幫牛仔。

彪哥如此，那羅獵自然不肯落後，於是……

待羅獵放倒了第二個牛仔的時候，忽然發現面前沒有了對手，再看左右，那些個牛仔早已是橫七豎八地躺在了地上，只有哀嚎的本事卻無翻身爬起的能力。

「彪哥，你夠狠的啊！」羅獵一共幹翻了四個牛仔，先前的兩個爬起來之後又被董彪幹趴下了，而隨後幹翻的兩個牛仔卻能從地上爬起身來。可是，過了董彪的手而倒在地上的，卻沒一個能從地上爬起來的。

「都他媽給老子趴在地上不許動彈，否則就別怪老子大開殺戒！」董彪沒搭理羅獵，而是衝著躺滿了酒吧空地的那幫牛仔吼了一聲，然後回到了吧台後面，自己取了兩隻酒杯，隨便開了瓶酒，倒了兩杯，自己先乾了。「羅伯特，是你挑起事端的，現在我的手受傷了，你必須賠償我醫療費！」董彪一把拎起了仍舊癱在地上的羅伯特，再以兩巴掌將其搧醒，提出了極為過分的要求。

羅伯特看到了酒吧中的慘狀，立刻顫抖起來，哆裡哆嗦地指了下吧台一側的抽屜，顫聲道：「錢都在那兒，你隨便拿。」

拿了錢，董彪還不肯算完，拉著羅獵大模大樣地坐了下來，吩咐被羅獵幹翻卻能爬起身來的那倆牛仔端來了酒吧為客人準備的各種小吃，邊喝邊吃，好不愜意。「彪哥跟你說呀，這洋人啊，都是些欺軟怕硬的賤種，你跟他講道理根本沒用，就得把他們打疼了打怕了，他們才會尊重你。」

羅獵不願喝酒，只是陪著董彪吃些東西，一隻炸雞腿啃完，抹著嘴巴回道：「可咱們這麼做是不是有些不太講究呢？」

董彪一口悶掉了半杯白蘭地，捏起了拳頭晃了晃，笑道：「對洋人來說，講不講究要看這個，你的拳頭比他硬，那你就是講究的，你的拳頭硬不過他，那麼不管你怎麼做，都是不講究。」

羅獵捏了塊甜點放進了口中，並道：「也不能那麼絕對吧？我看，洋人中也有不少好人，比如……」

董彪搶道：「比如艾莉絲，又比如西蒙，再比如席琳娜，對麼？你小子分明是跟我嗆嘛！」

羅獵聳了下肩，回道：「我想說的是小安德森先生，環球大馬戲團的老闆，我們在一塊共事了五年，從來沒見過他欺壓員工。」

「那是個例好吧？我的少爺，吃你的吧！」董彪已然看出這羅獵存心是想跟他鬥嘴，乾脆掛起了免戰牌來。

羅獵嘿嘿笑了兩聲，放過了董彪。

董彪酒量還真夠大的，東西沒吃多少，但一大瓶白蘭地卻被他喝了個精光。若是換了羅獵這麼喝，早就醉得一塌糊塗了，但董彪卻沒幾分醉意，穩穩當當去了吧台又拿了一瓶酒拎在了手上，「走咯！此地不宜久留，咱兄弟倆還得是風雨兼程啊。」

一腳踹開了酒吧的大門，董彪再向那幫牛仔瞪眼恐嚇了一番，出門後，董彪立刻拉上羅獵，幾乎是一溜小跑地離開了這座小鎮。

「彪哥，咱們幹嘛要走啊？在那酒吧裡睡一覺不好麼？」剛吃飽就小跑了這麼遠，不單是羅獵有些不舒服，那董彪也頗有些受不了。

董彪放滿了速度，揉著肚子，道：「那幫牛仔吃了虧，能善罷甘休麼？在那兒睡覺，虧你也能想得出來！」

羅獵撇嘴道：「那也不至於落荒而逃呀！」

董彪歎道：「像這種小鎮，難保誰家不備下一兩支槍，他們剛才只是因為輕敵才吃了大虧，在酒吧裡有咱們看著自然不敢造次，但咱們這一走，人家要是拿到了槍追了出來，怎麼辦？江湖險惡啊，小子，任何情況下都不能掉以輕心，要對你的任何一個對手充滿敬畏，這樣你才能活得久一些。」

羅獵這一次沒再跟董彪鬥嘴，而是嚴肅地點了點頭。

繼續向前走了不遠，出現了一條橫著的公路，從海灘上來，董彪、羅獵一直是沿著垂直於海岸的方向往前走的，那麼，這條橫在面前的公路勢必平行於海岸。這就給了羅獵一個問題，上了公路，該是往左拐還是往右拐。羅獵無法判定出自己所處的方位，只能將問題拋給了董彪。「別，少爺，我也迷糊著呢！」董彪似笑非笑，臉上盡顯幸災樂禍的神態，道：「我只知道，咱們要是漂到了金山的北邊了，就應該往右轉，但要是漂在了南邊，就應該往左轉。」

羅獵氣道：「廢話！我問你的就是咱們是在南邊還是北邊。」

董彪呵呵笑道：「我還知道，這夏天海上的暴風雨一般都是從南邊來的。」

羅獵順著董彪的提示，努力思考，可想了好一會，卻仍舊無法確認。「剛才在酒吧的時候就該問一問。」

董彪冷哼道：「就算問出來了，有個屁用啊？難不成你還真打算走回去？」

羅獵反詰道：「不走回去還能怎樣？這半夜三更的，想攔車都看不見車影子。」

董彪亮出了那瓶酒來，道：「要不，你幫彪哥拎著這瓶酒，彪哥幫你想辦法？」

羅獵登時醒悟過來，這一定是董彪又犯了頑劣之心故意在逗自己玩。於是，將計就計接過了酒瓶，道：「你可要說話算數哦！」

空了手的董彪愜意地伸了個懶腰，道：「既不往左也不往右，咱們要穿過這條馬路，繼續向東前進。」

「繼續向東？」羅獵疑問片刻，隨即便明白了，不由笑道：「還是彪哥聰明。」

董彪頗為得意道：「怎麼樣？又學到一招了吧？幫彪哥拿酒不虧吧！」

羅獵默不作聲，將酒瓶放在了地上，然後拔腿就走，徑直穿過了那條公路。傻了眼的董彪趕緊拿起那瓶酒，追了上去，並嚷道：「你小子跟彪哥耍賴皮是不？」

話音剛落，遠處便傳來了一聲火車的汽笛聲。

夜間公路上少有汽車經過，但鐵路上卻不缺火車，爬上了火車，即便走錯了方向，那也不過是多浪費點時間，總比在公路上冒著風雨消耗體力強得多。事實上，董彪並沒有迷失方位，剛才聽到一聲汽笛的那一列火車明明來得及趕上，可董彪卻故意放棄了，在路基旁喝著酒等了將近一個小時，終於等來了另一列反方向的火車，董彪這才丟了酒瓶子，帶著羅獵爬了上去。

雖然只是一列拉煤的貨車，但董彪在車廂頂部扒拉個窩，兄弟二人蜷縮在這個煤窩中，雖然擋不住雨，卻可以遮住了風。「怎麼樣？小子，在這兒睡一覺，不是要比在酒吧裡舒服多踏實多了麼？」

身下的煤炭軟軟的，又穿著雨衣並不怕雨水，而且完全遮住了風，睡起覺來確實不錯。羅獵不由地向董彪豎起了大拇指：「彪哥厲害！」

一覺醒來，天已大亮，羅獵四下張望了一番，卻仍舊不知道到了哪兒。還沒來得及開口發問，一旁董彪便懶洋洋道：「別看了，咱們坐過站了。」

羅獵一怔，隨即笑開了，道：「彪哥，又在騙我玩是不？既然坐過站了，那我問你，幹嘛還不下車？」

董彪悻悻然回道：「奶奶個熊，老子居然也睡過了頭，就比你小子早醒了五分鐘。」

羅獵看著董彪的表情並不像在騙人逗人，再一想，睡過了頭也是合情合理，自打前天晚上開始，就沒怎麼睡踏實過，而且體力消耗又如此巨大，疲憊之軀，理所當然需要睡眠來恢復。「那咱們還愣著幹嘛？跳車唄！」

董彪搖了搖頭，拍了拍口袋，道：「咱有錢，幹嘛還要跟自己過不去？等到了前面一站，咱們再下車，吃點好吃的，再買兩張臥鋪票回來就是。」說罷，董彪從口袋裡掏出了在酒吧中搶來的一大把美元。「窩靠，老子以為還不少呢，沒想到全是小票，不過也夠了哈！」

前方到站是一個叫帕索的城市，說是城市，其實也就是一個規模較大的鎮子，和金山根本無法相比。這種小城市鮮有華人聚居，也就只能斷了吃上一頓中餐的念想，買了兩個漢堡勉強打發了肚皮，再各自買了一身便裝換上了，回到車站，踏上了駛往金山的火車。

這麼一折騰，等回到金山的時候，已經是傍晚時分了。

在車站叫了輛車回到了堂口，還沒下車，羅獵便看到了在大門口林蔭道上來回徘徊的艾莉絲。「諾力！」艾莉絲同樣看到了剛下了車的羅獵，爆發出一聲歡呼，然後便向羅獵這邊飛奔而來：「諾力，這些天你都去了哪兒了？」

艾莉絲飛奔過來，躍到了羅獵的身上。羅獵展開雙臂，抱住了艾莉絲，順勢在艾莉絲的額頭上親吻了一下。艾莉絲不滿足，直接將嘴唇壓在了羅獵的嘴唇上。

一旁的董彪看不下去了，用中文嘟囔道：「差不多就行了啊，咱堂口可有一多半弟兄都是光棍哦，別太招人嫉妒了啊。」

艾莉絲攬著羅獵的脖子不肯下來，歪著頭同樣用中文向董彪問道：「彪哥，什麼是光棍呢？」

董彪笑道：「光棍的意思啊，就是單身漢。」

艾莉絲又道：「那他們為什麼不找女朋友呢？」

董彪有些噎得慌，乾脆回了句：「他們有病！」

艾莉絲誇張地瞪大了雙眼，道：「那他們為什麼不去看醫生呢？」

董彪簡直就要瘋了，乾脆閉上了嘴巴，徑直向堂口走去。

身後傳來了羅獵和艾莉絲的笑聲。「彪哥，我跟艾莉絲去西蒙那邊了哦！」

董彪頭也不轉一下，只是將手伸到了屁股後擺了擺，示意說，你愛去哪去哪。

「諾力，你還沒告訴我，這幾天你和彪哥都去了哪兒呢？」牽住了羅獵的手，艾莉絲顯得格外開心，連走路的方式都變成了蹦蹦跳跳。

羅獵不想讓艾莉絲為他擔憂，自然不肯說出真相，只能編了個謊言，道：「堂口有筆生意出了點意外，彪哥著急要去處理，所以我們就連夜出發了。沒來得及給你打招呼，堂口上也沒有別的兄弟知道，艾莉絲，你一定是著急了，對嗎？」

艾莉絲點頭應道：「我當然著急，但比我更著急的卻是西蒙。」

羅獵疑道：「西蒙？他著急什麼？」

艾莉絲神秘一笑，道：「等會你見到他就知道了。」

十分鐘後，羅獵見到了西蒙神父。「諾力，我的朋友，你怎麼看上去有些疲憊呢？」西蒙神父熱情地擁抱了羅獵，接著道：「你先坐一會，我馬上就好。」

艾莉絲先向西蒙神父解釋道：「諾力跟彪哥去處理生意上的意外了，才回來，旅途勞頓，當然會有些疲憊。」接著又向羅獵解釋道：「西蒙這兩天準備了好多好吃的，就等你回來呢。」

羅獵來到了廚房門口，斜倚在門框上，問道：「西蒙，艾莉絲說你著急見我，是嗎？」

西蒙神父邊炒菜邊應道：「是的，諾力，西蒙需要得到你的幫助，非常迫切！」

看著艾莉絲的笑容，再感覺到西蒙神父輕鬆的語氣，羅獵便已經猜了個八九不離十。「是關於席琳娜的事情，對麼？」

西蒙神父轉頭看了羅獵一眼，飽含笑容道：「是的，諾力，你真聰明，一猜就對。」

艾莉絲憋不住了，爆料道：「諾力，你知道嗎？席琳娜她鬆口了，答應等她有時間的時候可以跟西蒙談一談。」

羅獵聳肩笑道：「那就是約會嘍！西蒙，恭喜你啊！這就叫精誠所至金石為開。」

西蒙神父炒好了第一道菜，端了出來，放在了餐桌上，又折回廚房，端出一口蒸鍋，鍋蓋上倒放著三只白瓷碗。「諾力，我煮了你最愛吃的大米粥，你和艾莉絲先吃吧，我再燒一道紅燒肉就好了，很快的。」

不多一會兒，西蒙神父便端出了一盆艾莉絲最愛的紅燒肉，還有一道滷牛肉。

「西蒙，你現在真是可以啊，都比得上堂口的大廚了。」羅獵夾了塊紅燒肉品嘗了，果真做到了肥而不膩入口即化的境界。「不過，這麼短的時間，你怎麼能把肉燒得這麼透呢？」

西蒙神父頗有些不好意思地回道：「這道紅燒肉其實昨晚上就燒好了，你不在，艾莉絲不肯留下來吃飯，所以，我就留到了今天。」

幾天沒吃好的羅獵吃到了順口的菜飯，心情頓時好得要上天，一邊大快朵頤，一邊大包大攬道：「西蒙，你想讓我怎麼幫你呢？只要我能做得到，就一定傾盡全力地幫助你。」

西蒙神父放下了筷子，深吸了口氣，道：「席琳娜對艾莉絲被綁架的原因始終有所疑問，我想，我想請你事先給席琳娜澄清一下。」

艾莉絲跟著補充道：「我跟席琳娜說得那麼明白了，但她還是懷疑那三個壞人可能受了黑手黨的唆使。」

羅獵道：「席琳娜真的是想多了，沒關係，我可以證明那三人跟馬菲亞沒有絲毫關係，事實上，是我在國王搏擊俱樂部中教訓了他們一頓，他們因而懷恨在心，一時無法將怒火發洩到我身上，剛好遇上了艾莉絲，於是對艾莉絲下了手。這件事，俱樂部的老賓尼是可以作證的。」

西蒙神父欣慰道：「那就好，謝謝你，諾力。」

羅獵不禁皺起了眉頭，倒吸了一小口氣，道：「西蒙，你不會就因為這點小事而著急見到我吧。」

不等西蒙神父回應，艾莉絲卻先咯咯笑了起來，並搶道：「當然不是，諾力，西蒙他可是打算對席琳娜放大招的哦！」

西蒙神父偈促道：「也不是什麼大招，我只是想能不能復原一下我第一次見到席琳娜時候的場景。」

羅獵不禁一怔，隨即由衷讚道：「西蒙，你還敢說這不是大招？天哪，我敢打賭，席琳娜一定會被感動到的。西蒙，我完全支持你。對了，你為此事找我，是不是經濟上有些緊張？沒關係，我明天就去找彪哥，要多少錢才夠呢？」

西蒙神父道：「不，不，諾力，不是錢的問題，我做了十年的神父，多少也有些積蓄，現在又有了新的工作，經濟上不存在問題。但是，我跟席琳娜第一次見面的時候很有戲劇性，那一天，有三個小流氓在糾纏她，剛好被我遇上了……」

羅獵搶道：「於是，你就上演了一齣英雄救美的經典橋段，是麼？」

西蒙神父點了點頭並掀開了上衣，指著腹部一側的一道疤痕，道：「很不幸，我雖然趕跑了那三個流氓，但這兒也被劃了一刀，席琳娜剛好是就近一家醫院的實習護士，她將我送去了她實習的那家醫院……」回憶起往事的西蒙神父，臉上滿滿的全都是幸福：「你知道嗎，當我看到身著護士服的席琳娜時，我的心頓時被融化了，她一定是上帝送到我面前的天使，我瘋了一般的愛上了她……」

羅獵點頭應道：「我想，你當時確實是瘋了，不然，也不會膽大包天地背叛了馬菲亞。」

西蒙神父道：「我當時只想著若是能和席琳娜在一起，哪怕只有一天的時間，我也是死而無憾了。」

艾莉絲好奇問道：「可是，你當時受了傷，又是如何追求到席琳娜的呢？」

西蒙神父登時洋溢出幸福並驕傲的神色來，道：「我要是說席琳娜同時也愛上了我，你們會相信嗎？」

艾莉絲嚷道：「怎麼可能！一定是你死纏爛打才追上席琳娜的。」

羅獵卻是一臉嚴肅，道：「我相信，我完全相信，因為艾莉絲便是席琳娜的複製版，她要是遇到了喜歡的人，就一定不會放過。」

艾莉絲咯咯笑開了，撲到了羅獵懷中，雙手掐住了羅獵的脖子，道：「不准將我們的秘密說出去，不然我會殺人滅口的。」

待這對年輕人鬧過了之後，西蒙神父接著道：「我的傷口痊癒後，我和席琳娜便墜入了愛河。我不敢告訴席琳娜我是一名馬菲亞，我向她謊報了我的家鄉，我說我來自於義大利的維也納，可是，除了西西里之外，我並沒有去過義大利的其他地方。

好在席琳娜也沒去過義大利，對義大利知之甚少，所以，我僥倖地保住了我的謊言。一個月後，我被馬菲亞派去執行任務，但我捨不得離開席琳娜，剛好她的實習也結束了，我便跟她商量，一塊來到了洛杉磯。」

艾莉絲道：「在洛杉磯，席琳娜生下了我，是嗎？」

西蒙神父道：「是的，我的小天使。但你出生的時候，我和席琳娜已經在洛杉磯度過了我人生中最值得回憶的一年。我們沒多少錢，租借的房子比這兒還要小，但我們生活得非常幸福，我們沒有發生過一次爭執，席琳娜她總是讓著我，她是那麼的善解人意……」

羅獵禁不住歎道：「是的，西蒙，席琳娜確實是一個非常能夠善解人意的好人，而她的這個優點，也完全遺傳給了艾莉絲。」

艾莉絲靠在羅獵的肩上，給了羅獵一個甜美的微笑，道：「謝謝你，諾力，謝謝你如此讚美我。」

西蒙神父慈祥地看著羅獵和艾莉絲，繼續回憶道：「那時候，我沒有多少文化，能找到的工作只有出苦力，我也不知道是怎麼了，好像我每天都有使不完的力氣。」

艾莉絲插話道：「席琳娜是一名護士，她為什麼不出去找一份工作呢？」

羅獵伸出手指來，刮了下艾莉絲的鼻子，道：「小傻瓜，席琳娜的肚子裡有了你，西蒙怎麼捨得讓她出去工作呢？」

西蒙感慨道：「是啊，別說她當時懷著孕，即便沒懷孕，我也捨不得讓她去工作。不過，等我們熟悉了洛杉磯後，我便可以同時打三份工，那時候，我們的經濟情況明顯有了好轉，我們換了新房子，一套有兩居室而且還帶有獨立衛浴和廚房的大房子，為的就是等著我的小天使的降臨。」

艾莉絲撇嘴道：「可惜，我那時候太小了，一點記憶都沒能留下來。」

西蒙神父歎道：「是啊，席琳娜帶著你離開洛杉磯的時候，你才三周歲，當然是記不住任何事情的。」

羅獵道：「我想，席琳娜對那段時光也一定擁有著美好的回憶，不然的話，一晃眼十五年都過去了，她卻仍舊獨身一人，道理上說不過去啊！」

西蒙神父道：「所以，我想借著席琳娜答應與我見面談一談的機會，重現出我們第一次見面時的場景。」

羅獵道：「那你需要我做些什麼呢？」

艾莉絲還給了羅獵一個刮鼻子，並咯咯笑道：「諾力，你真笨，西蒙的意思再明白不過了，他是想讓你扮演那三個小流氓。」

西蒙神父不好意思笑道：「諾力，我知道這個要求難為你了，可在金山，我只有你一個朋友，我只能找你來幫忙。」

羅獵拍著胸脯道：「多大點的事呀？這事包在我身上了，安良堂有的是兄弟，別說扮演三個小流氓，就算是三十個也不在話下。」

西蒙神父開心道：「那個劃我一刀的人一定要由你來親自扮演，別的人，我擔心他演不好會穿幫的。」

第九章

印第安毒箭

「箭上有毒？」董彪立刻轉身向身後兄弟吼道：

「還不回去把車開來？不，直接去把安東尼醫生請來，

告訴他，這邊有人中了印第安毒箭！」

聽到印第安毒箭這五個字，羅獵雙腿一軟，癱倒在地上，

痛苦地抱住了腦袋，不住地搖晃著，呢喃著。

跟董彪通過長途電話後，曹濱將自己關進了房間中，終於理清了整個事件的紋理脈絡，並和趙大明商定了詳細的計畫。趙大明會製造出一場車禍來，而曹濱則會在這場車禍中身受重傷，從而躲過對方的監視，連夜趕回金山。而董彪只需要按照曹濱指示以及曹濱提供的關係，查明那艘運送煙土的貨船，並讓海關警署的尼爾森配合港口方面將那艘貨船拖上個五六天，那麼，等他回來後，就有辦法將這幫人一網打盡，不單能得到玉璽，還可以為顧浩然報了仇。

可是，當曹濱再以電報的方式聯繫董彪的時候，卻遲遲不見回音。

那個節骨眼上，董彪已然帶著羅獵跟隨吳厚頓一塊去到了火車站。

曹濱無可奈何，只得放棄了整個計畫，於次日乘坐火車返回了金山。待曹濱回到堂口的時候，已經是董彪炸船後的第六天了。

聽完了董彪的彙報，曹濱長歎了一聲，道：「你啊，都四十歲的人了，怎麼就沉不住氣呢？咱們既然知道了他們的秘密，將那艘貨船拖在港口中不讓出港是一件很難的事情嗎？」

董彪很是愧疚道：「我回來後，看到你又發來電報要跟我通長途電話，我就知道做錯了。」

曹濱道：「這也不能全怪你，換了我，遇到了無影這種人物，也會迫不及待地想試試他的身手。待你們順利得手，回來後又驗出是個贗品，腦子自然會發熱。再加上你這種動不動就要搏命的個性，連夜帶炸藥摸上船去也實屬正常。」

董彪道：「都怪我太衝動了，不然的話，那枚玉璽說不定已經到手了。」

曹濱起身，從旅行包中拿出了兩條煙來，遞給了董彪，並道：「過去的事情就讓它過去吧！這煙是新出的，咱們這邊還沒有賣，你拿去嘗嘗。」

董彪接下了香煙，問道：「顧先生他恢復得怎麼樣了？」

曹濱歎道：「醫生說他的大腦應該沒多大問題，但身上各臟器受到的損傷可是不小，就算痊癒了，那身體也比不上以前了。」

正說著，羅獵敲門進來，見到曹濱，歡喜道：「我剛在大門口聽說濱哥回來了，就趕緊上樓，濱哥您還真回來了！」

見到羅獵，那曹濱的眼神頓時充滿了溫暖和慈祥，他招呼羅獵坐到了自己身旁，關切道：「跟彪哥幹了這趟拚命的活，感覺如何？怕過嗎？」

羅獵萌笑道：「緊張倒是有，但真沒怕過。」

曹濱點了點頭，又道：「聽說你師父送給你的飛刀被弄丟了？」

羅獵登時流露出傷心神色，黯然點頭道：「在海上的時候遇上了暴風雨，當時挺危險的，結果就把飛刀給忘在救生艇上了。」

曹濱伸出手來，拍了下羅獵的腦袋，道：「在這兒等著，濱哥有件禮物要送給你。」說罷，曹濱起身走出了書房。

羅獵看了眼董彪，發覺董彪神色有些不對，禁不住問道：「彪哥，你怎麼了？濱哥訓你了？」

董彪長歎一聲，道：「做錯了事挨個訓，那還不是常有的事？」

羅獵道：「是因為炸船的事情嗎？」

董彪故作玄虛，重歎一聲，黯然搖頭。

剛好這時曹濱回來了。

羅獵立刻質問曹濱道：「濱哥，彪哥他做錯什麼了要讓你訓他？」

曹濱不禁一怔，疑道：「我訓他了嗎？」再轉頭過來，對著董彪道：「阿彪，你跟羅獵說了什麼了？」

董彪大笑起來，笑夠了才道：「濱哥，好久沒聽到有人用這種語氣跟你說話了吧？羅獵這小子還真像你年輕的時候，我還記得當初你對總舵主也是這般沒規沒矩。」

羅獵嚷道：「好啊，彪哥，你坑我是吧？我還打算陪你喝酒呢，沒想到你這麼不仗義，拉倒！」

曹濱哼了一聲，稍顯不快道：「別鬧了！你倆相差了二十幾歲，也能胡鬧到一塊去？」待二人安靜了下來，曹濱剛拎來的一隻帆布包遞給了羅獵，「打開看看吧！」

「飛刀?!」羅獵打開了帆布包，不禁發出一聲驚呼，迫不及待地將包中物品掏了出來。「好精美的刀套！好鋒利的飛刀！濱哥，這是送給我的嗎？」

曹濱點頭應道：「八年前我結識了你師父老鬼，知道他有一手飛刀絕技，當時對他又有所求，於是便找人打造了這套飛刀。可你師父卻不願意收下，說他已經金盆洗手了，再也不會用到飛刀。所以啊，這套刀也就留了下來。今天濱哥便將這套飛刀轉送給你，你不會跟你師父一樣也拒絕濱哥吧？」

羅獵喜道：「當然不會！」

董彪拆開了曹濱給他的香煙，叼上了一支，點上了火，只抽了一口便讚道：「嗯，這煙好抽，醇香又有勁道，好煙！濱哥，這煙不便宜吧？」

曹濱淡淡一笑，回道：「也不算貴，比起我抽的雪茄來便宜多了。」

羅獵愛不釋手地擺弄著他的飛刀，同時嘟囔了一句：「那煙也真不知道有什麼好抽的？還不如跟濱哥學抽雪茄呢，至少聞起來香得很。」

董彪斜來一眼，冷哼道：「你小子簡直就是條白眼狼，彪哥對你那麼好，你還這麼懟彪哥？」

羅獵嘿嘿笑道：「誰讓你沒送我飛刀呢？」

曹濱不禁嗔怒，道：「你們兩個有完沒完了？一個老不正經，一個小沒規矩，真是拿你們沒辦法。」

羅獵背著曹濱向董彪吐了下舌頭，扮了個鬼臉。

董彪收起了笑來，裝作十分嚴肅的樣子，問道：「羅獵，這幾天總是不見你人影，都忙些什麼事務了？」

這顯然是董彪在繼續胡鬧，但羅獵看到曹濱的神情頗為嚴肅，似乎也想瞭解一下自己的近況，於是便規規矩矩地彙報了西蒙神父找他幫忙的事情。

董彪樂了，道：「沒看出來哦，這個西蒙還挺會浪漫的。」

曹濱道：「席琳娜是個好人，這些年來，咱們安良堂兄弟受個傷生個病的，總是能得到她的細心照料，說起來對咱們安良堂也算是有恩。羅獵若是能幫助他們一家破鏡重圓的話，也算是功德一件。說起這件事，倒讓我想起了另一件事來，我答應過羅獵的二師兄和四師姐，要為他們操辦婚禮的，結果卻被老顧的事情給耽誤了。這樣吧，咱們也不用迷信挑日子了，今天是七月初八，那就四天後吧，七月十二，這日子也算不錯，我把他們二人的婚禮給操辦了。」

羅獵喜道：「好！我這就去告訴二師兄四師姐去。」

董彪一把攔住了正要起身向外走去的羅獵，道：「等會我跟你一塊去。」

羅獵疑道：「你去幹嘛呀？」

董彪氣道：「總該跟新郎新娘還有你大師兄一塊商量一下這婚禮該怎麼辦吧？你總不至於讓濱哥來操心這些瑣碎事情吧？」

羅獵回懟道：「你又沒結過婚，你怎麼懂得操辦婚禮呢？」

董彪被氣得要跳了起來，大聲吼道：「你小子怎麼說話的？老子沒吃過豬肉還沒見過豬跑是不？再敢這麼對老子，信不信老子把你小子給扔樓下去？」

羅獵嘿嘿笑道：「信！彪哥的話我怎能不信呢？可這兒只是二樓，扔樓下去也摔不死我，對不？」

董彪還要繼續發飆，卻被曹濱的一聲歎息給攔住了，「阿彪，你能不能有點長輩的樣子啊？」曹濱頗為無奈，掏出了一根雪茄叼在了嘴上，卻沒找到火柴。

董彪連忙從口袋中摸出火柴來，為曹濱點上了火，訕笑道：「濱哥，我阿彪可不是這小子的長輩，都在大字一輩上，我最多只能算是他長兄。」

曹濱平淡回應了四個字：「長兄如父！」

董彪瞪了眼羅獵，轉而再對曹濱道：「好吧，阿彪聽濱哥的，以後一定會有個長輩的樣子。」

曹濱點了點頭，神色也舒展開來。董彪和羅獵對了下眼神，就要準備出去，這時，曹濱又道：「這兩天給他們操辦婚禮的同時，你們倆也幫我思考一個問題。總堂主要求咱們各個分堂口都興辦一些實業，等到孫先生的事業成功了，咱們也能為實業興國做點貢獻，你們好好想想，咱們堂口適合做點怎樣的實業呢？」

羅獵不假思索，興奮道：「這個問題我想很久了，濱哥，咱們開辦一個玻璃廠，專門給汽車做擋風玻璃。」

早期的汽車全都是敞篷的，前後左右均無遮擋，最多在頭頂上裝個頂棚遮擋陽光或是雨水。近兩年來，汽車在設計上有了較大的變化，半封閉的汽車設計得到了市場的認可，若是能生產出合適的玻璃製品，幫助汽車廠商完成全封閉的汽車設計，那麼其市場前景一定非常廣闊。而且，國內的玻璃製作水準相當低下，很多洋人建築不得以只能從本國花重金運來各種玻璃來滿足需求。

曹濱禁不住露出了笑容來，並道：「這個主意相當不錯，濱哥記下了。不過，做玻璃廠的技術要求相當之高，咱們還需從長計議。」

曹濱感恩於老鬼，並將這份情感釋放到了他的徒弟身上，將汪濤和甘蓮的一場婚禮操辦得相當體面。艾莉絲自然不會缺席了這種場合，西蒙神父也應邀參加了婚禮。十年神父生涯，西蒙為無數對年輕人主持了婚禮，卻是第一次參與這種中式婚禮，從頭到尾都處在好奇的興奮中。頗為遺憾的是席琳娜並未露面，雖然她也愉快地接受了羅獵的邀請，並為一對新人送上了精美的禮物，但婚禮當天，卻以有危重病人為由留在了診所。

席琳娜的缺席讓艾莉絲很不愉快，她幾次要去診所去驗證席琳娜是否真的有危重病人，但都被羅獵攔住了。「艾莉絲，你不能去。我想，席琳娜只是因為她還沒有做好在這種場合下與西蒙見面的準備才會找理由推脫的。你若是揭穿了她，她只會增加心理負擔，那麼，她答應跟西蒙見面談談的計畫就可能被推遲。」

艾莉絲委屈道：「可是，她不該欺騙我呀。」

羅獵笑道：「這怎麼能叫欺騙呢？這是善意的謊言，席琳娜只是不想讓大家感到難堪。」

對艾莉絲來說，羅獵說的每一句話都是有道理的。因而，她接受了羅獵的解釋，重新變得開心起來。「諾力，你看四師姐，她今天好漂亮好幸福哦！」

羅獵看了眼一臉羨慕神態的艾莉絲，笑道：「等你結婚的時候，也讓濱哥操辦一場這樣的婚禮好不好？」

艾莉絲認真地想了下，道：「我們能不能舉辦兩場婚禮呢？一場在教堂，我穿上美麗的婚紗，你穿著筆挺的禮服，我們在神父的見證下向上帝起誓，此生此世，永不分離。然後，再按照你們中華的規矩，你要用轎子來接我，還要……」艾莉絲掰著手指頭對照著眼前的這場婚禮，向羅獵提出了一項又一項的要求。

羅獵只是笑卻不語。

艾莉絲撲簌著一雙大眼，盯著羅獵，歪頭問道：「諾力，你怎麼不答應我呢？是怕花錢嗎？」

羅獵鄭重其事地點了點頭，道：「是啊，那得花多少錢啊？不如學大師兄大師嫂，跟師父磕三個頭並敬杯茶，再請大夥吃頓飯，這婚禮就算完成了，多好，又省錢又省事。」

艾莉絲瞪圓了雙眼，咬牙切齒道：「諾力，你這隻可惡的大貓咪，你必須立刻改口，不然的話……不然的話我就不嫁給你了！」

羅獵一臉壞笑，並伸出手指夾住了艾莉絲的鼻子，道：「你會嗎？」

艾莉絲並不躲閃，任由羅獵夾住了自己的鼻子，堅強回道：「我當然會！」

羅獵一招無效立刻換招，放棄了艾莉絲的鼻子，改做了撓癢。「天下第一酷刑來嘍！」羅獵雙手並用，伸向了艾莉絲的兩個腋下。

艾莉絲登時笑作了一團，防住了羅獵的左手，卻漏掉了羅獵的右手，「我錯了，諾力，我繳械投降了，我答應嫁給你，我也不要婚禮了，咯咯咯……」

羅獵突然停下手來，凝視著艾莉絲，道：「不，艾莉絲，你所有的請求我都會答應，我會讓你成為這世上最美麗最幸福的新娘。」

只是一句簡單的承諾，已然讓艾莉絲激動不已，她抱住了羅獵，微閉雙眸，就要送上自己的一對朱唇。

卻在這時，不知趣的董彪突然出現，從背後拍了下羅獵的肩，吩咐道：「怎麼在這兒閑著了呢？馬上就要開席了，還不準備端菜洗盤子去？」

忙活到了下午兩三點鐘，最後一排流水席的客人吃飽喝足相繼告辭，羅獵、艾莉絲才總算閑歇下來。董彪讓大廚新做了一桌菜，招呼幫忙幹活的弟兄們坐下來吃飯。曹濱早走了一步，董彪已然成了飯桌上的老大，沒有曹濱盯著，成了老大的董彪怎肯放過調侃戲弄羅獵的機會。

「少爺，看你二師兄結婚成家，你就不羨慕嗎？」董彪開口之前，還意味深長地看了艾莉絲一眼。

羅獵只顧著吃，頭也不抬應道：「不羨慕，那……」後半句理應是那有什麼好羨慕的一句反問，卻被艾莉絲一把給掐斷了。「那……那才怪！」虧得羅獵反應神速，這才免遭了艾莉絲的第二下毒手。

董彪呵呵笑道：「那成，趕明天我就跟濱哥說，讓他也給你做個主，挑個好日子，把婚事給辦了。」

艾莉絲急切道：「那可不行！彪哥，我一定要讓西蒙牽著我的手步入婚禮殿堂，但現在我還不能認他……」

董彪擺了擺手，道：「怎麼就不能認呢？西蒙，西蒙？誰瞧見西蒙去哪了？」

羅獵道：「西蒙早就走了，跟濱哥一塊走的。」轉而又對艾莉絲耳語道：「你別搭理彪哥，他就是個老不正經的傢伙，他在存心逗咱們玩呢。」

艾莉絲咯咯笑道：「可是，我喜歡這樣的話題。」

董彪正準備向羅獵發起進一步語言攻擊，卻見到趙大新暈暈乎乎地拎著一瓶酒走了過來，「彪哥，借這個機會，我趙大新得好好的敬你幾杯。」

董彪讓身旁兄弟給趙大新讓了座，並笑道：「你都喝成這副鳥樣了，還敢來挑釁你彪哥？」

趙大新坐了下來，雖然有些暈乎，但基本上還能自控，給董彪斟滿了一杯酒，再給自己倒上了，舉起杯來，道：「今天我高興，比以前任何一天都高興，我二師弟成家了，娶了我四師妹，師父他在九泉之下一定會很開心的。」

董彪不禁一愣，隨即以嚴厲的眼神盯了羅獵一眼。羅獵下意識攤開雙手，示意董彪消息並非是他洩露給大師兄的。

「彪哥，你別瞪小七，他什麼都不知道，是濱哥剛才告訴我的，彪哥，我趙大新對不起我師父啊！」趙大新面龐上還留著笑容，但兩行熱淚已然奔流而下。「要不是我不爭氣……」

董彪意識到趙大新可能要說漏嘴，於是便一把拍了過去，並喝道：「鬼叔他走得威武，咱們這些晚輩理當敬仰，哭什麼哭？來，大夥同乾了這杯酒，敬鬼叔！」

趙大新挨了董彪一巴掌，頓時醒悟過來，抹了把眼淚，連忙訕笑著跟著大夥一塊舉起了酒杯。

董彪乾了杯中酒，攬過趙大新的肩，道：「大新啊，過去的事就讓他過去好了，不要總掛在心裡，沒什麼好處。你二師弟雖然成了家，可你還有五師弟六師弟呢！你這個做大師兄的，任重道遠啊！」

雖然說的是中文，但艾莉絲聽得很明白，於是插話道：「彪哥，還有七師弟你沒說呢！」

董彪被逗樂了，大笑起來。

艾莉絲一頭霧水，道：「我說錯了嗎？諾力確實是七師弟啊，而且，他也沒有成家。」

就這麼一打岔，趙大新卻上了酒勁，頭一歪，身子一斜，差點摔倒。董彪招呼了倆兄弟，將趙大新扶進屋去睡了。

趙大新整了這麼一齣，原本並不打算喝酒的羅獵也喝下了一杯，有了第一杯便經不住董彪勸來的第二杯，喝了第二杯還等著了第三杯……一頓飯吃完，羅獵雖不至於喝高，卻也是有些暈暈乎乎。

「諾力，你也進屋去睡會吧，我自己回去就好了。」艾莉絲攙扶著羅獵，就要往屋裡去。

羅獵甩開了艾莉絲，站直了身子，直勾勾看著艾莉絲，道：「幹嘛要我去睡覺？我又沒喝醉，不信你看……」羅獵展開雙臂，打了個旋腿，落地時也僅僅是晃動了一下。

艾莉絲聳了下肩，微笑道：「那好吧，我先送你回堂口好了。」

羅獵依舊不依，道：「不行，我是男人，要先送你回家。」

艾莉絲拗不過，只得同意。

二人手牽手離開了師兄師姐們所住的院子，院子中綠樹成蔭，不覺得有多熱，但路上卻少有陰涼，仲夏的陽光雖然不在那麼毒辣，但仍舊能將人曬出一身汗來。「艾莉絲，請我吃個冰棒好麼？我在這兒等你。」羅獵看到街對面有賣冰棒的商鋪，卻懶得多走幾步，便跟艾莉絲耍起了賴皮。

艾莉絲含著笑剜了羅獵一眼，然後去了街對面。

羅獵躲在難得的一塊樹蔭下，靠著樹幹，瞇上了雙眼。

艾莉絲買了兩支冰棒，歡快歸來，正想叫上一聲，忽然覺察到前方不遠處閃出一個人影，那人手中似乎拿著一把弓箭。艾莉絲暗喝一聲不好，飛身撲向了羅獵，幾乎同時，一聲細微的破空聲襲來。

羅獵陡然警醒，卻已來不及反應，艾莉絲慘叫一聲，撲倒在了羅獵懷中。羅獵一把抱住了艾莉絲，身形一轉，躲在了樹幹之後。

那人影一晃而逝，羅獵急忙查看艾莉絲傷情，卻見一杆短箭插在了艾莉絲的肩頭。

「艾莉絲，你怎麼樣？」急切之下，羅獵出了一身冷汗，酒意也完全消退。

艾莉絲睜開了雙眼，擠出了一絲笑容，道：「諾力，你的冰棒被我……」話未說完，艾莉絲便陷入了昏迷。

羅獵抱起了艾莉絲，朝著席琳娜的診所狂奔，並一路高喊：「告訴彪哥去診所！」

也就是幾百米的路程，羅獵一路狂奔，不過分把鐘便撞開了席琳娜所在診所的大門。「席琳娜！席琳娜！席琳娜！快救救艾莉絲吧！」羅獵在呼喊時已然有了哭腔。

席琳娜聽到了呼喊，從裡屋衝了出來，幫著羅獵將艾莉絲放到了診療床上。「天哪，她中箭了！諾力，除了箭傷，艾莉絲還有別的傷麼？」

羅獵哽咽道：「沒有，就中了這一箭。」

席琳娜稍有安心，道：「箭只是射中了肩，應該不會有生命危險，她之所以昏迷，可能是因為受驚嚇所致。」席琳娜嘴上輕鬆說著，手上卻立刻為艾莉絲做了檢查，只是測了個脈搏，席琳娜便變了臉色，急忙拿過來血壓計，測量後驚呼道：「天哪，艾莉絲她這是怎麼啦？」

另一間診室中出來一名醫生，快步來到艾莉絲身旁，翻開了艾莉絲的眼皮，觀察了一下後，又從口袋中拿出了一個小手電筒，對著艾莉絲的雙眼照了幾下。「不好，病人有中毒跡象，她是不是心率加快而血壓卻快速下降呢？」

席琳娜驚恐地點了點頭。

「席琳娜，立刻為病人建立輸液通路。」那醫生吩咐完席琳娜後，又向另一名護士下了醫囑：「給病人吸氧並肌注強心針。」

診所的醫生護士聽說傷者是席琳娜的女兒，紛紛把手邊的事情放下了，投入到對艾莉絲的搶救中來。羅獵幫不上絲毫的忙，只能是立在角落中呆傻著看著這邊。

董彪終於趕來了，一進門便看到了角落中的羅獵。「艾莉絲她怎麼了？」

看到了董彪，羅獵頓時撐不住了，兩行熱淚奪眶而出，嗚咽道：「我被人襲擊，艾莉絲為我擋了一箭，那箭上有毒……」

「箭上有毒？」董彪陡然一驚，立刻轉身向身後兄弟吼道：「還不回去把車開來？不，直接去把安東尼醫生請來，告訴他，這邊有人中了印第安毒箭！」

聽到印第安毒箭這五個字，羅獵雙腿一軟，癱倒在了地上，痛苦地抱住了腦袋，不住地搖晃著，呢喃著。

董彪蹲了下來，雙手搭在了羅獵的肩上，安慰道：「小子，振作點，紐約顧先生中的也是毒箭，不過兇手事先清洗了箭鏃上的毒。我想，這兩起刺殺應該是一人所為，艾莉絲中的那杆毒箭，說不定箭鏃也被兇手清洗過了。」

羅獵悲痛道：「都怪我，我要是不喝酒，就不會發現不了兇手，艾莉絲就不會中箭，都怪我，我要是不讓艾莉絲為我去買冰棒，那兇手這一箭就會射在我身上，艾莉絲就不會替我死掉……」

董彪道：「小子，你要堅強起來，相信彪哥，艾莉絲她一定會挺過來的。」

羅獵抬起頭來，淚眼婆娑看著董彪，呢喃道：「我相信彪哥，艾莉絲她一定不會死，她一定能挺過來。」

這時，主導搶救的那名醫生大聲問道：「現在心率多少？」

一名護士立刻應道：「一百零八每分鐘。」

那醫生又問道：「血壓多少？」

另一名護士隨即應道：「六十，四十毫米汞柱。」

那醫生吁了口氣，自語道：「上帝保佑，總算穩定下來了。」

董彪聽到了，立即激動地搖晃著羅獵的雙肩，大聲道：「聽到了嗎？羅獵，醫生說艾莉絲的病情穩定下來了。」

羅獵噌地一下站了起來，衝了那醫生面前，抓住了那醫生的雙臂，急切問道：「艾莉絲是不是不會死了？她什麼時候能醒過來？」

那醫生認得羅獵，無奈地搖了下頭，道：「諾力，你不能這麼激動，聽我說，夥計，先鬆開你的手。」

董彪跟了過來，攬住了羅獵，輕聲道：「是的，羅獵，你不能這麼激動。」

羅獵尚未失去理智，用力抓住那醫生的雙臂只是情急之下的無意識行為，此刻聽了兩個人的勸慰，稍微平靜了一些，鬆開了雙手。

那醫生道：「我們目前做的只是對症處理，診所中沒有特效解毒藥，因而，病人的中毒狀態並沒有得到緩解。對了，傑克，有沒有去請安東尼醫生呢？他的經驗比較豐富，或許知道能如何解毒。」

董彪道：「我已經派人去請了，估計還得過一會才能趕到。」

羅獵急道：「為什麼不把艾莉絲送去安東尼那邊，這樣不是能省些時間嗎？」

那醫生耐心解釋道：「艾莉絲現在不能搬動，留在診所中還能得到對症處理，要是送往安東尼的診所，恐怕路上會出問題。」

羅獵鼻子一酸，兩串淚珠又滾落了下來。

那醫生道：「傑克，我已經為艾莉絲做了手術摘除了那支箭，箭傷對她的傷害並不大，但她中毒頗深，能不能救得回來，一是看安東尼醫生有沒有好的辦法，二要看艾莉絲自己，看她能不能挺得住，我們能做的也就這些了。」

董彪點頭應道：「謝謝，辛苦你了。對了，我怎麼沒看到席琳娜呢？」

那醫生回道：「席琳娜情緒極不穩定，我不能讓她參與搶救，讓她去休息了。」

被董彪吼了一嗓子的那位兄弟以最快的速度奔回到了堂口，剛衝進大門，迎面走來了曹濱和西蒙神父。看到自己手下兄弟如此慌張，曹濱不禁皺起了眉頭，呵斥道：「如此慌亂，成何體統？」

那兄弟上氣不接下氣彙報道：「濱哥，艾莉絲她中了毒箭，彪哥讓我回來開車去接安東尼醫生。」

西蒙神父雖然聽不懂那兄弟說的中文，但看其慌張的樣子便知道出了大事，言語間又提到了艾莉絲的名字，西蒙神父登時懵了，一把抓住了那兄弟的衣領，厲聲問道：「你說什麼？艾莉絲她怎麼了？」

曹濱拍了拍西蒙神父的肩，道：「西蒙神父，請鎮定。」轉而對那兄弟道：「你去把車開來，我去接安東尼，我開車應該是最快的。」

那兄弟領命而去，曹濱再對西蒙神父道：「艾莉絲中了箭，箭上有毒，正在搶救，我這就去請安東尼醫生，你待會讓那兄弟帶你去看看艾莉絲吧。」

「箭上有毒？」西蒙神父雙腿一軟，差點癱倒：「那毒厲害麼？艾莉絲會有生命危險嗎？」

曹濱道：「我還不知道，西蒙神父，不過看情形不容樂觀，不然的話，那兄弟不會如此慌張。」

西蒙神父急切問道：「那艾莉絲現在在哪？」

曹濱輕輕搖了下頭，道：「我也不知道，我猜應該是在席琳娜的診所中吧。」

西蒙神父用力捶著自己的腦袋，悲痛道：「怎麼會這樣？怎麼中箭的不是我？」

前來開車的那兄弟很是麻利，頭腦也夠清楚，自己開過來了一輛車，順便又叫另一個兄弟開了第二輛車跟在了後面。曹濱跳上車，飛馳而去，那兄弟將西蒙神父拉上了第二輛車。

進到了診所，西蒙神父沒見到艾莉絲在哪，卻看到了蹲在門口的董彪以及蜷縮在牆角的羅獵。「傑克，諾力，艾莉絲她怎樣了？她在哪兒呢？」

董彪歎了聲氣，指了指診所裡面一間治療室。

西蒙神父衝了過去，卻發現治療室的門無法打開。

「西蒙，冷靜些，醫生護士正在搶救艾莉絲，你進去的話，會影響到他們的。」身後董彪勸說著，聲音雖然平穩，但充滿了擔憂。

就在幾分鐘前，總算平穩下來的艾莉絲，其生命指徵再次出現波動，診所的醫生為了方便搶救，將她推進了醫療設施更加齊全的治療室。

西蒙神父轉過身來，紅了眼眶問道：「傑克，這究竟是怎麼回事？」

董彪長歎一聲，回道：「有人要刺殺羅獵，是艾莉絲為他擋了一箭。」

西蒙神父怒瞪雙眼，極盡全力才壓低了聲音吼道：「是誰幹的？」

董彪搖了搖頭，道：「現在還不知道。」

裡面一間診室中的席琳娜聽到了西蒙神父的聲音，搖搖晃晃走了出來，哭道：「西蒙，艾莉絲她……中的是印第安毒箭。」

西蒙神父一個箭步上去扶住了搖搖欲墜的席琳娜，安慰道：「上帝會保佑我們的女兒平安無事的，席琳娜，你要振作起來，艾莉絲一定會挺過來的。」

席琳娜悲愴道：「印第安毒箭最常用的是幽靈箭毒蛙之毒，這種毒至今還沒有特效解毒藥。」

董彪上前解釋道：「席琳娜，中了印第安毒箭的人往往撐不過五分鐘，艾莉絲到現在已經快半小時了，這說明，那支毒箭上的毒液可能被清洗過了，艾莉絲應該有很大機會挺過來的！」

曹濱終於將安東尼醫生帶到了診所。

安東尼沒有直接進治療室為艾莉絲診治，而是先取來了那支毒箭，在一個裝有透明液體的瓶子中擺涮了幾下，然後將那只瓶子封上了口，交給了隨行而來的一名助手：「以最快的速度拿回去化驗，一旦出了結果，立刻回來向我彙報。」

曹濱使了個眼色，立刻有兄弟跟著出了診所。

「病人受傷到現在多長時間了？我要最準確的數字。」安東尼醫生一邊翻看著治療記錄，一邊詢問著艾莉絲的基本情況。

診所的那名醫生回答道：「病人送到診所的時候是四點三十六分，現在是六點一刻，加上病人在路上耽擱的時間，準確數字應該是一小時零四十分鐘。」

安東尼點了點頭，又問道：「病人尿路通暢麼？有沒有下管導尿？」

診所醫生回道：「利尿藥用上後便下了導尿管，到現在為止，輸進去了約一千毫升的液體，排出了兩百毫升的尿液。」

安東尼不禁皺起了眉頭，並隨那診所醫生進到了治療室中。

曹濱拿起了那支箭，只看了一眼便丟回了原處。這支箭的特點如此明顯，曹濱只看了一眼便斷定和射中顧浩然的那支箭同出一處。

「阿彪，你出來一下，我有事要問你。」曹濱招呼了董彪一聲，先走出了診所。

董彪隨即跟了出來，道：「濱哥，這支箭是不是跟顧先生中的那支箭一樣？」

曹濱點了點頭，道：「你再將那天夜裡在貨船上的過程給我細說一遍。」

董彪摸出了煙來，點上了一支，抽著煙，將整個過程描述了一遍。

「這麼說，那個叫漢斯的中華人在貨船爆炸的時候身上並沒有帶著弓箭……」曹濱的眉頭蹙成了一坨，雙眼也瞇成了兩道縫隙，「假若他就是兇手，那麼，即便他僥倖從船上逃了出來，那副弓箭也無法帶在身上，只會隨著貨船沉入海底……除非，他有兩套一模一樣的弓箭？」

董彪也陷入了沉思中，他再一次回顧了整個過程，並順著曹濱的思維想出了另一種可能：「濱哥，還有一種可能，他並沒有將弓箭帶上船，而是藏在了附近的某個地方，船炸沉海後，他僥倖逃脫，之後取了那副弓箭回來尋仇……對了，濱哥，當時暴風雨已經來了，我跟羅獵在海灘上等著無影的時候，看到了一個人影，那個人影會不會就是僥倖逃脫的漢斯呢？」

曹濱道：「我在想另一個矛盾，老顧中的毒箭其箭鏃上的毒顯然是被清洗過的，這件事若是那漢斯做的倒也好解釋，他不過是想把我調離金山。但是，艾莉絲中的這支毒箭，目前看來也是被清洗過的，如果是漢斯前來尋仇，那他為什麼要這麼做呢？再者，這仇要算也得算在你董彪的頭上，他又為何放過你而對羅獵下手呢？」

董彪猛然一驚，愣了片刻，呢喃道：「是哦，這從道理上確實講不通哦。」

曹濱習慣性地將手插進了懷中，想拿根雪茄出來抽兩口，可出門的時候太過匆忙，居然忘記帶上一根雪茄，於是便向董彪討要了一支香煙，勉強應付。「這其中或許存在兩種可能，要麼，這毒箭根本不是那漢斯所為，兩件事只是湊巧撞在了一塊。要麼，這漢斯便是在下一盤更大的棋，以毒箭傷了老顧和羅獵，只是他整個計畫中的一環。甚至，那船煙土也是他的虛晃一槍。」

董彪怔道：「不可能吧！濱哥，你不知道那船煙土有多少，那漢斯要是成功了，賺下的錢能將咱安良堂買一百次都不止，他怎麼會花那麼大的代價來對付咱們呢？」

曹濱被香煙嗆到了，咳了幾聲，沉吟道：「是啊，明面上確實無法解釋，但是，誰又能保證那貨船上裝著的就一定是真的煙土呢？我想，無論是你阿彪，還是那無影吳先生，你們在船上的時候，應該都沒有機會去檢驗那船貨物的真偽吧。」

董彪倒吸了口氣，凝神靜止了數秒，才開口道：「對哦，若是將那船煙土都換成了地上挖來的泥土，根本就是分文不值啊！」

曹濱還是不習慣香煙，還剩了半截便丟在了地上。「世上碰巧的事情有很多，但若說這兩件事剛好是碰巧我認為可能性不大。阿彪，咱們現在急需做兩件事，一是想盡一切辦法查清楚那個漢斯的底細，二是調動所有的關係資源，追查那批煙土的下落。如果我的猜測是對的話，漢斯的那批煙土應該存放在金山的某個倉庫。」

董彪點頭應道：「好的濱哥，我這就著手安排。」

曹濱又道：「如果漢斯的那批煙土還在的話，那麼，那枚開國玉璽也就還在。阿彪，一定要沉住氣，那批煙土的下落不能在一時半會便能追查得到，但只要它無法離開金山，那麼就始終處在咱們的控制範圍內。我明天一早就去港口打招呼，讓他們盯緊了每一艘發往中華的貨船。」

董彪道：「我記住了，濱哥。」

曹濱再囑咐道：「這些事你先安排下去就好了，不必親力親為。這個當口上，羅獵最離不開的就是你，好好陪陪他，疏導他吧。」

董彪長歎一聲，道：「艾莉絲對他來說實在是太重要了，我真不知道他能不能挺得過來。」

曹濱拍了拍董彪的肩膀，道：「我說過，他很像我年輕時的樣子，沒有什麼挫折能擊垮我曹濱，羅獵也一樣！」

曹濱跟董彪說完話便回去了，董彪在診所門口抽了支香煙，回到了診室中。安東尼醫生領著診所的醫生護士還在治療室中為艾莉絲診治，羅獵仍舊蜷縮在房間一角，呆滯的目光死盯著治療室的門，席琳娜偎依在西蒙的懷中不停抽噎，而西蒙神色黯然，口中念叨著什麼，卻未發出聲音。

董彪挨著羅獵坐到了地板上，像是自語，又像是勸慰，道：「無論發生了什麼，對一個真正男人來說，他能做的只有是勇敢面對，將所有的自責和內疚深埋在心裡，只有堅強起來，才能追查到真凶，為艾莉絲報仇雪恨！」

羅獵未做回應。

董彪又道：「濱哥剛才在門口和我分析了，兇手很可能就是那個漢斯，那一船的貨物也很有可能是假煙土，羅獵，你必須振作起來，抓住漢斯，並讓他親自品嘗印第安毒箭的滋味。」

羅獵終於有了反應，幽幽歎息了一聲，呢喃道：「那又能怎樣？殺了漢斯，我的艾莉絲就能回到我身邊嗎？艾莉絲那麼善良，上帝為什麼要這樣懲罰她呢？」

董彪歎道：「哪有什麼上帝啊？即便有，那上帝庇護的也是有錢有勢的權貴，像咱們這種人，只能依靠自己的雙拳才能不被別人欺負。羅獵，彪哥能理解你對艾莉絲的那份感情，也能理解你心中的那份自責和內疚，但你這樣萎靡不振，又怎麼能對得起艾莉絲為你擋下的這一箭呢？羅獵，聽彪哥的，抬起頭來，擦乾眼淚，跟濱哥彪哥一起，活捉了那個漢斯，剝了他的皮，抽了他的筋，這樣才能對得起艾莉絲啊！」

羅獵掀起上衣蒙住了頭，悲愴道：「我不想抓什麼漢斯，我不想報什麼仇，我只想懇求上帝能將我的艾莉絲還給我，實在不行，那就用我的命去換艾莉絲的命。彪哥，別再勸我了，你說什麼我都不想聽，我只想讓艾莉絲能好起來。」

董彪長歎一聲，拍了拍羅獵的頭，沒再繼續說話。

時間滴滴答答地走著，診所中安靜得只剩下了各人的呼吸聲，門外偶爾傳來一些動靜，等待之後卻不是那回去化驗的助手歸來。治療室的門終於打開了，一頭汗水的安東尼醫生率先走了出來，董彪立刻起身迎了上去，西蒙和席琳娜也來到了安東尼醫生的身邊，唯獨羅獵依舊萎靡蜷縮於原地。

「病人病情總算是穩定了，但情況並不容許樂觀，她的各個臟器都出現了功能衰竭的徵象，接下來的二十四個小時極為關鍵，若是能挺得下來，那麼存活的機率將會大大增加。」安東尼抬頭看了眼牆壁上掛鐘，又下意識地往門外張望了一眼，接著道：「從病人的臨床徵象來看，應該是中了幽靈箭毒蛙之毒，當然，化驗結果還沒出來，現在並不能百分之百的確定。我是按照這種毒進行治療的，但你們都知道，到目前為止，還沒有這種毒的特效藥，請你們諒解包容。」

董彪上前擁抱了安東尼，道：「謝謝你，安東尼，你辛苦了。接下來，我們需要注意些什麼呢？我是說，在艾莉絲的治療上。」

安東尼醫生道：「你們幫不上什麼忙，該休息就去休息吧，我會守在這兒，湯姆給我下了死命令，要求我全力以赴。傑克，你是知道的，我欠湯姆的太多了，我必須答應他。」

又過了半個小時，診所門外傳來了汽車急剎車的聲響。緊接著，安東尼醫生的助手回到了診室。「安東尼醫生，化驗報告出來了，確實是幽靈箭毒蛙之毒。」

安東尼醫生淡定回道：「我知道了，謝謝你，托尼，你辛苦了。」

董彪走上前來，道：「安東尼，現在確診了，那治療方案是不是需要調整一下呢？」

安東尼搖了搖頭，回道：「我說過，我是按照這種毒制定的治療方案，事實上，也起到了一定的作用。傑克，希望你能理解我，若是還有什麼好辦法的話，我是一定不會保留的。」

董彪道：「我聽說有一種換血療法，安東尼，你認為會對艾莉絲起作用嗎？」

安東尼冷哼一聲，道：「那是三百年前的老把戲了，要是有用的話，那還需要研究各種解毒藥嗎？」

董彪輕歎一聲，不再言語。

診所的醫生護士也從治療室中出來了，安東尼詢問了艾莉絲的情況，然後道：「你們可以進去陪陪她，記住，不要吵到她。」

西蒙神父和席琳娜聽到了，連忙相互攙扶走進了治療室。

董彪回到了羅獵面前，道：「你就不打算進去看看艾莉絲嗎？」

羅獵目光空洞，呆滯搖頭。

董彪終於上了怒火，一把抓住了羅獵的脖子，將他拖了起來，切著牙，壓低了聲音，吼道：「艾莉絲還沒死，她還有活下來的希望，她正在跟死神搏鬥，你就不能助她一臂之力嗎？」

羅獵嘴角一歪，兩行眼淚不爭氣地流了下來，囁嚅道：「我，我不敢去見她，我怕我會吵到她。」

董彪將羅獵頂在了牆壁上，鼓勵道：「你能夠控制住自己的，彪哥相信你，你一定能做得到！」

羅獵默默地點了下頭。

跟在董彪的身後，羅獵艱難地挪動著雙腳，終於來到了艾莉絲的病床前。

「艾莉絲……」看到艾莉絲蒼白的面龐，羅獵只是一聲呼喊，便癱軟下來，不省人事。

董彪無奈，只得將羅獵抱出了治療室。

安東尼醫生為羅獵做了簡單的檢查，道：「他沒什麼大問題，只是精神太緊張了，休息一下就會醒過來的。」

羅獵這一昏迷，直到深夜才幽幽醒來。診所中，董彪躺在地板上已經睡著了，安東尼躺在診室的椅子上也進入了夢鄉，診所的醫生護士都沒有離開診所，各自找了地方休息。治療室中，席琳娜伏在艾莉絲的病床一側，看上去也像是睡著了，只有西蒙神父，握著艾莉絲的手，以極其微小的聲音呢喃著什麼。

再醒來的羅獵顯然冷靜了許多，他緩步走進了治療室，來到了病床前，伸出顫抖的手來，輕輕撫摸著艾莉絲的臉頰，柔聲道：「艾莉絲，你為什麼那麼傻呢？你為什麼要為我擋那一箭呢？你要是撐不住了，走的時候慢一些好麼？你要等著我，等著你的大貓咪，大貓咪離不開你，大貓咪要跟你一塊走……」

西蒙神父站起身，來到羅獵身邊，將羅獵攬在了懷中：「諾力，我的孩子，別這樣，艾莉絲看到你這麼悲傷，她會受不了的。」

羅獵伏在西蒙懷中，悲愴慟哭。

席琳娜也醒了過來，走到羅獵身旁，溫柔地撫摸著羅獵的頭髮，柔聲道：「諾力，艾莉絲跟我說過，她感到最幸福的事情便是認識了你。她愛你，超過了愛她自己，她為你擋了那一箭，一定是她這輩子做出的最驕傲的一件事。諾力，你不要自責，更不要內疚，你要好好活下去，這樣的話，艾莉絲即便真的離我們而去，她也是笑著離開的……」席琳娜說著說著，便說不下去了，雙手捂住了面龐，伏在西蒙神父的肩頭上抽噎起來。

便在這時，羅獵突然聽到了艾莉絲叫他的聲音，急忙從西蒙神父的懷中掙脫開，羅獵撲到了病床前，輕輕捧著艾莉絲的面頰，柔聲問道：「艾莉絲，是你在叫我嗎？」

艾莉絲果真緩緩地睜開了雙眼。「諾力，我的大貓咪，你為什麼哭了？」艾莉絲氣若遊絲，但蒼白的面龐上卻掛著甜甜的微笑。

羅獵欣喜若狂，激動道：「艾莉絲，你醒來了，你真的醒來了！」

西蒙神父已然衝出了治療室，叫醒了安東尼醫生，喊道：「安東尼醫生，艾莉絲她醒來了！她真的醒過來了！」

安東尼醫生猛然一驚，連忙衝進了治療室。董彪從地上爬起，跟在了安東尼的身後。安東尼醫生衝進治療室後先看了掛在床邊的尿袋，神色頓顯慌亂，再要為艾莉絲進一步檢查，卻被艾莉絲拒絕了。「安東尼醫生，謝謝你為我的付出，讓我才有機會能跟我的大貓咪再說上幾句話，我知道，我已經不行了。」

羅獵急道：「不許胡說，安東尼一定能把你治好的。」

艾莉絲微笑道：「諾力，別再耽誤時間，屬於我們的時間並不多。」

安東尼將董彪和西蒙神父叫到了一旁，神色頗為嚴峻，道：「她不應該在這個時候醒來的，此時醒來，只會加重各臟器的負擔，導致衰竭狀態加速。我想，這應該是她生命的最後時刻了，就像是一盞燒完了燃油的燈，在即將熄滅之前，燈火會猛然旺盛一下。」

董彪痛苦卻又無奈地拍了拍西蒙神父的肩，一言不發，去了一旁。

西蒙神父異常鎮定，向安東尼表示了感謝後，攬著席琳娜來到了艾莉絲的面前。

艾莉絲開心地笑了：「西蒙，席琳娜，祝賀你們，你們終於和好了。」

席琳娜彎下身來，親吻了艾莉絲，道：「我的孩子，媽媽錯了，媽媽早該聽你的話。」

艾莉絲微笑道：「不，媽媽，是艾莉絲不好，你是天底下最好的媽媽，而我卻總是讓你擔心。」

西蒙神父跟著親吻了艾莉絲，道：「我的孩子，你還有什麼願望，告訴西蒙，西蒙一定會幫你實現。」

艾莉絲發出了輕弱的笑聲：「西蒙，我能叫你一聲爸爸嗎？」

一直表現得鎮定且堅強的西蒙神父再也忍不住了，兩行老淚奪眶而出，哽咽回道：「我的孩子，你當然可以叫我爸爸。」

艾莉絲緩緩伸出手來，為西蒙神父擦拭了淚水，開心地叫了一聲：「爸爸！」

「我的女兒！爸爸對不起你啊……」西蒙神父慽慟痛哭。

艾莉絲輕輕地摩挲著西蒙神父的臉頰，道：「爸爸，你能牽著我的手，送我步入婚禮的殿堂嗎？」

西蒙神父嗚咽道：「當然，我的女兒，爸爸等這一天已經等了很久了。」

艾莉絲轉過臉來，對羅獵微笑道：「諾力，我的大貓咪，你願意娶你的小白兔嗎？」

羅獵流著淚，重重地點了頭，並道：「我願意，艾莉絲，我當然願意。」

艾莉絲幽幽歎道：「只可惜，我沒有潔白的婚紗……」

一旁的董彪突然大聲道：「艾莉絲，堅持住，彪哥這就給你找婚紗來！」說罷，董彪衝出了治療室，衝出了診所，衝上了夜幕中的大街。

一名兄弟跟了上來，道：「彪哥，這是在夜裡，到哪兒找婚紗啊？」

董彪毫不理會，一路狂奔，在唐人街的一頭，一腳便踹開了一家專營紅白喜事用品的商鋪大門。老天爺保佑，那商鋪中還真有一套白色的婚紗。

治療室中，艾莉絲央求羅獵道：「諾力，扶我起來，我要梳理打扮，我不能這副樣子跟你結婚。」

羅獵流著淚將艾莉絲抱在了懷中，席琳娜找來了梳子，為艾莉絲梳理了頭髮，一名護士小姐將自己的化妝品拿到了艾莉絲的面前。

待董彪抱著那套白色的婚紗返回了診所的時候，艾莉絲已經梳理打扮完畢，看到董彪抱著的婚紗，兩隻大眼睛頓時閃爍起光亮來。

艾莉絲在席琳娜和兩位護士的幫助下艱難地穿上了婚紗，開心地笑著，將手遞給了西蒙神父。

眾人分立兩行，哼起了婚禮進行曲的旋律。

西蒙神父強忍住內心的悲慟，一隻手牽著艾莉絲的手，另一隻手則攬住了艾莉絲的腰，緩緩向羅獵走來。羅獵緊咬著嘴唇，極力控制著自己，終於等來了艾莉絲。

西蒙神父將艾莉絲交給了羅獵，然後重新做回了神父，道：「艾莉絲・泰格，你願意……」

艾莉絲偎依在羅獵的懷裡，輕聲糾正了西蒙神父的稱呼：「神父，我改名字了，請叫我艾莉絲・馬修斯。」

西蒙神父捂住了雙眼，憾慟不已。董彪走過來，安撫道：「西蒙，堅持住，艾莉絲的時間並不多。」

西蒙神父咬牙忍住了，繼續道：「艾莉絲・馬修斯小姐，你是否願意與諾力羅先生結為夫婦？無論疾病還是健康，或任何其他理由，都愛他，照顧他，尊重他，接納他，永遠對他忠貞不渝直至生命盡頭。」

艾莉絲甜美地微笑著，深情地看了眼羅獵，道：「我願意！」

西蒙神父又道：「諾力羅先生，你是否願意與艾莉絲・馬修斯小姐結為夫婦？無論疾病還是健康，或任何其他理由，都愛他，照顧他，尊重他……」

艾莉絲伸出手指，按住了羅獵的嘴唇。「諾力，我的大貓咪，我當然知道你會願意，但我不想讓你說出來，我的大貓咪，你一定要答應我，好好活下去，開開心心地活下去，不然，你的小白兔在天堂上會很傷心的。」

羅獵流著淚，點了頭，應道：「我答應你，艾莉絲，我一定會好好活下去，開開心心活下去，我不會讓小白兔在天堂上傷心的。」

艾莉絲再次露出了甜美的笑容，道：「能死在你的懷中，我真幸福，諾力，吻我，不要停……」

羅獵垂下頭來，可是，艾莉絲已然溘然離去。

「艾莉絲……」羅獵爆發出一聲撕心裂肺的呼喊。

但艾莉絲再也聽不到了。

第十章

煙土的真正主人

羅獵道：「那個女人的舉手投足間透露著一股高貴，
我猜測那女人應該是這批煙土的真正主人。
我們雖然不知道那艘貨船被你炸了之後發生了什麼，
但我敢肯定，一定是那個女人想明白了漢斯的陰謀，
而那兇手便是以這種方式向我們做出提醒，
想借助我們的力量阻止漢斯的下一步行動。」

兇手射出了那一箭後再也不見了蹤影，董彪帶著手下弟兄在追查煙土下落的時候也是內緊外鬆，而海上因爆炸而沉沒的貨船被定性為出現故障且遭遇暴風雨所導致，因而只在當地報媒上佔據了微不足道一小塊版面，根本沒掀起任何波瀾來。

整個金山一片平靜，就像是什麼事情都沒發生過一般。

羅獵就像是傻了一樣，從艾莉絲的葬禮上歸來之後，便一句話也沒再說過，整日將自己關在房間中，送進去的飯菜經常原封不動的再被端出來。

董彪很是擔心，好幾次都想進到羅獵的房間跟羅獵好好談談，可曹濱卻阻止了董彪。「我說過，現在的羅獵便是二十多年前的曹濱，沒有什麼事情能夠擊垮他。他只是尚未從失去艾莉絲的悲痛中走出來，等他一旦走出，將會是另一個羅獵，甚或超過二十歲的曹濱。」

董彪不願意反駁曹濱的這個論斷，但他始終對羅獵放心不下，在羅獵將自己關進房間的第三天，他終於借著送飯的機會，見到了羅獵。

「你瘦多了，小子，這樣不吃不喝可不行，別忘了，你答應過艾莉絲的。」董彪提起了艾莉絲，不禁有些後悔，生怕羅獵的情緒會因此而波動。

羅獵卻僅是淡淡一笑，回道：「不是我不願意吃，實在是吃不下。」

董彪道：「是飯菜不可口嗎？你想吃什麼，跟彪哥說，彪哥讓周嫂給你做。」

羅獵搖搖頭道：「我在想一個問題，這問題想不明白，恐怕我什麼都吃不下。」

董彪道：「那你能不能跟彪哥說說，讓彪哥也幫你想想？」

羅獵點了點頭，道：「假如兇手便是那個漢斯的話，那麼，吳厚頓在其中究竟扮演了怎樣的角色呢？」

此言既出，董彪登時愣住。

這個問題他從來沒有多想過，而曹濱亦未對此人產生過任何懷疑，但是，吳厚頓就真的沒有問題嗎？

羅獵稍一頓，接著說道：「南無影北催命，他既然能跟我師父齊名，想必也是江湖上響噹噹的一號人物，一般來說，像這種成名的江湖人物對自己的名聲看得是相當之重，尤其是盜門中人，對盜亦有道這四個字視為有千金之價，絕不會去做那種偷雞摸狗的宵小之輩才會做的事情，可是，在我來美利堅的那艘船上，他卻被抓了個現形，在輪船的餐廳中，他偷了好多人的錢夾手錶什麼的。」

董彪道：「那或許是他隱瞞身分的一種手段。」

羅獵深吸了口氣，緩緩吐出，略顯鄙夷神色，道：「隱瞞身分的手段有很多，他為何非要把自己偽裝成一名宵小之輩呢？依我看，他更像是技癢難耐。我承認，他的偷竊技術相當精湛，但對於成名大家來說，絕不屑於偷竊人家的錢夾。」

董彪不自覺地摸出了煙來，點上了一支，吐出一口濃煙後，鎖緊了眉頭道：「你說的雖然有道理，但也不能證明他一定就不是無影。」

羅獵道：「我並不想證明他究竟是不是真的南無影，我只是回憶起整個過程來覺得他身上的矛盾點挺多。咱們當時完全被開國玉璽所吸引了注意力，居然沒發覺到這些矛盾。」

董彪道：「那你還想到了什麼？」

羅獵拿起了董彪丟在桌面上的煙，抽出了一支，卻拒絕了董彪遞過來的火柴，只是放在鼻子下嗅了嗅，道：「輪船到岸後，他騙走了我的證件還有我的五十美元，他的解釋是為了引起我師父的注意。這個理由乍一聽倒是合乎情理，但它卻根本經不起推敲。還是那個理由，他有很多種辦法都能引起我師父的注意，為什麼會對一個十三歲的孩子下手呢？最關鍵的一點，他怎麼就知道我師父在碼頭上等著他呢？」

董彪再次愣住了，手中夾著的香煙灰燼燒出了一大截來都忘記了彈一下。

羅獵伸出手來，在董彪的手背上輕拍了一下，震掉了煙灰，輕輕笑了笑，接道：「一個多月前，紐約顧先生遇刺，一個月後，同樣的一支箭射向了我，而這中間，極少有人見過真面目的南無影出現在了咱們的面前，不單提供了開國玉璽的資訊，還兩次向我們伸出了援手。我以為，這些事絕非巧合。」

董彪的神情愈發嚴肅，他扔掉了煙頭，在地板上踩滅了，道：「等一下，小子，等一下再說，我去把濱哥叫來。」

門外傳來了曹濱的聲音：「不用叫了，我就在門口。」說著，曹濱推門而入。

「你不聽我勸，非得來打攪羅獵，我不放心，就在門口偷聽了一會。」

羅獵微笑著給曹濱讓了坐，道：「讓濱哥擔心了。」

曹濱欣慰地點了點頭，回道：「我倒是沒怎麼擔心，你濱哥自稱是閱人無數，看人從未走眼，我多次說過，羅獵就像是當年的曹濱，沒什麼事情能擊垮他。可你彪哥卻始終不信，阿彪，怎麼著？這次算是服氣了吧？」

董彪訕笑道：「我哪次沒服氣過？但你也不能拿自己的標準來要求我不是？我要是能像你這般沉住氣，那我還是阿彪嗎？」

曹濱笑罵道：「巧舌如簧的傢伙！」轉而再對羅獵道：「不理他，咱們接著推理。」

羅獵點了點頭，道：「我想先做一個大膽的假設，那個漢斯跟吳厚頓是一夥的。」羅獵說完這句話，先看了眼曹濱，再看了眼董彪。

董彪再點了支煙，擺手道：「你別看我，我現在發覺在你們兩個面前我就是一個弱智。」

曹濱應道：「嗯，有那麼點意思，羅獵，你接著說。」

「漢斯刺殺顧先生，卻故意清洗了箭鏃上的大部分毒液，為的就是把濱哥調離開金山。只有將濱哥調離開金山，而且還要保證濱哥不能夠在短時間內返回金山，所以，他才選了紐約的顧先生。其目的只有一個，生怕濱哥識破了吳厚頓是個假貨。」

但見曹濱也點上了雪茄，羅獵乾脆也將手中的香煙點著了，卻不抽，只是夾在手中看著嫋嫋升騰的煙痕。

曹濱道：「若是假設成立的話，這一推理合乎邏輯。」

羅獵道：「吳厚頓當日向我們亮明身分並說出了開國玉璽的秘密，第二天晚上，漢斯一夥便乘坐火車抵達了金山，再過了一夜，那艘貨船便駛離了港口，整個過程看似緊湊且合乎情理，但現在看來，無非就是想趕在濱哥回來之前完成所有的騙局。」

董彪忍不住插話道：「騙局？怎麼會說是騙局呢？我怎麼就一頭霧水呢？」

羅獵笑了笑，道：「我相信，開國玉璽這件事是真的，用開國玉璽來交換大清朝對那一船煙土銷售權的事情也是真的，只不過，那一船的煙土卻不是漢斯和吳厚頓的，他們辛苦一趟，能得到的不過是一份傭金，相比那一船煙土的總價值來說，卻是微不足道。」

董彪倒提溜了幾口氣，道：「我似乎明白了，但似乎更糊塗了，小子，趕緊把話說明白些。」

曹濱輕歎一聲，道：「羅獵這麼一說，整件事便清晰了，那漢斯弄了這麼多么蛾子出來，無非就是想私吞了那船煙土。」

羅獵長出了口氣，道：「是啊！我跟彪哥二人傻乎乎地被人利用了，卻還要對那吳厚頓感激不盡。」

董彪突然鎖緊了眉頭，道：「不對，不對！如果是這樣的話，那漢斯和吳厚頓幾乎已經成功了，就算是濱哥，也沒對他們產生懷疑，他們只需要偷偷將那批煙土裝船運走就是，又何必再來刺殺你呢？」

曹濱聽了，也是不由一怔。

羅獵微微閉上了雙眼，像是在回憶著什麼。「這幾天，艾莉絲中箭的景象反覆出現在我眼前，正是這幅景象，才使得我想到了他們的破綻。那支箭原本沒打算射中我，我當時靠在樹幹上是靜止的，假若艾莉絲不是為了救我而撲過來的話，那支箭只會擦著我的肩膀射在樹幹上。」

曹濱恍然道：「也正因如此，兇手才沒有清洗那支箭的箭鏃，而艾莉絲才會抵抗不住那支毒箭。」

羅獵點頭應道：「應該是這樣，那支箭像是淬毒已久，毒性揮發了不少，而事發地點離診所又近，搶救還算及時，艾莉絲才會撐了那麼久。」

董彪驚道：「這麼說，射箭的兇手並不是漢斯？」

羅獵道：「看來貨船爆炸後，從船上僥倖逃脫的並不止漢斯一人。彪哥，你還記得當日我們跟吳厚頓在火車站看到的那個女人麼？」

董彪道：「當然記得，我還跟你說，看她走路的姿勢，應該是個高手。」

羅獵道：「那個女人的舉手投足間透露著一股高貴，是她身旁那個男人所不具備的，所以，我猜測那女人應該是這批煙土的真正主人。我們雖然不知道那艘貨船被你炸了之後發生了什麼，但我敢肯定，一定是那個女人想明白了漢斯的陰謀，射箭的兇手是她或不是她，但一定是代表了她，而那兇手便是以這種方式向我們做出提醒，想借助我們的力量阻止漢斯的下一步行動。」

曹濱道：「這就對上了，我查驗過老顧的傷口，也看過射中艾莉絲的那支箭，這兩箭看上去力道都不大，應該是女人所為。」

董彪道：「我還有一個疑問，從我炸船那天到艾莉絲被箭所傷，中間已有近十天的時間，如果咱們的推測是正確的話，那漢斯在這十天裡都幹了些什麼？他為什麼不及時把煙土運出去呢？」

羅獵道：「在船上你也看到了，那批煙土可不是個小數目，至少上千噸，甚至有兩千噸。那麼多的貨，漢斯怎敢輕舉妄動？他肯定得等到所有人都淡忘了此事才好動作啊！」

董彪不由起身，來回踱步，邊思考邊道：「上千噸甚至兩千噸……我怎麼把這一點給忽略了呢？金山倉庫有一千多，能臨時改作倉庫的場地更是多如牛毛，但能容得下那麼多貨的地方並不多……」

曹濱笑道：「你想簡單了，阿彪，漢斯沒那麼傻，不會把貨放在同一間倉庫的，他一定會化整為零，縮小了目標才能最大可能地提高安全性。」

董彪嘿嘿笑道：「萬一那漢斯沒有你說的那麼聰明呢？萬一那漢斯在這點上跟我一樣弱智呢？小子，你來評評，彪哥的想法對還是不對？」

羅獵道：「彪哥是出力幹活的人，可不敢說彪哥不對。排查倉庫無疑是個方向，至於怎麼排查，倒是無關緊要，彪哥按自己的想法去做就好了。」

董彪突然想到了什麼，皺著眉頭道：「咱們這樣大張旗鼓地去排查倉庫，會不會有打草驚蛇之嫌呢？」

曹濱道：「在大清朝，一兩煙土能賣到兩塊銀元，一公斤為三十二兩，一噸便是三萬兩千兩，上千噸的煙土價值將超過六千萬塊銀元，若是真有兩千噸的話，那麼這批煙土的總價值將超過一億塊銀元。人為財死鳥為食亡，這麼大一筆錢，那漢斯是說什麼也不肯放棄的。」

羅獵點頭認可，並道：「漢斯和吳厚頓他們在暗，而我們在明，而且，我估計他們藏貨的地點很難被咱們想到並發現，所以，通過那批煙土來找到漢斯的可能性並不大。不過，也沒關係，他們想運出那批煙土同樣艱難，咱們只需要控制住場面，讓貨主一方跟漢斯先鬥一鬥，咱們就安安靜靜地做一回黃雀好了。」

曹濱欣慰道：「好一個螳螂捕蟬黃雀在後，如此當口，你還能這般沉住氣，濱哥果然沒有看錯，你比二十歲的曹濱更加沉穩，更有耐性。」

吳厚頓在海灘上之所以著急跟董彪、羅獵分開，其原因便在那個突然出現的人影上。他從另一側也看到了那個人影，下意識以為那人影應該就是從船上逃生而來的某個人。向董彪、羅獵告辭後，吳厚頓並沒有著急離開，而是走出一段距離後躲了起來，直到看見董彪、羅獵二人遠去後才現出身來。

然而，他在海灘上尋來找去，卻再也沒能發現那人影的影蹤。且暴雨滂沱，他那一身絕學根本派不上用場。

無奈之下，吳厚頓只得踏上返回金山的路途。

和董彪、羅獵相同，吳厚頓採取的返程方式也是搭乘火車，只是爬車的時間及地點跟董彪、羅獵有所不同。但吳厚頓沒有坐過站，因而，爬火車的時候雖然比董彪、羅獵晚了將近兩個小時，但抵達金山的時候卻比他們兩個提前了一個下午。

火車站是一座城市最為混亂的地方，客流量大，且南來北往的人群總是魚目混雜，在這附近藏身是最容易最方便的。吳厚盾事先在火車站的後面租借了一套房子，回到了金山後，他便躲了進去，除非是迫不得已的食物採購，否則絕不拋頭露面。

一連等了三天，終於等到了他要等的人。

「耿漢，你終於回來了。」

耿漢便是漢斯的中文名，但凡來到洋人地界討生活的華人，只要是混到了能跟洋人打交道的份上，總要給自己起一個英文名，那耿漢便是拿出了自己中文名字的一個漢字音，給自己起了一個漢斯的英文名。

耿漢進到了屋中，關上了房門，一張臉陰沉得厲害。「為什麼不攔住董彪？即便攔不住，也應該想辦法盡力拖延才是，這麼著急就把船給炸了，你知不知道你差點毀了咱們的整個計畫呀！」

吳厚頓輕歎一聲，道：「咱們均忽略了輪機艙還有一條運送煤炭的通道，董彪便是從那個通道下去，點燃了炸藥，那種情形下，我又怎麼能攔得住他呢？」

耿漢掏出了香煙，點上了一支，默默地抽了幾口，這才長歎一聲，道：「老天爺註定不讓我們能順利地得到這筆橫財啊！」

吳厚頓為耿漢倒了杯冷涼的開水，遞了過去，問道：「為何如此感慨？」

耿漢接過水杯，一口氣喝乾了，抹了下嘴巴，再抽了口煙，這才回道：「董彪先一步引爆炸藥，徹底打亂了我的部署，我來不及再做妥善安排，只能匆忙撤離。可偏不巧，一個貨箱被甩脫了固定，摔散了箱體，露出了裡面的泥土，剛好被庫里和他的手下看到。為了保險起見，我只能殺人，卻在我結果了庫里和他手下的時候，看到了不遠處的黛安。」

吳厚頓驚道：「你連黛安也殺了麼？」

耿漢冷哼一聲，回道：「我若是能殺了她，倒也安心了，可是在那種情況下，我哪裡還有時間去找尋黛安？她看到了我殺人，一定會起疑心，若是她也能僥倖逃脫的話，那麼咱們的計畫多半會被識破。」

吳厚頓深吸了口氣，道：「當初我就說，不必把計畫設計地如此縝密，等船行到了大海深處，咱們主動將船炸了就是。只要船上的人全都沉入大海，誰能識破咱們的計畫？」

耿漢冷笑道：「這樣倒是簡單，可是，你想過沒有，我們還得活著，還得每天見到陽光，不能像隻耗子一般永遠生活在地下，要不然，咱們得到那麼多錢又有什麼意思呢？而一船的人只有我耿漢一個人活著，能交代過去嗎？那比爾・萊恩能放過我嗎？」

吳厚頓說出了一句欠抽的話：「可如今的結果卻還不是這樣了？」

耿漢怒道：「若不出現意外，能是這個結果嗎？你若是控制好了董彪，讓他不要引爆炸藥或是晚些引爆炸藥，容我妥當安排，能帶著數人尤其是黛安逃生出來，有他們作證，那咱們還需要躲在陰暗處不敢見人嗎？」

吳厚頓抱歉道：「是我說話不中聽，老弟你消消氣，事已至此，咱們還是得往遠了看，多想想該怎麼應對吧。」

耿漢續了支煙，抽了兩口，道：「現在局勢不明，你我能做的，只有耐心等待。」

吳厚頓道：「那萬一出現了最壞的情況，比如，黛安僥倖活了下來，而且識破了咱們的計畫，那咱們又該如何應對啊？」

耿漢長歎一聲，道：「如果真到了那一步，咱們就很可能落下個竹籃子打水一場空的結局。黛安不足為慮，但比爾・萊恩卻難以對付。只是一個比爾・萊恩的話，咱們或許還有機會，可是，貨存在金山，有個風吹草動就會引起曹濱的注意，而曹濱才是咱們最難對付的對手啊！」

吳厚頓跟著也是一聲長歎，道：「是啊，那曹濱在金山根深蒂固，只是將貨運出去就不簡單了，若是再有人插上一腳的話，勢必會引起他的警覺，就憑安良堂的實力，咱們二人實在是難以占得便宜。」

耿漢沒再搭話，一邊默默抽著香煙，一邊在苦苦思考著什麼。

沉靜了片刻，吳厚頓幽幽歎道：「忙活了好幾年，最終落了個一場空的結果，不甘心啊！」

耿漢突然露出一絲詭異的笑容，並冷笑了兩聲，道：「那倒也不一定！」

吳厚頓急忙向耿漢這邊傾過來身子，訕笑道：「你想到了什麼後招？」

耿漢沉吟了片刻，嘴角處的猙獰越發明顯，雙眸中閃爍出陰鷙的神色，惡狠狠道：「人為財死鳥為食亡，倘若真走到了那一步，哼，哼，那咱們就跟他賭一場大的，勝者通吃，輸者離場。」

庫里鳴槍示警之時，黛安已經來到了甲板上。生理上得到了極大滿足的黛安一掃之前的疲憊狀態，顯得精神奕奕容光煥發。她並不相信漢斯的危言聳聽，她以為，熬過了海上這幾天的枯燥航行，那麼等著她的便是大把大把的銀元。但庫里的那三聲槍響卻粉碎了黛安的幻想。

連著三聲槍響，決不可能是擦槍走火，只能說明船艙下有兄弟遇到了敵情。

黛安所處的位置剛好是董彪、羅獵摸上甲板的那個舷梯後的對面一側，因而並沒有看到那番打鬥。她火速奔向了舷梯，並在奔跑時掏出了槍來，也不知道是緊張所致還是剛才跟庫里的那番運動消耗了太多的體力，黛安在奔下舷梯的時候，一個不小心，竟然失手丟掉了手槍。手槍落在下面的舷梯上發出了清脆的聲響，磕磕碰碰不知道滾落到了何處，黛安只能繞了個道，回到自己的鋪位艙室，取出了她最是引以為豪的武器，十五歲那年，她的第一個男人，同時也是她的搏擊教練，送給她的一套箭鏃上淬了毒液的印第安弓箭。

便是這一耽誤，待黛安下到了船艙最底層的時候，輪機艙的爆炸發生了。

爆炸產生的巨大衝擊力使得船體搖晃不已，黛安成年後雖然參與過公司多次行動，但坐上遠洋貨船卻還是第一次，因而很不適應船體的震動加晃動。勉強穩住了身形後，黛安卻看到了足以令她心驚肉跳的一幕，那漢斯居然對庫里以及另幾名兄弟下了毒手。

黛安不知道這究竟為何，但自知以自己的能耐絕非漢斯的對手，因而，她只能是慌不擇路只求儘量遠離殺人殺紅了眼的漢斯。或許是上帝的眷顧，黛安雖是慌不擇路，卻還是順利登上了甲板。

便在這時，第二輪爆炸開始了。船體迅速傾斜，船尾處急速下沉，而船首則高高翹起。

黛安不及反應，被拋入了海中。

也虧得她受過嚴格訓練，水性極佳且游泳速度飛快，落入海中的黛安拚了命地向外游去，總算沒被沉船形成的巨大漩渦給吸進去。絕大部分的貨物均隨著貨船沉入了海底，但海面上仍舊散落著幾個木箱，黛安待海面平靜之後，扒住了其中一個木箱。

那木箱並不完整，從船上被甩落海中時已經差不多散了架子，裡面的貨物也失落了多半。心疼之餘，黛安下意識地將殘留在木箱中的煙土打開了一包，卻發現，包裝裡哪是什麼煙土，分明是一包包的泥土。

只是一瞬間，黛安便恍然大悟，雖然一時還想不明白漢斯的整個計畫，但其想私吞貨物的陰謀卻是昭然若揭。「我一定要殺了你，漢斯！」漂浮在海面上的黛安發出了無奈的誓言。

或許是上帝更眷顧他的女性子民，尤其是像黛安這種年輕性感漂亮的女性，在海面上漂浮了一整夜後，黛安在暴風雨來臨之前的不到三個小時遇到了一艘正準備返航的漁船。只是，那艘漁船的目的港口並非是金山，而是距離金山尚有兩百多公里的阿維拉港。黛安在海面上漂浮了十多個小時，體力早已透支，被救上漁船後便陷入了昏迷，那艘漁船上的漁民非常厚道，將黛安帶回了阿維拉港的家中，照料了兩天，黛安才恢復了健康。

但此時，黛安的身上只剩下了一身衣服和那套印第安弓箭。過慣了有錢人生活的黛安身無分文自然無法回到金山，於是，她略施小計，勾引了將她從海上救下來的那位漁民，並以此為要脅，拿走了那漁民的全部身家兩百美元。

阿維拉是一個很小的漁港，不通火車，進出也僅有一條破爛不堪的窄路，路上很少有汽車經過，黛安只能無可奈何地依靠兩條腿量完了這條長達七十餘公里的破路，來到了洛杉磯至金山的主公路上。

對黛安這種姿色的女子來說，在公路上搭輛車並不難，只是，開車的男人懷有怎樣的目的那可就不好說了。連著料理了兩個倒楣蛋，黛安終於回到了金山。兩百美元可不是個小數目，足夠黛安住進豪華酒店好吃好喝，但她並沒有這樣做，而是選了一家一天只需要五十美分的破舊旅館，她要在金山長期堅持下去，直到手刃了漢斯那個狗賊，並奪回公司所有的貨物。

然而，一晃數日過去，黛安連漢斯的影子都看不到，她清醒過來，明白了單憑自己一個人的能力是絕對抓不到漢斯的，於是，她想出了一條妙計出來。以印第安毒箭來提醒安良堂，事情尚未結束，漢斯依舊活著。

可是，黛安怎麼也想不到，如此有把握的一箭，居然還是傷到了人。那毒箭上的毒有多霸道，黛安非常清楚，即便只是被箭鏃擦破點皮，受傷者都難逃一死，因而，一個月前在紐約刺殺顧浩然的時候，她將箭鏃清洗了三遍，饒是如此，還是令顧浩然斷續昏迷了近二十天。而這一次傷了人的箭，黛安卻未特意清洗，雖然在海水中浸泡了十來個小時，但限於印第安人高超的淬毒手法，那箭鏃上的毒應該不會消除掉多少。

中箭的那個女郎顯然跟安良堂的那個小夥有著密切的關係，黛安很擔心安良堂的曹濱沒去查找漢斯以及那批煙土，而是先找到了自己，於是，心虛的黛安隨即便將弓箭給掩埋在了荒地中，並連夜乘坐火車逃離了金山，回去了紐約。

耿漢和吳厚頓二人並不知道艾莉絲中箭的消息，但於次日，便感覺到了有些不對勁，安良堂的弟兄開始不安分起來，其目標，正是金山的各個倉庫。

外出採購生活必需品的吳厚頓覺察到了這個異常後，很是緊張，連計畫中的生活物品都沒能買全，便回到了窩點跟耿漢商量應對策略。做事極為謹慎的耿漢又親自上街打探了一番，確定了安良堂的行動目標確實為金山的各個大小倉庫。

「安良堂明察暗訪各個倉庫，絕不可能是無心之為。」打探後，耿漢回到了窩點，抽著煙，憂心忡忡地分析道：「看來，咱們的擔心並非多餘，最壞的情況或許已經出現。」

吳厚頓道：「既然如此，那也沒啥好說的了，就按你的後招辦吧。富貴險中求，賭一把大的，也沒啥大不了！」

耿漢點了點頭，道：「賭是一定要賭的，而且，咱們必須得立刻出發，那批貨我藏得雖然隱蔽，曹濱不可能在短時間內找得到。但如今他做出這種姿態，只能說明消息已然走漏，我估計，用不了十天半個月，比爾・萊恩的人便會找來金山，他可是知道我的藏貨地點的。到那時，若是咱們沒能做好充分的準備，那只能是看著人家吃肉，咱們卻連口湯也喝不上啊！」

吳厚頓道：「該怎麼做，我吳厚頓聽你安排。」

耿漢道：「我也只能是盡力而為，咱們老祖宗留下一句話來，謀事在人成事在天，我耿漢機關算盡，眼見著就要大獲成功，卻被董彪那個莽漢給捅出了破綻來，若是應急之策仍無法駕馭，那也只能說明天不助我，吳兄，兄弟只希望到時候你不要怪罪於我。」

吳厚頓佞笑道：「老弟這是說哪裡話？五年前若非老弟你手下留情，愚兄我早就死於非命了，今天還有機會跟著老弟你一塊發大財，愚兄還能有什麼話好說？跟著你幹就是了，成功了，自然是榮華富貴享之不盡，失敗了，愚兄也是多活了五年。」

耿漢道：「有你這句話，兄弟我就放心多了。為了這個計畫，我已經付出了五年的時光，人這一輩子，又能有多少個五年呢？我已經在內機局耗費了兩個五年，我不想將這第三個五年也付之東流。這個計畫，我一定會走到底，寧為玉碎不為瓦全！」

吳厚頓正色讚道：「好一個寧為玉碎不為瓦全！這話說得是豪氣萬丈，老哥哥我甚是佩服，想我這大半輩子，本事倒是學了不少，可偏就是個膽小怕事的主，若非遇到了老弟你，老哥就算到了那邊，也只能做個窩囊鬼！」

耿漢擺手道：「吳兄不必自謙，五年來，你已經多次向我證明了你的能耐和你的膽識，我也很多次告訴自己，五年前選擇了你做為我的搭檔是我這一生中最為明智的決定。多餘的話就不必說了，如今，到了咱們兄弟最後一搏的時刻了……」

吳厚頓的情緒被耿漢帶動起來，雙眼放出異樣的光芒，伸出了巴掌等在了半空中，口中喝了一聲：「拚了！」

耿漢跟著應了聲：「拚了！」同時伸出掌來，和吳厚頓對擊了一下。

黛安萊恩終於回到了紐約，見到了父親比爾・萊恩。

比爾・萊恩是一個極具傳奇色彩的人物。嚴格說，他並非是美利堅合眾國的公民，至今為止，他還保留著大英帝國的國籍。三十八年前，年僅十八歲的比爾成為了大英帝國的一名軍人，被派往了遙遠的東方一個名叫香港的島嶼。時年，大英帝國得到這塊垂涎三尺的寶地已有二十八年之久，但前二十年，香港島僅僅是大英帝國眼中一個極為重要的軍事基地。在那二十年間，大英帝國對華貿易的近九成份額都被東印度公司所壟斷，但隨著東印度公司的破產倒閉，這種壟斷格局也被打破，大英帝國的很多家公司都增大了對華貿易的力度。

各家公司不約而同地選擇了在香港島設立辦事機構，成為貿易環節中的一個中轉站，從海外運來的商品會在香港島卸船，然後再以中小船隻分裝了商品沿珠江運送至中華內地。這些分支機搆的建立，以及不斷增加的貨物中轉業務，大大刺激了當地的經濟發展，無數洋人紛紛趕來淘金，亦有無數華人偷渡而來只為能吃口飽飯。

比爾在香港服了五年兵役，退役後，他選擇留在了香港，成為大英帝國一家商貿公司駐香港辦事機構的雇員。這家商貿公司的老闆是前東印度公司的一名經理，主要負責的業務便是將種植在印度孟加拉等地的鴉片運往中華換成白花花的銀子。東印度公司倒閉後，他自己單幹，自然離不開駕輕就熟的老業務。

比爾在部隊服役期間，訓練很是刻苦，練就了一手好槍法和搏擊術，這老兄又是天生的膽肥分子，因而，很快便在這家貿易公司中嶄露了頭角。再經過數年的錘煉，比爾已經成為煙土行當中可以獨當一面的人物。

這種人註定不可能一輩子為別人打工，於是，比爾在三十二歲那年，創辦了屬於自己的商貿公司，一開始生意做得確實是風生水起。但好景不長，他的老東家感覺到了比爾的威脅，於是便聯合原東印度公司的一幫老同事對比爾實施了無情的打壓，有一段時間，比爾甚至得不到貨源。

困境中，比爾將目光投向了南美大陸，僅一年的時間，比爾帶著南美貨源回歸到對華貿易的圈子中來。南美貨便宜，而且品質又好，比爾在煙土行當中風光無限一時無二。

這無疑使得他的老東家以及那幫原東印度公司出來的老闆們感到了陣陣寒意，於是，他們動用了所有資源，終於說服了大英帝國的香港港督，以莫須有的罪名，將比爾投進了監獄。

但強人就是強人，比爾在監獄中只待了不到三個月便成功越獄，借著歐洲向美利堅合眾國移民的浪潮，偷渡到了這邊。二十多年過去了，比爾已然成為了美利堅合眾國最大的一個販賣煙土的集團首腦。

五年前的初夏，一名叫漢斯的三十來歲的中華小夥找到了比爾，跟他說，他手上掌握了一份大清朝裡通逆黨的官員名單，可以以此為交易條件，為比爾重新打通在大清朝銷售煙土的管道。能重回中華的煙土市場一直是比爾的一個夢想，不單是因為中華市場的利潤更加豐厚，更是因為比爾想在當年聯手將自己投進監獄的那幫人面前揚眉吐氣一把。

因而，他決定支持這個叫漢斯的年輕人一次，哪怕失敗了，也總比放著機會不敢去把握住要強。

但其結果，還真就失敗了。大清朝拒絕了這項交易，最多只願意出一萬兩銀子來贖回這份名單。

但漢斯並沒有氣餒，一年後，再次找到了比爾，提出了一個更加瘋狂的計畫。當時，漢斯對比爾道：「我已經打探清楚了，大清朝果真遺失了他的開國玉璽，這枚玉璽對大清朝意味著什麼不需要我多說，如今，這枚玉璽就在法蘭西博物館中，只要萊恩先生能成功運作了法蘭西博物館前來紐約開辦一場展覽會，那麼，我就能確保得到那枚玉璽。以此為交換條件，我想，大清朝再無理由拒絕。」

比爾也算是個中華通，自然知曉這枚開國玉璽的無比重要性，但這項計畫比較龐大，比爾展現出了他的慎重。經過了數月調查，比爾最終判斷漢斯提出來的計畫建議還是相當可行的。於是，他召見了漢斯，和他達成了合作協定。

經過將近三年的運作，比爾終於將法蘭西博物館帶到了紐約，而漢斯也沒有食言，居然沒花多少錢便得到了那枚玉璽，而且，做為物主的法蘭西博物館對少了這樣一枚玉璽似乎並不在意。

得到玉璽後，漢斯便要求比爾籌備貨源，一開口便是五千噸。這可是把比爾給嚇到了，要知道，整個南美大陸一年的總收成也達不到五千噸這個數。但在利益和榮譽的雙重驅動下，比爾還是積極地投入到了貨源籌備上來。南美大陸是他的基地，貨源自然由他說了算，再加上公司的庫存，比爾總算湊到了一千五百噸的貨。

但漢斯顯然不會滿意。

年輕時就夠膽肥的比爾遇上了更加膽肥的漢斯，於是，這老少二人商討出了一個極為大膽的貨源組織辦法來。媾合南洋一帶的海盜，強行攔截自印度等地運往中華的煙土，如此，又湊了五百噸的貨。

單是為這批貨源，比爾便花費了近五百萬美元的資金，幾乎將整個公司全部掏空。比爾之所以要如此豪賭，其自身的賭性只是一方面，另一更主要的原因是比爾也遇上了麻煩，美利堅合眾國掀起一股掃除毒品的風暴，而他的公司正處在風暴中心，已經被聯邦掃毒署的探員給盯上了。將貨出盡，狠賺一把，然後華麗轉身，便是比爾心中所打的算盤。

對漢斯，比爾並不能完全放心，為此，他特意安排了他的女兒黛安來配合漢斯的運作，說是配合，其實就是監視。好在整個過程中，那漢斯都是在按照計畫有條不紊地向前推進，而且，每一步的設計及執行都接近完美。直到接到另一組暗中監視的手下發來的電報，說貨船已準時離崗時，比爾才完全放心下來。

以五百萬博取二十倍以上的利潤，而且眼看著就要成功，這對任何一個人來說，都無法再保持平靜。興奮勁只持續了兩天的時間，比爾便得到了消息，說從金山出發的一艘貨船因出現故障又遇到了罕見暴風雨而導致沉船。

比爾登時就傻了，連忙指示手下前往港口核查沉船貨輪的編號，查詢結果傳到了比爾面前，比爾只覺得眼前一黑，坐立不穩，一頭栽倒在了地上。

因而，黛安見到她父親的場所只能是醫院。

「黛安・萊恩女士，做為你父親的主治醫生，我想，我有必要向你通報你父親的真實病情。他罹患的疾病是突發腦部出血，我們傾盡了全力，並在上帝的保佑下挽救了你父親的生命，但是，他的未來情況會很糟糕，很可能再也站不起來，甚至會失去正常的思維能力或是語言能力。」黛安在醫院中見到比爾的時候，已經是他發病住院的第八天了，所以，那主治醫生介紹病情及預後估計的時候是相當篤定。

黛安沒有因此而傷心難過，從十二歲開始，比爾就不斷教育女兒黛安，**做這一行，沒有人會相信眼淚，傷心難過只屬於弱者，真正的強者就要勇敢面對各種挫折，**他唯一該擁有的情緒便是成功後的喜悅。黛安牢記了父親的這句話，同時也有另一層因素使她對父親的現況沒有傷心難過，那便是她沒有時間浪費在這種無聊的事情上。

父親無法再依靠，但父親創建的公司卻還在，還有成百上千的公司員工可以幫助她完成對漢斯的復仇，並找回那批價值五百萬美元的煙土。

然而，當黛安來到公司所在地的時候，卻失望發現，公司已經解體了。

世上本沒有不透風的牆，貨船沉沒的消息終究還是被公司的幾名元老所得知，當初比爾一意孤行要豪賭一場的決定便遭到了元老們的一致反對，如今，公司已經成為了一個不名一文的空殼，而領頭人也差點撒手人寰，雖然活了下來，但餘生也只能和殘疾相伴，那麼，誰還願意留下來呢？

「真正的強者就要勇敢面對各種挫折，他唯一應該擁有的情緒便是成功後的喜悅！」幾乎陷入絕望的黛安的耳邊又響起了父親的這句忠告。

黛安緊咬著嘴唇回到了家中。

彭家班一眾師兄師姐們都沒能來及在艾莉絲中箭後看上她最後一面。而在艾莉絲的葬禮上，羅獵的狀態很讓師兄師姐們擔心。趙大新在隨後幾天的時間裡數次來堂口探望羅獵，卻全都吃了閉門羹。但趙大新並未因此而生氣，於第四天的下午，再一次來到了堂口。

「大師兄是來看我的嗎？」羅獵正坐在堂口樓前陪曹濱喝茶，見到了趙大新，連忙給他讓了座。「我剛好想到了一件事要問你，結果你就來了。」

看到羅獵的情緒已然恢復了正常，準備了一肚子安慰話趙大新自然不願意再多言，以免提到了艾莉絲再惹得羅獵的傷心。

趙大新向曹濱問了好，然後坐下來，端起了茶盞，飲啜了一口，道：「你想問我什麼事啊？」

不等羅獵開口，曹濱先站了起來，道：「你們兄弟倆先聊著，我回樓上書房處理些堂口事務，大新晚上要是空閒的話，就留下吃晚飯吧。」

趙大新應道：「不了，濱哥，孩子太小了，羅獵他大師嫂一人照顧不來，我陪羅獵說幾句話就回去了。」

曹濱點頭回道：「也罷，反正離得不遠，以後常來常往就是。」

曹濱上樓後，羅獵掏出包煙來，抽出來一支，放在鼻子下嗅著，並道：「以前看到彪哥喜歡這樣，我還納悶，這煙有什麼好聞的呢？可不知是怎麼了，我現在聞著這煙味，就覺得心裡特別踏實。」

趙大新笑道：「你不會被彪哥熏出煙癮了吧？」

羅獵喝了口茶，放下了香煙，道：「那倒沒有，我只是想聞著這沒點燃的煙的味道，點著了的煙味，我還是受不了。」

趙大新道：「你剛才不是說有事要問我嗎？究竟是什麼事情啊？」

羅獵隨意一笑，道：「大師兄，你是哪年認識師父的呢？」

趙大新不假思索應道：「光緒二十一年的三月，到今天已有十三年另五個月。」

羅獵又問道：「那你知不知道，在你之前，師父還收過一個徒弟，後來聽說被師父逐出了師門。」

趙大新猛然一怔，失聲問道：「你是聽誰說的？」

羅獵道：「你先告訴我，有沒有這回事吧。」

趙大新垂頭不語，只顧著擺弄矮桌上的茶盞。

羅獵輕歎一聲，道：「看來，這件事並非是空穴來風。」再看了趙大新一眼，羅獵接著說道：「大師兄，艾莉絲慘遭毒手，她雖然並沒有拜到咱們師父門下，但我相信，你一定將她當做了自己的小師妹，對嗎？」

趙大新抬起頭來，回道：「不光是我，你其他幾位師兄師姐也一樣把她當做了小師妹。」

羅獵點了點頭，似乎不經意的抹了下眼角，隨即又笑了笑，道：「我想為艾莉絲報仇，不知道大師兄肯不肯助我一臂之力？」

趙大新沉默了好一會兒，才開口道：「好吧，師父雖一再叮囑我不要將此事透露出去，但事關為小師妹報仇的大事，我想，師父他應該能理解我。」

羅獵肅容道：「謝謝你，大師兄。」

趙大新整理了一下思路，開始述說：「他姓耿，單名一個漢字，便是咱們漢人的那個漢字。我拜入師父門下的時候，他已經跟隨師父修煉飛刀三年了，從這一點上講，耿漢才是師父門下的大師兄。」趙大新說著，不由得露出了悔恨的神色來。「耿漢是帶藝投師，雖然他隱藏得很深，可終究被師父發覺了，暗地裡再追究下去，發現耿漢竟然來自於宮裡，原本是宮中的一名侍衛。你是知道的，咱們師父的本門可是盜門，這盜門最忌諱的就是跟官府有所瓜葛，因此，師父便忍痛將耿漢逐出了師門。」

一聲輕歎後，趙大新接道：「我入師門的第三年，家中遭遇不幸，急需用錢。而師父又不知去了哪裡遊歷，我只是追隨師父修煉飛刀，對盜門技能卻是全然不會。便在萬難之時，耿漢找到了我，說只要我答應做他的眼線，那麼他就會給我一筆錢來救急。我一時被豬油蒙了心，居然答應了他，但後來才知道，他居然是內機局的人。」

羅獵驚道：「內機局？那耿漢居然是李喜兒的部下？」

趙大新道：「名義上，耿漢才應該是內機局的首領，但李喜兒有他乾爹撐腰，早已將耿漢架空。」

羅獵道：「這麼說，內機局李喜兒兩次前來美利堅，你與他通風報信全都是受耿漢指使？」

趙大新慘笑道：「我從不認識那李喜兒，也從未與他通風報信過，五年的夏天以及今天的初春，都是耿漢在聯繫我，他誘騙我說，師父回到了國內，卻被內機局的人給抓了，若是我能按照他的指示去做，那麼他就會救出師父。我真傻，我居然會相信了他。」

羅獵歎道：「這些事情，你為什麼不早說？」

趙大新苦笑道：「我向師父發過誓，絕不把耿漢的事情說出去，若不是師父已經故去，而你又將此事和為艾莉絲報仇掛上了鉤，不然我是絕不會吐出半個字的。」

羅獵道：「難為你了，大師兄，不過我還想知道一件事，那耿漢後來又聯絡過你嗎？或者，他跟你約定了怎樣的聯絡方式了嗎？」

趙大新漠然搖頭，道：「沒有，從來都是他找我，找我的方式也不盡相同，或者是一張字條，又或者是一句話，但最終還是要找個隱蔽的地方見面相談。在洛杉磯的時候，他便是安排胡易青來給我帶的話，讓我藉口去給胡易青購買船票去到港口和他見面。」

羅獵疑道：「胡易青給你帶話？我怎麼就沒聽出來呢？」

趙大新苦澀一笑，道：「你去給他買吃的東西去了，當然聽不到，等你回來的時候，該說的早就說完了，你看到的聽到的，不過是在做戲。」

羅獵深吸了口氣，重重吐出，沉思了片刻，道：「謝謝你大師兄，給我說了這麼多，可能你一直在疑問，我是如何知道耿漢這個人的存在，又為何對他要刨根問底，是嗎？」

趙大新點了點頭道：「我確實很想知道，但你若是不方便說，我也不會追問。」

羅獵重新沖了一泡茶，為趙大新斟上了，再拿起了香煙，放在鼻子下嗅了幾下，這才開口應道：「這些天來，濱哥，彪哥，還有我，一直被人牽著鼻子走，其中有一個關鍵人物，他說他叫吳厚頓，彪哥指認他是跟師父齊名的盜門二鬼中的南無影，這個吳厚頓認下了南無影的身分，同時也得到了彪哥和我的信任，但現在看來，我們都被他騙了。這兩天我在回憶這件事，想起來他住進安良堂的第二天，就在這兒喝茶的時候，他像是不經意又像是有所目的地提起了師父的第一個徒弟。大師兄，也可能是我多慮了，但我還是覺得，他說出這個人一定有著他的目的。」

趙大新道：「大師兄生性愚鈍，不能幫你做出評判，但大師兄可以告訴你，那個吳厚頓根本就不是什麼南無影。」

羅獵怔道：「大師兄說得如此肯定，莫非你見過那南無影？」

趙大新露出了驕傲的神情來，道：「不單大師兄見過，小七你也見過，而且，南無影也非常疼愛你。」

羅獵驚住了，呢喃道：「你是說師父他……」

趙大新點了點頭，道：「北催命南無影，其實都是咱們師父。咱們師父雖是北方人，但也經常去南方遊歷，偶爾做下一兩件的大案，南北有差異，師父的作案手法也完全不一樣，因而，師父在南方做下的那些案子並沒有人能想到是師父做的，只能憑空想像出另一個盜門奇才，並給他起了個跟師父齊名的綽號，北催命南無影，就是這麼來的。」

羅獵露出了難得的笑容，歡喜道：「這就對了嘛，我一直在想，南無影能跟師父齊名，必然十分看重自己的名聲，怎麼會像吳厚頓那種人做出那種齷齪的事來呢？再有，我聽到有人能跟師父齊名，這心裡一直不怎麼舒服，現在好了，終於舒坦了！」

趙大新也露出了笑來，道：「能看到你的笑容，大師兄這心裡也舒坦了許多。小七，大師兄違背了向師父發過的誓言，要是師父怪罪下來，你可得為大師兄多說兩句好話哦！」

羅獵笑道：「你放心，師父的板子要是打下來的話，有羅獵的屁股接著，絕不會落在大師兄的身上。對了，大師兄，你跟那耿漢切磋過嗎？別的不說，咱就說飛刀，你跟他相比，誰更強一些呢？」

趙大新坦誠道：「都說勤能補拙，但在習武這件事上，拙或許能補，但怎麼也補不過天賦，那耿漢分明就是個習武的天才，論天賦資質，恐怕就連你都無法跟他相提並論。」

羅獵笑道：「聽你這話，就好像我羅獵骨骼奇佳天賦異稟似的，算了吧，大師兄，我跟你差不多，也是靠著勤能補拙這四個熬到今天的。」

羅獵跟趙大新再閒聊了半個多小時，期間，有意無意地問起了耿漢的身高膚色及長相等特徵，趙大新也一一如實相告。

送走了趙大新，羅獵隨即上了樓，來到了曹濱的書房。

「怎麼樣？有什麼收穫嗎？」聽到了羅獵的敲門聲，曹濱放下了手邊的活，待羅獵走進屋來，曹濱已經來到了沙發旁邊等著了。

羅獵點頭應道：「既在意料之中又在意料之外，我揣測那吳厚頓提起我師父的第一個徒弟絕非無意，但我卻沒想到，那漢斯八成可能就是被我師父逐出師門的第一個徒弟，那人叫耿漢，是內機局的最大頭目，只是後來被李喜兒給架空了。」

「坐下慢慢說。」曹濱陪著羅獵坐了下來，習慣性地點上了一根雪茄，邊抽邊道：「如果那耿漢能跟漢斯對上的話，那麼，很多疑點也就迎刃而解了。」

羅獵將趙大新說的話簡明扼要地重述了一遍，最後道：「我大師兄說出的耿漢的身高體型以及長相特徵跟漢斯都能吻合上，所以，我推測那漢斯就是耿漢。只是還有一事我想不明白，吳厚頓為什麼要把這個重要資訊透露給我們呢？」

曹濱抽著雪茄若有所思，餘光瞥見了乾坐著的羅獵，又趕緊起身叫了周嫂為羅獵泡茶，回來坐定後，道：「咱們一件事一件事地捋一捋，把事情都捋清楚了，你的疑問或許也就解開了。」

羅獵點了點頭，道：「我聽你說，濱哥。」

曹濱將手中雪茄在煙灰缸邊上磕去了灰燼，道：「先說這吳厚頓的身分，他能騙取了你和阿彪的信任，無非是兩點，一是江湖上根本沒有人見到過南無影，那不過是你師父老鬼的一個化身，而這個秘密，也只有你師父和你大師兄知道。第二個便是吳厚頓於五年前盜走了內機局已然獲得在手的那份名單，若是沒有一身絕學，絕不可能做出如此驚天大案。不過現在想來倒也稀鬆平常。」

周嫂送茶進來，羅獵接下後隨手放在了茶几上，待周嫂離去後，笑道：「有耿漢為內應，確實是稀鬆平常。」

曹濱接道：「他們二人聯手盜走那份名單，定然不是為了孫先生他們，假若只是想敲大清朝一竹杠的話，根本不必遠渡重洋來到美利堅，當初關於此事的種種傳說我就始終覺得在哪裡有些不對，現在應該算是明白了，那漢斯或者說是耿漢，很可能五年前就開始籌畫了今天的這個計畫，而那份名單，很可能就是他打算用來跟大清朝交易的籌碼。」

羅獵恍然道：「這麼一說也就說通了，一定是大清朝認為那份名單不足以做出那麼大的讓步而拒絕了漢斯的交易，所以，那份名單對於漢斯來說已然成了負擔，不如直接甩手給咱們安良堂。」

曹濱深吸了口氣，道：「但那耿漢並沒有死心，開始打起了那枚開國玉璽的主意。我們尚無法確定他是用何種手段得到那枚玉璽，但可以肯定他一定跟大清朝就這枚玉璽達成了協定，因而才開始實施了這項計畫。」

羅獵接道：「他為了達到自己私吞下這批煙土的目的，就必須製造出一個強大的敵人，而這個強大的敵人必須是南無影這種級別的，那吳厚頓雖然是個贗品，但其盜門技藝也算是一流，剛好用來扮演南無影。」

曹濱微微頷首，道：「只是一個南無影還不足以威脅到那批煙土，因而，他們必須將咱們安良堂推到前沿。耿漢算準了咱們只要聽到了開國玉璽的資訊就一定不會坐視不管，又擔心那吳厚頓騙不過我曹濱的眼睛，便借助刺殺老顧將我調離了金山。」

羅獵略顯激動，搶道：「我和彪哥果然被吳厚頓成功騙過，跟著他去偷了一枚假玉璽回來，然後以不願冒險為藉口而離去，逼迫我跟彪哥生出了炸船的下下策。又擔心我和彪哥沒那麼大的決心或是中間出了其他什麼差錯，吳厚頓還是上了船，將一齣好戲演到了最後一幕。」

曹濱仍舊是面如沉水，道：「這原本是一個極為完美的計畫，強敵終於出現在了貨輪上，經過一番殊死相搏，強敵雖然落荒而逃，但也引爆了炸彈，炸彈炸沉了貨船，船上的人全部遇難，那漢斯只需要將那批煙土藏好，即便貨主追到金山來，也只能是望洋興嘆自認倒楣。待風平浪靜之後，那漢斯完全可以變一個身分，從容不破地將那批煙土裝上貨輪，帶著那枚玉璽來到大清朝完成這筆交易。只是，這其中一定是出了紕漏，那艘貨船上不單逃出來了漢斯，那個貨主女人同樣逃了出來，她識破了漢斯的奸計，但在金山她孤身一人又對付不了漢斯，便想出這麼一招，以刺殺老顧的印第安毒箭來警示咱們。」

羅獵道：「應該是這樣了，可是，我的疑問並沒有得到解決，那個吳厚頓將漢斯的真實身分線索透露給我們，到底是出於何種目的呢？」

曹濱沉思片刻，卻也理不出頭緒，只能道：「這並不重要！眼下，咱們無需太多動作，只需要監控好金山各處，不給那耿漢、吳厚頓留下運出煙土的機會，那麼，他們遲早都會浮出水面，包括那個射殺了艾莉絲的女人！」

羅獵的面龐上閃現出一絲猙獰之色，咬牙恨道：「我一定要活捉了她，讓她在艾莉絲的靈位前跪上十天十夜，再讓她親自品嘗那毒箭的滋味。」

正說著，董彪歸來，敲過門後，推門而入，進了屋，二話不說，先端起羅獵面前的茶杯，一氣飲盡，然後坐下來點了支煙，嘮叨道：「又他媽白忙活了一整天，金山的大小倉庫全被咱們探查了一個遍，可連根可疑的吊毛都沒能擼到一根。」一口煙噴出，董彪看了眼曹濱，再看了眼羅獵，不好意思笑道：「那什麼，彪哥不該爆粗口啊，羅獵，你年輕，又有文化，千萬不能跟彪哥學。」

曹濱歎道：「你是真不明白還是裝糊塗呢？你當我們這樣看著你是因為你爆粗口嗎？」

董彪撓著後腦勺回道：「不是因為爆粗口，那又是因為什麼呢？」

羅獵含著笑指了指茶杯。

董彪點了點頭，道：「嗯，茶不錯，就是有些冷了。」

曹濱氣道：「你裝得倒還挺像！那是羅獵的茶，你怎麼這麼不講究呢？」

董彪委屈道：「是他的又怎麼了？我又不會嫌他有口氣，是吧，小子？」

羅獵撇了下嘴，回道：「彪哥所言極是。」

董彪噴了口煙，愜意道：「就是嘛！自家兄弟，何必那麼多窮講究？還是說正事吧，濱哥，羅獵，這金山的倉庫全被咱們弟兄探查過了，接下來該怎麼辦呢？」

曹濱歎道：「誰讓你幹活那麼麻利？我不是跟你說過嘛，要沉住氣，慢慢來！」

董彪一時沒能理解，剛要張口發問，卻被羅獵搶了先：「耿漢是不可能將那批煙土藏在倉庫中的！」

「什麼意思？」董彪怔住了，兩道劍眉幾乎蹙成了一坨：「不會藏在倉庫中那還讓我忙活個啥呢？還有，耿漢是誰？」

羅獵道：「耿漢便是漢斯。」羅獵正想著要不要把剛才得到的那些資訊告訴董彪，便聽到曹濱開了口。

「羅獵說得對，耿漢沒那麼笨，會將那麼一大筆財產放在自己控制不了的倉庫中。阿彪你也不必抱怨，讓你探查各個倉庫，不過是想弄點動靜讓耿漢看到……」

「等一下！濱哥，等一下……」羅獵伸出手來，卻停滯在了半空中，整個人像是被定住了，突然間一動不動。是曹濱的話觸發了羅獵的靈感，既然那耿漢不會將煙土存放在自己控制不了的倉庫中，那麼，反向思維，耿漢一定會將煙土藏在某個自己能控制得了的場所中。「濱哥，我想到了追查那批煙土下落的辦法，追查半年前至一年內這段時間金山所有的房產交易，包括民居和各種商業房產工業房產。」

曹濱微微一怔，隨即露出了會心的笑容。那董彪卻直接開懟道：「查那玩意幹啥？」話剛懟出，董彪智商突然上線，領悟了羅獵的用意，立刻換了笑臉，向羅獵豎起了大拇指：「行啊，小子，腦子轉得可夠快的哦！」

曹濱道：「此事不得聲張，只得暗中進行，即便查到了線索，也決不能讓第四個人知道。阿彪，恐怕接下來的日子你要非常辛苦了。」

董彪笑道：「辛苦算個逑？只要能幫羅獵把仇給報了，我阿彪就算累掉了兩個蛋也是心甘情願。」

羅獵下意識地懟了董彪一句：「彪哥還會下蛋？」

董彪惡狠狠瞥了羅獵一眼，卻忍不住大笑起來。

曹濱看到，臉色又不好了，搖頭歎氣，道：「真是江山易改稟性難移啊！羅獵還小，也就算了，你阿彪都是四十歲的人了，怎麼還那麼不正經呢？」

總是不正經的董彪做起事情來也是非常不正經。

第二天一早，他花了一個多小時的時間，將羅獵打扮成了一個來自於大清朝的闊少，並帶著這位闊少來到了金山房產交易管理局中。

唐人街雖然是安良堂的勢力範圍，但卻不是一個獨立王國，仍然屬於金山各部門的管轄範圍。而安良堂在唐人街一帶可是沒少折騰房產，因而，那董彪跟房產交易管理局的洋人雇員們廝混得相當熟悉。

「嗨，安妮，多日不見，你怎麼變得更年輕更漂亮了呢……哦，肖恩，我的朋友，見到你非常高興……」董彪一路和相熟的洋人熱情地打著招呼，將羅獵帶到了最裡面的一間辦公室。

「傑克？是那股風把你給吹過來了？」辦公室中端坐著的一名中年洋人見到了董彪，起身離坐，和董彪擁抱了一下。

「帶個朋友來跟你認識一下，布羅迪，他可是個有錢人，我就問你，想不想輕輕鬆鬆賺上個一百美元？」董彪指了指正故意扮傻的羅獵，頗為神秘地對布羅迪道：「他父親可是中華的一個大貪官，家裡有的是白花花的銀子，你也知道，中華現在動盪得厲害，他父親是個明白人，不想跟著趟渾水，現正在往咱們金山轉移資產。」

布羅迪看了眼羅獵，臉上現出狐疑之色，道：「你這樣說話，難道就不擔心你的客戶會不高興嗎？」

董彪拍了拍布羅迪的肩，笑道：「不用擔心，他現在能聽得懂的英文單詞還不超過十個。」轉而再對羅獵換了中文道：「羅少爺，這位洋人朋友叫布羅迪，他說，見到你非常高興。」

羅獵拿捏出趾高氣揚且又很是土鱉的樣子來，用了家鄉話應道：「你跟他說，俺見了他也很高興。」

董彪再轉過臉來對布羅迪道：「他要在唐人街買房子，布羅迪，你可要幫我狠狠地賺上他一大筆錢。」

布羅迪道：「傑克，我們是朋友，我當然會幫助你，可是，除了儘快將你們的交易手續辦好之外，我想不到還有什麼能夠幫到你的。」

董彪道：「布羅迪，你是知道的，唐人街的房產太便宜了，根本賺不到什麼錢，我想向這位闊少爺兜售市區的房產，而且還要高出市價十個百分點賣給他，多出來的這十個點，布羅迪，我打算跟你五五分賬，你至少可以賺到一百美元，怎麼樣？我的朋友，有興趣嗎？」

布羅迪來了情緒，稍顯激動道：「當然有興趣，傑克，你需要我怎麼做？」

董彪微微一笑，道：「把咱們金山一年來的房產交易記錄拿出來給他看，讓他知道咱們金山的房產有多火爆，現在不抓緊付款購買的話，將來恐怕連唐人街的房子都買不到。」

布羅迪犯愁道：「可是，傑克，金山的房產交易並不火爆，一時半會兒，你讓我怎麼能拿出足夠的交易記錄呢？」

董彪嘿嘿一笑，道：「再加上商業房產，工業房產，包括其他什麼性質的房產交易，你統統拿來就是，他又看不懂英文，咱們還有什麼好擔心的呢？」

布羅迪露出了會心的微笑，道：「這很簡單，我這就安排。」

布羅迪出去了一小會兒便回到了辦公室，再過了不多一會兒，一個略顯肥胖的半老徐娘抱著一摞登記冊進到了辦公室，將冊子放在了布羅迪的辦公桌上。

「喏，傑克，這三本是住房交易記錄，這一本是商業房產交易記錄，工業房產的交易很少，今年一共只發生了三筆，嗯，包括之前十年的工業房產記錄全在這一本中了。」布羅迪將登記冊一本一本地翻開了，展現在董彪的面前。

董彪對著羅獵招了招手，用英文叫道：「羅少爺，您過來看看吧，咱金山一年的房子就賣出了這麼多，你要是不抓緊的話，恐怕這房價還得漲！」

羅獵裝得很像那麼回事，只是看了眼董彪，臉上卻顯現出迷茫神色。

董彪輕歎一聲，拍了下自己的腦門，換成了中文重說了一遍。

羅獵湊過身來，在董彪的指點講解下，發出聲聲唏噓。

「俺是知道咧，可俺爹他還知不道，錢可都在俺爹的手裡呢！」羅獵的家鄉話說得很是彆扭，自己聽了都覺得好笑。

董彪用英文回應道：「什麼？你父親準備一次買十套房產？」驚呼中，董彪拍了拍自己的胸口，轉而對布羅迪道：「布羅迪，我們可能要發財了，你要知道，我在安良堂的薪水也就是一個月一百美元，但今天這單生意，我們兩個可以每人分到至少一千美元啊！」

布羅迪哪裡聽得懂中文，尤其是羅獵這種帶著濃濃鄉音的中華話，但董彪和羅獵的表演相當逼真，使得布羅迪信以為真。「傑克，上帝會保佑你的，你一定能拿下這單大生意。」

羅獵秒懂了自己的失誤，心裡有些著急了，沒能按照事先商量好的節奏來，於是彌補道：「俺爹有五個老婆，就要五套房子，俺也有三個老婆，也得要三套房子，還有俺家兄弟，怎麼著也得備下兩套不是？」

董彪的神情隨即黯淡下來，跟布羅迪道：「這闊少說，他看到了這些房產交易記錄，明白了咱們金山的房產有多緊俏，可他父親卻沒看到，而錢全都掌握在他父親手中。」

布羅迪跟著緊張起來，道：「他父親？他父親在哪兒呢？美利堅還是中華？」

董彪聳了下肩，回道：「我跟他聊聊，看他是怎麼打算的。」

兄弟倆胡謅八扯聊了幾句後，董彪略顯無奈地對布羅迪道：「他父親在中華，但這闊少說，如果不讓他父親看到這些交易記錄的話，就無法說服他的父親，那麼，買房子的錢就拿不過來。還有，這闊少還表示說，他父親曾經說過，並不一定非得住在金山，南邊的洛杉磯，北邊的西雅圖，都是可以考慮的。」

到嘴的鴨子豈能讓它飛了？

布羅迪急切道：「傑克，我們必須想辦法讓他父親能看到這些交易記錄。」

董彪突然露出驚喜之色，道：「布羅迪，我倒是有個辦法。」

布羅迪道：「快說，什麼辦法？」

董彪道：「你讓我把這些記錄帶去照相館，把這一頁頁的記錄全都拍成照片，然後讓人捎帶回中華，只要他父親看到了，這單交易不就做成了嗎？」

洋人考慮問題原本就習慣於簡單化，布羅迪又被董彪說出的一千美元的橫財給迷了心竅，哪裡還能品得出其中的蹊蹺，雖說這些交易記錄帶出管理局是不合規行為，但看在那一千美元的份上，布羅迪還是痛快地答應了。

請續看《替天行盜》第二輯卷十三 復仇之心

替天行盜 II 卷12 真假難辨

作者：石章魚
發行人：陳曉林
出版所：風雲時代出版股份有限公司
地址：10576台北市民生東路五段178號7樓之3
電話：(02) 2756-0949
傳真：(02) 2765-3799
執行主編：劉宇青
美術設計：許惠芳
行銷企劃：林安莉
業務總監：張瑋鳳

初版日期：2022年8月
版權授權：閱文集團
ISBN ：978-626-7025-67-3
風雲書網：http://www.eastbooks.com.tw
官方部落格：http://eastbooks.pixnet.net/blog
Facebook：http://www.facebook.com/h7560949
E-mail：h7560949@ms15.hinet.net
劃撥帳號：12043291
戶名：風雲時代出版股份有限公司

風雲發行所：33373桃園市龜山區公西村2鄰復興街304巷96號
電話：(03) 318-1378
傳真：(03) 318-1378
法律顧問：永然法律事務所 李永然律師
北辰著作權事務所 蕭雄淋律師

行政院新聞局局版台業字第3595號 營利事業統一編號22759935

國家圖書館出版品預行編目資料

替天行盜 第二輯 ／石章魚 著. -- 臺北市：風雲時代出版股份有限公司，2022.02- 冊；公分

ISBN 978-626-7025-67-3（第12冊；平裝）

857.7 110022741